江古田文学

The EKODA BUNGAKU

第二十二回 江古田文学賞発表
第三回 江古田文学賞高校生部門発表
令和五年度 卒業論文・作品から

江古田文学一一五号　目次

表紙画・福島唯史《エクスのマルシェ》二〇二三年　油彩・カンヴァス　80.3×116.7cm

江古田文学賞
受賞作掲載号一覧

◎2002年（平成14）
第１回江古田文学賞：
岡本陽介『塔』
優秀賞：松田祥子『ピンクレディー』
（江古田文学51号に全文掲載）

◎2003年（平成15）
第２回江古田文学賞：
中村徳昭『遠ざかる声』
（江古田文学54号に全文掲載）

◎2004年（平成16）
第３回江古田文学賞：（２作同時受賞）
谷不三央『Lv21』
富崎喜代美『魔王』
（江古田文学57号に全文掲載）

◎2005年（平成17）
第４回江古田文学賞：
飯塚朝美『二重螺旋のエチカ』
（江古田文学60号に全文掲載）

◎2006年（平成18）
第５回江古田文学賞：
長谷川賢人『ロストアンドファウンド』
佳作：関澤哲郎『「まじめな人」第四位』
（江古田文学63号に全文掲載）

◎2007年（平成19）
第６回江古田文学賞：該当作なし
佳作：（２作同時受賞）
石田出『真夏のサンタ・ルチア』
福迫光英『すずきを釣る』
（江古田文学66号に全文掲載）

◎2008年（平成20）
第７回江古田文学賞：該当作なし
佳作：岡田寛司『タリルタリナイ』
（江古田文学69号に全文掲載）

◎2009年（平成21）
第８回江古田文学賞：
佐倉明『ニュル』
三井博子『もぐる』
（江古田文学72号に全文掲載）

◎2010年（平成22）
第９回江古田文学賞：
小泉典子『鉄工場チャンネル』
（江古田文学75号に全文掲載）

◎2011年（平成23）
第10回江古田文学賞：
杉山知紗『へびとむらい』
（江古田文学78号に全文掲載）

◎2012年（平成24）
第11回江古田文学賞：
大西由益『ポテト』
（江古田文学81号に全文掲載）

◎2013年（平成25）
第12回江古田文学賞：該当作なし
佳作：片山綾『ぽっちという』
（江古田文学84号に全文掲載）

◎2014年（平成26）
第13回江古田文学賞：該当作なし
佳作：坂本如『ミミ』
（江古田文学87号に全文掲載）

◎2015年（平成27）
第14回江古田文学賞：該当作なし
佳作：入倉直幹
『すべての春にお別れを』
（江古田文学90号に全文掲載）

◎2016年（平成28）
第15回江古田文学賞：
須藤舞『綻び』
（江古田文学93号に全文掲載）

◎2017年（平成29）
第16回江古田文学賞：
儀保佑輔『亜里沙は水を纏って』
（江古田文学96号に最終候補作４作含め全文掲載）

◎2018年（平成30）
第17回江古田文学賞：該当作なし
（江古田文学99号に最終候補作４作全文掲載）

◎2019年（令和元）
第18回江古田文学賞：該当作なし
佳作：村山はる乃『ララパルーザ』
山本貫太『パッチワーク』
（江古田文学102号に全文掲載）

◎2020年（令和２）
第19回江古田文学賞：該当作なし
佳作：山本貫太『毛穴』
（江古田文学105号に全文掲載）

◎2021年（令和３）
第20回江古田文学賞：
山本貫太『執筆用資料・メモ』
湯沢拓海『沈黙と広がり』
（江古田文学108号に全文掲載）

◎2022年（令和４）
第21回江古田文学賞：該当作なし

◎2023年（令和５）
第22回江古田文学賞：該当作なし
佳作：嶋田　薫『ガイコツとひまわり』
（江古田文学115号に全文掲載）

第二十二回

江古田文学賞発表

受賞作　該当作なし

佳作

「ガイコツとひまわり」

嶋田(しまだ)　薫(かおる)

略歴
二〇〇一年生。明治学院大学社会学部卒業。
現在、会社員。他作品に『床が青い』『近所のドンちゃん』などがある。

第二十二回江古田文学賞は、令和五年十月三十一日に応募を締め切り、予選選考の後、六篇が最終候補として選出されました。
その中から同年十二月二十一日の最終選考を経て、受賞作品が決定しました。応募総数は八十一篇となりました。

受賞のことば　嶋田　薫

へんてこな文章が好きで、へんてこな文章を書きたいと思っていたら、へんてこな文章が書き上がりました。

今作のテーマは「視点と視界」です。自分はいま何処にいて、何を視ているのか。自分は何者なのか。自分は何処へ行くのか。誰が主観で、何を客観するのか。

我々が目を開けばそこに広がっている世界。嬉しい時には輝いて映り、悲しい時にはくすんで映るこの世界。ひとつ所に定まらず、無限の風景を隠し持っているこの世界。その美しさを、いろんな「視点」から描けたら。

そんなことをぼんやりと考えながら書きました。

なにしろへんてこな文章なので、このテーマがうまく伝わるかは自信がありません。「へんてこだなぁ」と呟きながら読んでみてください。

楽しんでいただけると幸いです。

第二十二回江古田文学賞　通過作品

最終候補作品

青い黒猫　宵月朔
ぱらさいと、豚　高木智視
ガイコツとひまわり　嶋田薫
月光　藤倉涼
鹿と耳のための序曲　ふるたみゆき
しあわせなこども　兒玉とこも

一次審査通過作品

青い黒猫　宵月朔
ぱらさいと、豚　高木智視
ガイコツとひまわり　嶋田薫
月光　藤倉涼
鹿と耳のための序曲　ふるたみゆき
しあわせなこども　兒玉とこも
藤曆　植垣政満
おくれてきた、おくりもの　太田ユミ子
祈りの花　加藤大樹
えのき茸　鈴木音依
学生食堂　村松芳彦
しんちゃん　袴田正子
雨の休日　後藤克之
押入れに抱かれた猫　田中信子
詩人伊東静雄と戦争　鈴生柑子
ハングリーグラトニーモンスターズ　森田萌

青木　敬士（あおき　けいし）

文学、とくに純文学に求める期待は「こんな表現があるとは知らなかった！」と言えるものとの出会いだと考えている僕にとって、今回の選考は見る目を試される場でした。というのも「今回はこの作品以外ない！」と決めて意気揚々と選考会に挑んだものの、その作品は他の委員には思いのほか不評だったのです。不評の理由を並べられると確かに納得できるもので、強くその作品を推すには至らなかったのですが、自分なりにその作品しかないと感じた理由を述べます。

『**鹿と耳のための序曲**』女の一人称で語られる小説なのですが、まず初っ端から、相手を語る人称が「人」なのです。「五つ年上の人」だったり「桃色になった人」だったり「陽あたりのいい人」だったり……やがてその「人」が全て同一人物で、語り手の夫であることが分かります。混乱を招きそうな書き方ですが、「語り手の自分勝手さ」そのものが文体に織り込まれているなんて面白いじゃないですか！　勝手だけど読みづらくはなく、むしろ語りに引っ張られていく心地よさもあり、現れる他者——夫の兄や学生時代の教授までもが、主人公の調子のよさにシンクロするように面白い語り手になっていきます。鹿に舐められると身長が伸びる「人」というファンタジーが真偽不明なまま混入していきますが、その馬鹿馬鹿しいナンセンスに、読んでいて二度ほど声を上げて笑いました。ここまで褒めると読みたくなる方も出てくるかと思いますが、他の選考委員が指摘するように、能天気な語り手の思いつきを、全体像がない状態でつぎ足しているだけ。三題噺のように「音」と「鹿」と「舐める」のキーワードから無理やりつなげた製法が透けて見えるようだ、など、確かに……と頷かされる評が多く、笑かしてもろた、という自分の肉体的反射に頼り切った判断は冷静さを欠くな、と思い直し上位推薦を断念しました。

佳作となった『**ガイコツとひまわり**』は、自身の存在におぼつかなさを感じている主人公が、箱庭療法を通して幻視する象徴を巡っていく物語でした。この療法は、カウンセリングで「悩みが何かわからない」と漏らす主人公の人柄に、そのままで良いと寄り添うものではなかったようです。悩みの内側を他者にも理解できる象徴として晒さなければならないようで、夢幻の世界といえども己の過去から自由になれない話の流れは、真摯な内省をプレッシャーとして常駐させている現代人のリアルそのものかもしれません。主人公の職業がセキュリティ監視であることも、それを強調します。たしかに今、現時点で選ぶべき作品としての資格は充分にあると感じ、佳作に推すことにしました。正賞を射止める作品は出ませんでしたが、昨年とは比べ物にならないほど読み応えがあったことは記しておきたいと思います。

多岐祐介（たき　ゆうすけ）

どれも面白かった

『**ガイコツとひまわり**』　毎日ディスプレイ画面ばかり視詰める仕事で、生き甲斐を喪っている主人公は精神療法を受けている。月並主題の主体性不安小説だ。

が、主題や設定が月並なことは作品の疵ではない。そこに表現の発明があるかどうかだ。写実的遠近法と幻想小説的跳躍とがまだらに織りなされ、キュビズム絵画のような味わいがあって、なかなか読ませる。書き慣れぬがゆえの未熟さも見えるが、才能に期待して、私は推した。

『**ぱらさいと、豚**』　容姿への引け目と摂食障害というすでに手垢にまみれた材料だが、快調な語り口調で読ませる。

脇役も面白い。ただ登場が巧みでも退場はご都合主義の尻切れだ。読者の眼には小説が完結していない。とはいうものの強く推す委員がおられたら、反対はしないつもりだった。

『**鹿と耳のための序曲**』　銀行員を辞めて巨大な楽器造りに励む夫と、能天気で無邪気な妻による「夫婦ごっこ」小説。「ごっこ」の非現実味が現代の没性欲性を映し出していて、少々心惹かれた。

また他の五篇とは異なる書きかただ。要所に杭だけ立てて細部は書き進む過程で浮んだイメージや観念に従っていったようだ。ありうる技法だが、これで貫くには、筆によほどの腕力が要る。

『**月光**』　強固な芸術観念に憑かれて殉教的性格破産者となったピアニストと、彼に関わる二人の女性の噺だ。加えて、孤児だった男女にとっては女の妊娠が生れて初めての未来だったという噺だ。

物語の辻褄合せより人間像を描くのが小説とされてある点では、まっとうな近代小説だ。ただしこの人物たちが輝いたのは半世紀前の、五木寛之が大人気だったころだ。今読むと、いかにも古い。古いのが悪いわけではないが、今これをやるには、娯楽小説の骨法が相当必要だ。

『**青い黒猫**』　青光りした黒猫に導かれて、夢のようでも臨死体験のようでもある空間を経巡り、途上で信頼できそうな人物に遭遇する。目醒めて登校してみたら、今まで意識してなかった同級生だったという、学園ファンタジーだ。

『青い鳥』がヒントだろうが、よく読んでほしい。百年以上前の戯曲作品には、もっと豊富なことが描かれてあった。

『**しあわせなこども**』　農地解放後の村落共同体に残存した偏見差別のなかに育った少年が、みずからの成長力によって環境を打破する噺だ。全登場人物の名が、『萬葉集』中の有馬皇子伝説とそれを詠んだ柿本人麻呂歌から採られて、古雅な様式美が目論まれてある。だがリアリズム文体で描かれるべき内容と様式美の狙いとは融合されぬままに了った。

谷村順一（たにむら　じゅんいち）

希死念慮に捕らわれた女子高校生の主人公が、夢ともしれぬ場面をめぐりながら、そこで出会った一人の少年とともに生きる意味を見いだしていくさまを描いた**宵月朔「青い黒猫」**は、そもそもの前提となる主人公が死を望む理由に首をひねらざるを得ない。現実を生きていくことはもっとタフでハードでは？　また「青い黒猫」というタイトルも、「黒人＝マイノリティ」が生きていくことの困難さを、青い光に照らされた黒い肌の描写を通してあらわしていた安藤ホセ『迷彩色の男』や川野芽生『Blue』を読んだあとではいささか安易な印象を受ける。

藤倉涼「月光」では失恋したばかりの主人公の目をとおし、一人のミュージシャンの死の顛末が語られる。登場人物たちはときに鼻につくほど気障な言いまわしで愛や音楽について語るが、叙情的であろうとする作者の企ては、自己陶酔の域を超えず、ことばが上滑りしている。

鬼か獣か。**児玉とこも「しあわせなこども」**が描くのは、人ならざる姿で生まれたがために、他人の目から逃れるように暮らさねばならない主人公とその家族の苦悩と葛藤。なのだが、残念なことに虚構にリアリティを纏わせるディテールの詰めが極めて甘く、人間の機微を丁寧に掬おうという作者の企図を有効化する段階に達していない。

以上の理由から「青い黒猫」「月光」「しあわせなこども」には×をつけた。

偶然にも**高木智視「ぱらさいと、豚」**と**ふるたみゆき「鹿と耳のための序曲」**の二作品では、主人公の日常に突如としてそれぞれ豚と鹿が入りこむことで生じる騒動が、軽妙かつユーモアあふれる筆致で綴られる。小砂川チトは『猿の戴冠式』で人間と猿（ボノボ）という種を超えたシスターフッド、多様性（インクルーシブ）を作品の主題とする荒技を繰り出したが、「ぱらさいと、豚」「鹿と耳のための序曲」の両作品の読後感は小島信夫『馬』を読んだときのそれであり、つまり、動物という意思疎通が不可能（であろう）存在をものがたりの中心に据えることで、他者とのコミュニケーションの不確かさといったものをあらわにせしめむとする、極めてオーソドックスな設えをもった作品といえる。最後まで飽きさせることなく読ませる作者二人のたしかな筆力は評価すべきではあるが、しかしどちらか一篇を選ぶには、いまひとつこれという決め手に欠ける。

嶋田薫「ガイコツとひまわり」は、病的な現代の「自分さがし」。表象としてのパンダやガイコツなどがあまりにも直截的すぎる、というその一点が気にかかるが、全体によく書けている。本賞ではなく佳作に、ということであれば、これにつよく反対する理由を持たない。

楊逸（ヤン　イー）

偶然なのか、今回の江古田文学賞最終選考に残った6作品のうち、タイトルに「動物（猫、豚、鹿）」が入っているものが三つもあった。あるいは昨今のＡＩブームに嫌気がさした若い書き手は「生き物回帰」の道を模索し始めたのかと、そう期待した。

『青い黒猫』とは「青い光を帯びていた黒猫」のことらしい。現実から非現実（別世界あるいは死後の世界）に導かれ、私が「私」を殺したりなど、いろんな方法で「死」を繰り返す物語である。本作に登場した「黒猫」は「生き物」というよりは一つの「道具」でしかないようだ。

『ぱらさいと、豚』。物語はタイトルに示される「寄生」と「豚」二つのキーワードをたどるように展開していく。デブだった「あたし」は豚を呑み込んだことで激やせしたにもかかわらず、大食い（胃に豚が寄生しているため）になる。一方でアパートの天袋に変なおばさんがパラサイトしているのを発見……。奇想天外過ぎて何を書きたいのか読み解くのに苦労したが、妙な面白みがあった。

『鹿と耳のための序曲』。こちらの「鹿」も「鹿おどし」の楽器づくりをするための「道具」として使われた。語りは饒舌の「京都弁」のようで、新鮮さもあって楽しく読めた。結末まで構想せずに書き始めたのか、途中からスタミナが切れて、「人の研究ノート」で何とか最後まで繋げたではないかとも感じさせる。

『月光』はアルコール依存症のピアニスト「湯浅」の生き様を描こうとして、「音楽になる」とか「本当の愛」とか「命を使った生き方」など感動を誘うようなキャッチコピー風のフレーズを多く使ったが、細部については描けず、言葉だけが浮いてしまったようだ。

『しあわせなこども』、つまり獣顔で生まれた「真幸」のことだ。見た目と違って実は心優しい彼はその優しさで、ほとんど「殺し合い」になる両親を感化し、崩壊しそうな家族を守ったという「説話」小説。「生き物」感が欠けたのはたぶん構成も展開も人物造形も「方程式」的だったためだろう。

今回佳作に選ばれた**『ガイコツとひまわり』**。セキュリティエンジニアとして監視カメラの管理と監視を仕事にしている「僕」は心が病んで臨床心理士のもとに通い、「箱庭療法」を受ける。「箱庭」の風景は夢か幻覚かによって過去の色々が蘇る。「ピアノ」は「夢？」、「ガイコツ」は「現実？」などといったメタファーを多用し、最後まで捌いたその手腕に感心した。

第二十二回　江古田文学賞佳作

ガイコツとひまわり

嶋田　薫

　向こう岸でパンダが笑っている。頭部だけのパンダだ。目元が黒く縁取られ、白と黒の境界線が、媚びてくるでもなく、自然な笑顔をこちらに向けている。パンダの後ろには、赤レンガでできた大きな風車がそびえ立ち、その傍に、砂に埋もれたクリーム色のピアノがある。風に吹かれてサラサラと、ピアノは砂に侵食されてゆく。鉄製のシャベルが、ピアノの横に、無造作に立てかけられている。ピアノを掘り起こすためか、あるいは、ピアノを埋めた後なのか。パンダ、風車、砂、ピアノ、鉄製のシャベル。対岸には、その他には何も見えない。

　僕は、パンダの目を見つめている。パンダは動かない。笑ったまま、変化のないその表情。パンダは動かない。直立不動で動かないまま、僕を見つめている。それはもはやパンダではなく、「白」と「黒」という概念が物質として存在しているだけなのではないか、とすら思えてくる。

僕とパンダとの間には、幅の広い川が一本、僕たちを分断するように流れていて、遠くの方に、岸と岸を繋ぐ小さな橋がある。スポンジのような淡い魚の影がちらほらと見える。僕の立つ岸には、僕と、砂と、頭がカメラでできているカメラ男がいて、カメラ男のカメラが、僕とパンダの睨み合いを傍観している。

「はい、時間になりました」と臨床心理士が言った。

僕は顔を上げた。部屋の隅から様子を見ていた臨床心理士の男性が、僕の傍にやってきて、先ほどまで作業していた机の上をのぞく。そこには、僕の作った箱庭が置いてある。この箱の中に僕の精神世界が顕れている、らしい。縦七十二センチメートル、横五十七センチメートル、高さ七センチメートルの青い箱。

箱庭療法、というやつだ。

「この、砂の入った青い箱の中に、人や動物、建物などのミニチュアを置いていきます。何処に、何を置いても構いません。これらを使って、気の赴くままに、あなたの好きなように箱庭を作ってください。箱は内側が青く塗られているので、砂を払えば、川や池、海を表現することができます」と、三〇分前に臨床心理士に説明を受けた。

臨床心理士はじっくりと、僕の箱庭を観察している。こんな大したことのないものを、まじまじと見られると恥ずかしくなる。中学生の頃の卒業文集を見知らぬ他人に読まれているような、くすぐったい恥ずかしさだった。

「このパンダは、何をしているんですか？」臨床心理士が言った。

「ピアノを埋めて、満足して、川を眺めてます」僕は自然とそう答えていた。気づけばいつも何かを答えている。まるで、自分の言葉ではないみたいに。

「パンダはどうしてピアノを埋めたんですか？」臨床心理士が尋ねる。

「パンダは生まれつきのピアニストなんです。子どもの頃からずっと、ピアノを弾いてきたんです。ピアノが大好きだったんです。けれども、成長していくにつれて、パンダの指は太くなり、爪も伸びて、ピアノは弾きづらくなってきて。ある日、リストの『愛の夢 第三番』を弾いている時、ベキ、という小さな音を立てて、パンダの人差し指の爪が割れました…。割れた爪を見ながら、パンダは自分の、ピアニストとしての一生に終わりが来たことを悟りました。パンダは悲しくなって、大好きだったピアノが見るに堪えなくて、ピアノをシャベルで埋めたんです」

　僕が語り終えてから、臨床心理士は静かにメモをとった。僕はそれを、ただじっと、虚空を見つめるように無心で見ていた。まるで、僕には関係のない光景を見ているようだ。

「じゃあ、この風車は？」

「パンダの生まれ故郷にあった風車です」また、僕のものじゃない言葉が、まるで生き物のように、口からするすると現れる。「でも、これは実際には存在していません。そもそも、パンダは今、故郷から遠く離れた、異国の地に暮らしています。これは、パンダの脳裏に焼きついた幻想なのです。現実ではないのです」

　臨床心理士はまたメモをとる。僕と臨床心理士。二人きりの静かな空間に、ボールペンのカリカリという音だけが鳴る。

「カメラの頭をした男が立っていますね？この人は何を？」

「彼はただの傍観者です。何もせず、ただ、目の前で起こっていることを見ているだけです」

　メモの音。

「じゃあ、このガイコツは？」

　川を挟んで、熊と見つめ合っているガイコツのミニチュアを、臨床心理士の細くて白い指がさしている。

「これは、裸の僕です」

職場カウンセリングを終え、オフィスに戻る。一階のカウンセリングセンターから二十五階のセキュリティセンターまでの道のりは長い。一階の端から、長い廊下を通り抜け、エレベーターに辿り着く。エレベーターは高速で二十五階まで上がる。二十五階に着くと、気圧の変化で、耳の奥が軽くなる。二十五階の端まで歩き、ようやく、セキュリティセンターのドアの前に立つ。大きなビル内を、一階の端から、二十五階の端までコの字に移動すれば、それだけで疲労は大きい。

「悩みがわからないんです」

思い返せば、あの余計な一言がきっかけでカウンセリングが長引いたのだ。セキュリティカードをドアロックにかざしながら、回想する。

一週間前のことだ。

「悩みがわからないんです」半年に一度の職場カウンセリングが終わりに差しかかった頃、僕の口からポツリ、とその言葉がこぼれた。僕の悪い癖だ。ときどき、余計な言葉を無意識のうちに呟いてしまう。

「心がモヤモヤするような感じですか」臨床心理士は真剣な顔でそう言った。

「ええ、まあ」と僕は曖昧に返す。

「でも、原因がわからない、と」

「ええ、まあ、そうですね」

「それじゃあ、その悩みを明らかにしてみましょう。良い療法がありますよ。来週、ご都合のよろしい日はございますか？」

「いえいえ、きっと大した悩みじゃないですから」

「一時間もかかりませんから。心のメンテナンスだと思って、ぜひ」

「おかえり」スターバックスのコーヒーを飲んでいる室長が、少し明るい声色で僕に声をかけてきた。

「すみません、長引いてしまって」

「いいんだいいんだ。セキュリティ監視なんて急ぎの仕事は少ないし、ゆっくりやっていこうや」

　軽く談笑をしてから、室長は自席に戻った。きっと、僕のことを気遣ってくれたのだろう。別に何か病気を患っているわけでもないのに、腫れ物扱いされているようで恥ずかしい。

　室長、僕、数人の社員。それぞれ離れた席で、それぞれ別の部署のセキュリティを監視している。自分に関わりのない部署の、データ上の事象を一日中眺めていると、まるで、別次元にある世界の聖書を読んでいるような気持ちになる。要するに、非現実的、という感じだ。

　監視カメラのようだと思う。僕たちは、ただコードを見つめ、不正を探し出す監視カメラなのだ。ここにいる人間は皆、監視カメラなのだ。

　なんだかおぼつかない毎日を過ごしている。現実味のないこの仕事には、ある程度やりがいを感じているし、金にも困っていない。でも、なんだかおぼつかない。会社から帰る瞬間も、満員電車の空間も、帰り道の外灯も、口から出てくる出鱈目も、何もかもおぼつかない。

　アパートの部屋の鍵を、鍵穴に挿そうとする。うまく挿さらず、床に落ちる。チャラン、というストラップの鈴の音が辺りに響く。音が響いて、瞬時に消える。それから、静寂がやって来る。寂しい静寂だ。夜の薄暗さと雑音、街の喧騒が混じった、不完全な静寂。その静寂の中で、僕の身体は、しばらく固まって動かなかった。

　ゆっくりと、鍵を拾って、ドアを開ける。玄関から1Kの部屋までの間をつなぐ廊下で、靴を脱ぎ、靴下を脱ぎ、ズボンを脱ぎ、ジャケットを脱ぎ、シャツを脱いで、ベッドに潜る。脱ぎ捨てた服が一週間分、壁や床に散らばっている。僕はそれを見なかったことにして、目を閉じた。

毛布にくるまり、モヤモヤしている。何が原因かはわからない。でも、このモヤモヤすらも、少し休めば弾けて消えてしまう、おぼつかないモヤモヤだ。

おぼつかない毎日を生きている。

生きているかすらおぼつかない。

○

次の日、僕は夜勤で、夜中になってからもセキュリティセンターで画面を眺めていた。室内には僕を含めて一〇人しかおらず、ポツリポツリと部分的に点いている蛍光灯が、一〇人それぞれの居場所を示していた。

他の九人のことはよく知らない。ここにいる人間は、室長以外の人間とはあまり関わろうとしないのだ。僕は彼らの名前すら知らない。名前も知らない人間と同じオフィスで働く、というのは不思議なことだ。同じ会社で、同じ部屋で、同じ画面を見て、同じ目的のために働いているというのに、僕たちは互いに無関心でいる。互いに互いが見えていないみたいに。

目の前の画面には、何処かの見知らぬ中小企業のセキュリティ情報が映し出されている。不正なログでもない限りは、特に作業はない。

コードというものは、人間が視覚的に理解しやすいように、案外カラフルに表示されている。真っ黒なコンソール画面の上に、色とりどりのコードが表示され、互いが互いを相互に関連づけることで、一つのシステムを成している。こんな言語の羅列が、一つの会社の情報を外部から守っているなんて、とても想像がつかない。

動かないコードを、ぼんやりと眺める。

And what are you feeling now?;

見慣れないコードが紛れているように見えて、

僕はその行を読み直す。

And what are you feeling now?

〔今はどんな気持ち?〕:

それはコードとしてコンソールに紛れ込んでいて、文字が赤や黄色で表示されている。エラーなどは特に出ていない。

コードの下には、文字を打ち込むための空欄が用意されている。

Nothing.〔何も。〕:

と僕は返した。

if（Nothing.）{〔もし「何も。」なら〕

When did you lose your feelings?

〔いつ感情を失った?〕:

処理が勝手に進んで、見知らぬコードが続く。
その下に、僕はまた答えを打ち込む。

I can't remember.〔思い出せない。〕:

背中に刃物をあてがわれたような、ジワジワとした寒気を感じた。顔を上げると、九個の真っ白な蛍光灯が光っていて、僕以外の社員が全員、いなくなっていた。先ほどまで社員が使っていたデスクトップが、誰もいない空間に向かって、無機質な光を放っている。窓一つないオフィスに、何処からか風が吹き込んで、僕の肌を滑った。

奥の暗闇のデスクから、ガサガサ、という音がして、何かの影が動いているのが見えた。影はムクリと立ち上がると、一歩、一歩と、ゆっくり僕に近づいてくる。ファサ、ファサ。オフィスのカーペットを踏みつける音がする。僕は逃げようかと思ったけれど、寒気がひどくて、身体が動かない。寒気に羽交い締めにされているみたいだ。

影と目が合う。

「…ダ、…ノ、…カ…」

何処かで見たことのある顔だった。

「パンダ、ピアノ、カメラ男、ガイコツ。どれがいいですか?」

昼間の臨床心理士だった。

「何をしてるんですか、ここで」と震える声で僕は尋ねる。

「パンダ、ピアノ、カメラ男、ガイコツ。どれがいいですか?」

「ガイコツ…?」僕はまた、癖で無意識に呟いてしまった。

臨床心理士は着ていたYシャツのボタンを真ん中から開けてゆく。真ん中から、一個上、一個下、さらに一個上、さらに一個下。シャツは楕円形に開いてゆく。少しシワのついた、歪んだ楕円形。開いたシャツの隙間から見えるのは、臨床心理士の身体ではなく、光輝く別の空間だった。シャツの隙間がゲートとなって、異空間と繋がっているようだ。空間の奥には何かがたくさん敷き詰められていて、そこから漏れ出た黄色い光が、オフィスに立つ僕を照らしている。空間から少し、風が吹く。

「行ってらっしゃい」と臨床心理士が言う。

僕の意識はだんだんと、光の空間へと吸い込まれていく。ボーっとしか見えていなかった黄色い空間に、少しずつピントが合っていく。光景がくっきりと見えてくる。

ひまわりだ。

ピントがカチッと合った瞬間、僕はその黄色い光景が、夏の太陽に照らされたひまわり畑を上から見下ろした光景だとわかった。それから、自分の身体がひまわり畑に向かって落下していることも。ぎっしりと詰まったひまわりの黄色の中に、僕は頭から落下した。

ドサッ。

腕で頭を覆いながら、僕はその地面に落ちた。腕に鈍い痛みはあるものの、ひまわり畑の地面は意外と柔らかく、大きな怪我などはないように感じる。とは言っても、やはり高所から落下した衝撃で、立ち上がろうとしても、身体がじんじんと痛んで動かしづらい。僕はしばらく仰向けになって、痛みが止むのを待つことにした。

微かに風が吹いている。風の音がする。風に揺れるひまわりの音がする。それ以外には、何の音もしない。

僕の眼前には、透明に輝く夏空がある。僕の吸い込まれた臨床心理士のシャツの隙間は、何処にも見当たらない。

痺れが少し落ち着いたので、上体を起こし、辺りを見渡す。そこには、延々とひまわり畑が続いている。奥には、家屋はおろか、山肌すら見えない。地平線まで、ずっと、ひまわり畑が続いている。

僕はゆっくりと立ち上がった。一面のひまわりを眺める。その光景は、美しいけれど、何処か不気味さも感じられる。

僕は歩くことにした。ひまわりが延々と続いているのが怖かった。この場所から逃げたくなった。歩速は少しずつ、速くなっていく。気づけば僕は走っていた。精一杯に走り始めた。走っても走っても、ひまわり畑に終わりは見えない。青空が続いているだけだ。太陽が僕の背中に照りつける。ひまわりの黄色に僕の黒い影が映っている。汗が吹き出す。走る、走る。ひまわり畑が続いている。

ズゴゴッ。

地面が急に崩れて、穴に落ちる。また落下する感覚。僕は落とし穴に落ちたのだ。

ドサッ。

何処か別の空間に落ちた。

カバーのついた、丸い蛍光灯の光がぼんやりと見える。何処かの部屋だろうか。畑の砂が舞って、辺りがよく見えない。

足元に柔らかい感触があって、見ると、そこはベッドだった。シーツも毛布も、シワだらけになったベッドだ。

砂埃が落ち着いたところで、部屋を見渡す。

脱ぎ捨てられたまま、ぐちゃぐちゃに散らばった服の山が見える。

そこは僕のアパートの部屋だった。

1　パンダ

服に砂が積もる。

上を見上げると、天井に穴が空いていて、青い空が顔を覗かせていた。ひまわりの間から見える透明な空の景色に、何処か懐かしさを感じる。

外からは光が入ってこない。夜なのかもしれない。

どういう仕組みでアパートに戻ってきたのか。ここは本当に僕の家なのか。恐る恐る、僕は立ち上がる。キッチンにある冷蔵庫を開く。中には、一昨日の食べ残しの唐揚げや、買ったはいいものの使われていないドレッシング、賞味期限の近づいた卵など、間違いなく、僕のアパートの部屋の冷蔵庫にあるべきものが揃っていた。

キッチンを出ると、昨晩、脱ぎ散らかしたまま放置されているスーツの行列が、玄関から靴、靴下、ズボン、ジャケット、シャツの順に並んでいる。

間違いなく、僕の部屋だ。

なんだか気味が悪くなる。ここは僕の部屋であって、僕の部屋でない。そんな感じがする。

無造作に脱がれた僕のスーツ。まるで、昨日の僕の垢のようだと思いながら、手を伸ばす。

まず、触った感覚がなかった。それから、自分の手が、骨だけになっていることに気づいた。

真っ白な骨が、紺色のスーツの布地に触れて、ザラザラと音を立てる。僕は驚いて尻餅をついた。その尻にも、感覚がない。起き上がり、玄関に置かれた姿見の前に立つ。スーツ姿のガイコツがそこに立っていた。肉がないせいで、スーツはダラリと垂れ下がり、生気がない。

僕は絶句した。絶句した表情を映すはずの鏡面には、軽く口を開いたガイコツだけが映っている。ガイコツは背を壁にこすりつけながら、力なくしゃがみ込む。そのガイコツは僕なのだ。僕が右手を上げると、寸分違わず、ガイコツは左手を上げる。ガイコツが人差し指を立てれば、寸分違わず、僕は人差し指を立てる。

左手の指を見つめる。黄色い玄関照明に照らされた真っ白な指の骨。これが僕の骨なのだ。肉という衣類を剥ぎ取られ、裸にされた僕なのだ。見つめているうちに、だんだんと意識が遠のいていく。

子どもの頃の僕がひまわり畑に寝そべって、ぼーっと空を見つめている。今、僕は、まるで監視カメラのように、子どもの頃の僕を様々な視点から見つめている。全てが同時に見える。真上から見た子どもの頃の僕。地面の中から見た子どもの頃の僕の背中。ひまわりの隙間から見える子どもの頃の僕。子どもの頃の僕が見ている光景も見える。それは、ひまわりの間から見える透明な空の景色だ。確か、夏だったと思う。ひまわりが咲いているのだから夏だろう。

ひまわり畑の傍には風車があって、大きな羽が、風に身を任せて回っている。

子どもの頃の僕が起き上がる。ひまわりの花の間から、子どもの頃の僕の顔が浮かび上がる。海から突如浮かび上がるクジラのように、花の海から、顔が浮かび上がる。

子どもの頃の僕は風車の方を向く。風車の入り口に誰か立っている。視点がその誰かに近づいていく。それはおそらく男性で、スーツ姿で、あまり目立つ容姿ではなく、少し虚ろな目をしている。それは現在の僕の姿だった。現在の僕は、しばらく子どもの頃の僕を見つめたあとで、何も言わず、風車の入り口を開けて、中に入っていった。子どもの頃の僕はただ、静かに風車を見つめている。その背中を、視点が映していた。

目を覚ますと僕は、玄関の靴の上で丸くなっていた。やはり、身体はまだ骨のままだ。そっと起き上がって、キッチンへ行き、水を飲んでみる。当然、水は身体を通り抜けていき、スーツがびちゃびちゃと音を立てて濡れた。喉が渇いていない。腹も減っていない。

何も感じない。

あれは、祖父の家の近くだった。キッチンで項垂れながら、思い出す。さっき見た夢のことを。

祖父の家は田舎のほうにあって、僕はときどき、家族と一緒に、祖父に会いに行っていた。あのひまわり畑は、祖父の家から歩いて数分のところにある公園で、ひまわり畑の真ん中には風車があった。祖父の家に行くと、必ず、僕はその公園で遊んだ。風車の傍にいると心地良いのだった。

祖父のことを、久しぶりに思い出す。僕が七才の頃に亡くなった祖父は、僕の記憶にはあまり残っていない。残っている記憶は、焼かれて骨になった祖父の姿だけだ。その他は、電話していた時の祖父の声と、写真に写った祖父が数枚。それだけだ。

そういえば、祖父の写真が入ったアルバムがあったかもしれないと、立ち上がって、居間の納戸を開ける。母が何故か、僕が一人暮らしを始める時に渡してきた家族アルバムだ。あの時はいらないと言っていたが、こんな状況でアルバムを探すなんて、我ながら奇妙な状況だと思う。

無造作に物を突っ込んでぐちゃぐちゃになった納戸から、アルバムを探す。大量のダンボール箱の中からそれは出てきた。アルバムをめくると、一枚だけ、祖父の写真が見つかった。写真に写ると魂を吸い取られると祖父はよく言っていたので、ほとんど彼の写真はない。縁側で、渋い顔をしてタバコを吸っている祖父の写真。隣には、子どもの頃の僕が座っている。

他にマシな写真はないのかと、ページを何度もめくっていると、祖父の写真はなかったけれど、パンダの頭をした男の写真があった。そういえば、子どもの頃、デパートで見たパンダの頭部のかぶりものを家族にせがんだことがあった。今思えば、当時の僕には大きすぎたし、買ったって使いどころのないものだったけれど、当時の僕がしつこくせがんだので、祖父が買ってくれたのだ。僕はこの被り物をひどく気に入って、東京に戻ってからも、何年間も、これを被って遊んでいた。

これは、その被り物を被った祖父の写真だろう。手のシミでわかる。不可解なのは、パンダ頭の男が、あのひまわり畑に立っていることだ。風車の入り口の前に立っているパンダ男。さっき見た夢の中の、現在の僕に立ち方が似ている。

アルバムを閉じて、ダンボールに戻そうとした時、納戸の奥に誰かの視線を感じた。

パンダの被り物だった。

○

玄関のドアを開けてみると、外は夜が明け始めていて、鳥すら眠る静けさの中を、朝日の前触れがカーンと澄み渡っていた。

パンダ頭の僕がアパートを出て、街路を歩く。それは異様な光景だ。明け方の誰もいない路を、スーツ姿のパンダが歩いているのだから。反対側の歩道を歩く、ジャンパーを着た中年男性が、ギョッとした目でこちらを見ている。被り物のメッシュの隙間から、中年男性が見える。驚くのはわかるけれど、中身を見たら、彼はもっと驚くだろう。今の僕はガイコツなのだから。

レンタカーを借りた。カーシェアと言って、携帯から会員登録、車の予約を行い、駐車場に置かれた、会員共通の車両に乗るだけ、というサービスがある。いつ登録したのか覚えていないけれど、僕は会員カードを持っていたので、利用することにした。人に会わずに車を借りるにはうってつけの方法だ。

路地裏に入ろうとしたら、パトカーが停まっていたので、引き返す。この格好で警察には会えない。

「ねえ、君」と背後から声がする。

振り向くと警察がいた。

僕は走り出した。

警察が追ってきているか、確認する余裕もなく、僕は走った。骨がひしめき合って、カタカタと音を立てる。警察をまこうと、入り組んだ路をぐるぐると走り回る。パンダが邪魔で、前がよく見えない。


しばらく走って、僕は目的の駐車場に辿り着いた。「カーシェア」と書かれた看板の前に、借りた車がある。型落ちの、味気ない軽自動車だ。

車両後部に会員カードをかざすと、ガチャ、という大袈裟な音がして、ロックが解除された。中に入るとすぐ、僕はパンダの被り物をとり、助手席に投げた。ふぅ、とため息をつく。息はないけれど。ようやく視界がはっきりと見えて、眩しい。気づけば朝日が上がり始めていた。

エンジンボタンを押して、発進の準備をする。足が骨だからか、ペダルがいつもより踏みづらい。カーナビが起動する。目的地の住所を打ち込み、近くの市役所を目的地に指定した。

ひまわり畑に向かうのだ。

高速へ向かう途中の信号で、話し相手が欲しいと思った。エンジン音だけが響く小さな空間にいると、なんだか頭が痛くなってくる。誰か、誰でもいいから、誰かの声が聞きたいと思った。「ねえ、どう思う?」と僕は誰かに尋ねる。「僕はどうしてガイコツになって、どうしてひまわり畑に向かっているんだと思う?」

誰かはしばらく黙ってから、答えた。

「何かがあったからガイコツになって、何かがあるからひまわり畑に向かっているんだよ」

誰かが答えてくれたことに、僕は少し戸惑う。僕はついに、幻聴まで聞こえるようになったのかもしれない。でも、どうでもよかった。僕はガイコツになったのだから、今更、幻聴が聞こえたところでどうでもよかった。

「君は誰?」僕は呟く。

「パンダだよ」と返ってくる。

助手席を見ると、先ほど僕が脱いだパンダの被り物が、ニッコリと笑っている。

「何が僕をガイコツにしたんだろう。何がひまわり畑にあるんだろう」僕は呟く。

「ひまわり畑に行けば、何かわかるかもしれない。何もわからないかもしれない。それでも行けば、きっと何かがあるんだろう」

車は左に曲がって、大通りに出る。早朝の大通りは車も少なく、快適に運転できる。

「僕のこと、怖いかい?」パンダが不安そうな声で言った。

「わからない。怖いのか、怖くないのか。そもそも、今、自分がガイコツになってしまったことが怖いから、そのせいで気が紛れてしまっているのかもしれない」

「僕は君のこと、怖くないよ。ガイコツってかっこいいもの」

「かっこよくないよ」

「かっこいいよ。パンクロックみたいで。僕、パンクロックも好きなんだ。パンダみたいな響きでかっこいいから」

「パンクロックはパンダとは全然違うよ。君たちのふわふわしたイメージとは合わない」

「そんなことないよ。パンダだって、心にいつもパンクを宿しているんだ。見た目は丸くたって、心は鋭く尖ってるんだよ」

「パンクロックか。しばらく聞いてないな」

「僕も聞いたことはないけどね。その精神は知ってるよ」

大通りを左に曲がると下り坂で、この坂を抜ければ高速道路はもうすぐそこだ。

「おじいちゃんは、どんな人だったの？」とパンダが尋ねる。

「おじいちゃんは…」

おじいちゃんがレジでお札を取り出すところが思い浮かんだ。

「よく、物を買ってくれる人だった」

「もの？」

「たまにしか会えないからか、おじいちゃんの家に行くと、僕がねだったものはたいてい買ってくれた」

「へぇ。何を買ってもらったの？」

「パンダの被り物」

「僕のことだね」

「うん。それから、アクションフィギュアも」

「懐かしいなぁ。きみ、毎日あのアクションフィギュアで遊んでいたもの」

「そうだね、懐かしいね」

「そういえば、あれもおじいちゃんが買ってくれたんじゃなかったっけ？」

「どれ？」

「君の部屋に置いてあった、あのピアノだよ」

実家の、一階の奥。そこが僕の部屋だ。僕の部屋にはベッドと本棚があって、部屋の端に、桐色のアップライトピアノが置かれていた。その姿が脳裏に浮かび上がる。初めは毎日のように弾かれていたピアノのフタが、いつの間にか開かれなくなり、埃をかぶり、少しずつ廃れていき、劣化していき、部屋は気づけば物置と化して、ピアノの上には不要になった書類や雑誌が置かれ、だんだんと埋もれていって、ピアノの姿はガラクタの山で見えなくなる。

我に返って、急停車する。赤信号だった。歩道を歩こうとしていた老婆が、僕を睨んでいた。

「どうしたの?」パンダが尋ねる。

僕は少し荒れた呼吸を整える。

「嫌なことを思い出した」

2 ピアノ

大学で芸術学科に入ったのは、惰性だったと言っても過言ではない。子どもの頃からピアノを習っていたので、楽して大学に入るためにピアノは役立った。もちろん、希望はあった。大学に入るまでの間、ずっと弾き続けてきたピアノなら、僕は死ぬまで生業として続けられるのではないか、なんて考えていた。

甘かった。

芸術学科では、楽器なんて弾けて当たり前、今までの人生を朝から晩までピアノに捧げた人間が、教授の放つ「平凡」の一言に一蹴されるような世界だった。僕のような劣等生は、学年の一番下のクラスで、低空飛行の成績を修め、なんとか単位を取ることに必死だった。

五歳の頃から始めたピアノは、気づけば僕の中で、失敗と挫折に満ちた黒い闇になっていった。その音色はただの音でしかなく、僕の演奏はただの作業と化した。弾けば弾くほど、何の感情も浮かんでこない。

「君の演奏には感情がない。もはやAIが成り代われるような演奏を君は続けている。それは意味のないことだ。意味のあるものを奏でなさい。意味を見つけるまで、君の演奏は完成しないだろう」

教授に言われたその一言が、心に絡みついて離れなかった。僕はその後、ピアノの演奏をやめて、音楽史の研究に逃げ、論文を書いて大学を卒業した。

僕の演奏は、完成しないままに捨てられた。

○

　車体が坂道を上がって、斜めになる。くねりと曲がった大きな坂道。ここを通ると、もうすぐ高速道路だ。

「こんなにくねくねしてたら酔っちゃうよ」とパンダが言った。

「もうすぐ、まっすぐの道しかなくなるから。我慢して」

　左に曲がりきると、車は料金所に入った。窓を開けて、通行券を取る。スーツの胸ポケットにしまう。指骨にあばら骨が触れた。

　エンジンペダルをグッと踏み締めて、加速車線を走る。朝の高速道路は空いていて、スムーズに車線に入ることができた。

「僕が市のピアノコンクールに入賞したと聞いて、おじいちゃんは大金をはたいてアップライトピアノを買ってくれた。クリーム色のアップライトピアノ。特別な装飾はない。ただ、クリーム色の外装と、白と黒の鍵盤だけがあった。僕は毎日、そのアップライトピアノで曲を練習した。

　特に教室にも通っていなかった。独学でずっと曲を練習して、ときどき、何処かのコンクールに入賞した。もともとは天才児だったんだ。中学生になる前にはラ・カンパネラも弾けていた」

「覚えているよ。君はいつも、学校から帰ってきたら、ベッドにランドセルを放り投げて、ピアノに向かっていたもの。僕は君の弾くピアノが好きだったなぁ。毎日、ひどい音を奏でていて。でも、気づいたら、コンクールの前日には素晴らしい音色になっている。ピアノに向かっている時の君の目は、幸せそのものだったなぁ」

パンダは懐かしそうに言った。

「そういえば、君のピアノを、おじいちゃんは聞いたことがなかったんじゃない?」

　言われてみれば確かに、僕は祖父にピアノを弾いて聴かせたことがない。祖父は僕にピアノを買った一年後に亡くなった。

薄黄緑の壁の向こうで、ごおおお、という微かな音が響いている。コの字に向かい合った大人たちはみんな下を向いて、何も喋らない。義理の叔母が静かに涙を流している。子どもの頃の僕にはよくわからなかった。死ぬ、とか、死ね、とか、普段から学校で聞き慣れている言葉と、大人たちの姿がどうも重ならない。さっきまで白い箱の中に入っていた祖父が、今、火葬場の炎に包まれているなんて想像もつかない。もし、焼かれる直前に祖父が生き返っていたら、今頃、炎の中で何を思っているのか。焼かれて、ガイコツになって、そのまま生きていたらどうだろう。

ガイコツ、ガイコツ。

灰をかぶった祖父の骨が、僕たちの前に運ばれてきた。さっきまで静かに泣いていた義理の叔母が、小さな泣き声を上げ始める。祖父の骨はもう、人間の骨に見えなかった。山に落ちている野生動物の骨みたいだった。

一人ずつ、箸を使って、祖父の骨を白い壺に収めていく。僕も母に手を握られ、ひとかけら、壺に入れた。

それ以降の記憶はない。きっと、骨壷を寺まで持って行って、墓石の中に収めたのだろうと思う。その時の記憶がない。

確か、祖父の家の近くにある寺だったはずだ。でも、それすらも定かじゃない。

それ以来、あの土地を訪れていない。ひまわり畑も、つい最近まで忘れかけていた。

「そうか。僕は今、ガイコツのまま生きているんだ」と僕は呟いた。

「おじいちゃんと同じだね」とパンダが言った。

「おじいちゃんと同じだな」と僕は返した。

すごい速さで景色が流れていく。朝の景色の中を高速で移動するのはなんだか気分がよかった。朝の眠たい雰囲気の中を、レンタカーが切り裂いて走る。運転席のガイコツと、助手席のパンダ。何も考えず、ただ車を走らせる。高速道路を囲んでいたビル街もいつの間にか消え、辺りはちらほらと畑が見えるようになってきた。高速道路の塀が邪魔をして、外の景色は途切れ途切れに見える。不思議と、銀色の塀の方が心に刺さる。僕の心をせき立てる。前を向かなければ、という気持ちにさせる。

トンネルの中に入った。トンネルの中では、蛍光灯から放たれた、橙色の不気味な光が、寂れたコンクリートの壁面をかすかに照らしている。暗い光だ。光なのに、暗い。しばらく走っていると、壁面と地面の境界線が曖昧になってくる。僕が今走っている道路は、いつの間にか丸く曲がって、トンネル全体が、三六〇度、円状の面に変形する。レンタカーはさっきまで壁面だった地面を、さっきまで天井だった地面をぐるぐると回り、走行する。僕が今走っているのは上であり、横であり、下であり、反重力であり、従重量である。蛍光灯は追いかけても追いかけても、同じ位置、僕の視点の斜め上から離れない。地面は確実に移動しているのに、僕の移動に合わせて光も移動するのだ。

僕はしばらく円筒状の地面を走った。トンネルの終わりは全く見えない。

「ねえ、誰かいるよ」とパンダが言って、二〇〇メートルほど先、僕の視点から見て真上に、少年の影がうっすらと見えた。少年の影は、手を振って、助けを求めているようだ。

僕はスピードを緩めて、レンタカーを一八〇度上に走らせた。少年の影を少し通り過ぎたあたりで、停車する。窓を開けて、振り返ると、少年が近づいてきた。暗い電気に照らされたその顔は、子どもの頃の僕だった。

「どうしよう」と子どもの頃の僕が言った。

「どうしたの？」と僕は返す。

「ピアノが壊れちゃったの」

　子どもの頃の僕が指差す。トンネルのコンクリートの上に、平たい電子ピアノが置いてある。

「さっきね、別れの曲を弾いてたの。そしたら、途中から、弾いても弾いても音がしなくなっちゃって」

　僕は車から降りて、電子ピアノに近づく。鍵盤を叩いてみると、確かに、音がしない。そもそも電源が入っていないようだった。ピアノの裏には太いコードが一本、繋がっている。コードを引っ張ると、なんの抵抗もなく、スッとこちら側に引っ張ることができた。電源が抜けているのかもしれない。

「ねえ、おじさん、どうしてガイコツなの？」

　子どもの頃の僕が尋ねる。

「僕にもわからないよ」と僕は呟いた。「ねえ、このコード、何処まで続いてるの？」

　真っ直ぐに伸びた黒いコードは、地面を這って先が見えない。

「あっちだよ。ずうっと奥の方」子どもの頃の僕が指した先の暗闇に、緑の光が見えた。電力装置があるらしかった。

　頭上を、大きなトラックが一台、ゴウゴウという音を立てて通り過ぎた。


「へえ！　じゃあ、おじさんは将来の僕なんだ！」

　子どもの頃の僕は嬉しそうに言った。子どもの頃の僕の声がトンネルの中で反響する。

　トンネルの天井部分は掃除が行き届いておらず、真っ黒に煤けている。ところどころ、ヒビも入っていた。

「ねえねえ、これから僕、どうなるの？」子どもの頃の僕が嬉々とした表情で訊く。「どんな人生なの？」

「……」

「ピアノは？　続けてる？　ピアニストになれた？」

　ピアノは、やめた。ピアニストにはなれなかった。

投げ捨てた楽譜が、部屋の隅でぐったりと広がり、そこに佇んでいた。泣いているようでもあった。リストの楽譜が泣いていた。

白鍵のラの部分に、赤いシミができている。僕の左の人差し指から落ちた血液のシミだ。爪の裂け目の間から、それは流れ出て、床に落ちてゆく。床からポタ、ポタ、という音が聞こえるほどに、教室の中は静かだった。僕以外、誰もいなかった。

秋の夕陽がヤマハを照らして、黒く艶めかせている。

意味なんて、いつの間にか何処かに落としていた。

僕の演奏は完全に意味を失った。演奏をする意味が、僕にはわからなくなった。演奏を通して伝えたいこともなかった。演奏をすることも楽しくなかった。僕の指が奏でる一音一音が僕の存在を否定してくるようだった。ピアノはもはや僕の人生に必要なものではなくなった。

僕は自分の人生からピアノを捨てた。ピアノに捨てられたとも言えるかもしれない。とにかく、僕は、あの日から一度もピアノに触れていない。

電盤のプラグからコンセントがはずれて、コンクリートに寂しくのびている。僕はそれを拾うと、プラグに差し直した。

「これできっと治ってるよ」と僕は子どもの頃の僕に言った。

子どもの頃の僕は目を輝かせて、来た道を、ピアノに向かってまっしぐらに駆けていった。僕も彼を、小走りに追いかける。

「すごいよ！　ドもレもミもファもソもラもシもちゃんと鳴る！」

子どもの頃の僕は嬉しそうに、別れの曲を試し弾きしている。その表情は本当に楽しそうで、僕は本当に、心の底からピアノが好きだったんだな、と思った。

　意味なんて、全く考えてもいないような表情。あんなふうに、ただ純粋に弾き続けていたら、僕は今でもピアノを続けていただろうか。

　車の方を見ると、パンダの被り物がルーフの上に佇んでいた。何か言いたげな笑みを浮かべて、僕を見つめている。何を言いたいかはなんとなくわかった。

「ねえねえ、何か弾いてよ！」と子どもの頃の僕が、僕に言った。

「何かって、何を？」と僕は呟く。

「なんでもいいんだよ、さあ」

　パンダの方を見る。パンダはニヤニヤしながらこちらを見ている。下を向いて、自分の指を眺めた。皮膚に包まれた、人間の手がそこにはあった。パックリと割れた人差し指の爪はもう、何事もなかったかのように綺麗に治っている。ピアノを辞めて、パソコンを打つようになった僕の指。気づけば、ほんの少し、節々が浮き出てき始めた、僕の指。

「弾かないの？」

「僕は、ピアノを辞めたんだ。頑張ったけどダメだった。ごめん。僕は、君の大好きだったピアノを諦めたんだ」

　手のひらの中の虚空を、トンネルに吹き込んだ風が通り過ぎた。するり、と、小さな手が、虚空の中に入ってくる。子どもの頃の僕の手だ。小さくて、冷たい手。

「辞めたなら、また始めればいいじゃないか」

　小さな手に引かれて、ピアノの前に座る。白と黒の鍵盤。

「ほら、指を乗せて。動かすだけだよ。僕ならできるでしょう？」

　指を、乗せる。

　あの曲の、始まりの指。

　そっと息を吸って、静かに、けれどもしっかりと、ミのフラットを押す。あとは自然と、指が動いた。

愛の夢 第三番。初めてその曲を聴いたとき、僕はとてつもなく大きな山を思い浮かべた。水や、森、岩肌、虫、獣、雪。全てをその身に受け入れて、ただ動かずにそこにいる山。その頂は、雲に隠れて見えない。

僕はずっと、その山を登っていたのだ。そして、途中で諦めた。

また登ればよかった。それだけだった。

久々に弾いた音色はひどく不格好で、トンネルの中に響くその音は、とても美しさとはほど遠い。けれども、音が生きている気がした。

弾き終わって、目を開けると、真っ白な指の骨が、黒鍵の上に乗っていた。


去り際、子どもの頃の僕を振り返ったけれど、ピアノに夢中で、こちらのことは全く目に入っていないようだった。

「久しぶりだったなぁ」とパンダが言う。

「え？」

「一瞬、君が人間に戻ったような気がする。あんなに楽しいピアノは、久しぶりに聴いたよ」

ベルトを締め、車を発進する。バックミラーに映った子どもの頃の僕が、遠ざかっていく。

しばらく車を走らせていると、トンネルが終わり、外の光が辺りを包んだ。気づけば目的のインターチェンジに近づいていて、僕は慌てて車線変更をし、出口に入った。くねりと曲がった道路を抜けると、精算所が並んでいる。一般レーンに入り、受付の男性に通行券を渡す。男性の顔が青ざめていて、サイドミラーを見ると、僕の頭蓋骨が映っていた。

3　カメラ男

『じゃあ、今日は休むってことだね？』と室長が電話越しに言った。

「はい、ご迷惑おかけしますが……」

気づけば時刻は九時を過ぎていた。出勤時間になっても連絡がないので、室長が僕の携帯に電話をかけてきたのだ。僕はうっかり、連絡を忘れていた。電話が来た瞬間、僕は背筋が凍った。いつもの現実に引き戻されたような気分だった。体調不良で休む、という嘘を言ったら、嘘が僕を背後から監視しているような、そんな気がした。

室長と話していると、少しずつ、視界が薄らいでいく。プログラミングコードを眺めている時と同じ視界だ。カメラのファインダーのような、現実味のない、冷たい、客観的な視界。良い時も、悪い時も、全てを包み込む視界。

○

祖父はよく、フィルムカメラで写真を撮った。角度や構図にまでこだわって写真を撮る人だった。フィルムの一枚一枚を、大事そうに、こだわって撮った。祖父のこだわりは、子どもの頃の僕にとっては面倒くさかった。あそこに立って、こういうポーズで、こういう表情をして。面倒くさかったので、僕は祖父に撮られるのが嫌いだった。祖父がファインダーを覗く度に、僕は走って、カメラから逃れようとした。

ファインダーを覗く時の祖父は、嬉しそうな顔をしていた。普段は寡黙な祖父が、ファインダー越しに森の木漏れ日を覗く時、口元に笑みを浮かべて、今、目の前に木漏れ日が差していることが嬉しくて仕方ないというような、そんな顔をした。

一度だけ、祖父とひまわり畑に行ったことがあった。買ってもらったばかりの、パンダの被り物を持って、祖父と二人で。祖父の家から、ひまわり畑に向かう途中、祖母の話が出た。

「お前のばあちゃんはな、ひまわりが好きだったんだ。だから、二人で家を建てる時、ひまわり畑の近くに住もう、という話になった。二人でよく、ひまわり畑を散歩したよ。お前の父さんが生まれてからは、三人で散歩をした。それから、お前の父さんが家を出て、また二人で散歩して。それから、一人になった」

「おばあちゃんはどうして死んじゃったの？」

「……どうしてだろうなぁ」

公園には夏の暑い日差しが降り注いで、ひまわりの花弁に当たった光が、黄色く僕たちを照らした。ひまわりの間を歩く祖父の背中は、くちゃくちゃに皺の寄ったチェック柄のシャツに覆われて、丸く歪んでいる。恐竜みたいだ、と思った。

祖父が立ち止まる。僕も立ち止まった。僕たちの前には、大きな風車がそびえ立っていた。赤茶けたレンガでできた、五メートルはある円筒状の壁。その上部を中心に、四つの木製の羽が、ケタケタと音を立てながら回っている。

「あそこに立ってみなさい」祖父が、風車の下の、木製デッキを指差して言った。

僕は一段一段をしっかりと踏みしめながら、木製のステップを登り、デッキに上がる。デッキを進むと、風車の入り口があった。気になって、眺めていると「ほら、パンダを被って！」と祖父が言った。僕は我に返って、渋々、パンダを被る。

「ほら、こっち向いて」

カシャ。

僕はデッキを降りて、祖父が首から下げていたカメラを引っ張る。

「こんどは僕が撮る」

「おじいちゃんはいいよ」

「いいから！」

僕は被っていたパンダを祖父の頭に無理やり被せる。

祖父は観念したように、カメラのレバーを押してフィルムを巻き、ベルトを僕の首にかけると、デッキに上がった。

「ねえ、風車の中には何があるの？」ファインダーを覗きながら、僕は尋ねた。

祖父は入り口を眺めた。

「さあな。怖いものでも入ってるんじゃないか?」ニヤッと笑いながら、祖父がこちらを向く。

「いやだぁ」と僕は呟いた。

カシャ。

ファインダー越しの視界がクローズアップしていく。だんだんと祖父にクローズアップして、視界はレンズを通り抜ける。レンズを抜けた先では、別のカメラレンズがこちらを捉えていて、そのレンズを覗いていると、魂を吸い取られるのではないかという恐怖心が僕を襲った。視界が縮まっていく。まるで、ゴムが記憶した形状に戻るかのように。カメラレンズを映したまま、視界は狭まって、横長の楕円形に姿を変える。それが車のバックミラーだとわかった瞬間、僕は、車の運転席にいた。バックミラーに映ったカメラ男と、僕は鏡越しに目を合わせていた。

「なんだよ、何してるんだよ」と僕はカメラ男に言った。

「あなたを見ています」とカメラ男は答えた。

「どうして僕を見るんだ」

「さあ。私は、物事をただ見つめることしかできないのですから。どうして、と言われましても分かりかねます」無感情な声でカメラ男は言う。「これが私の仕事なのです」

「また変なのが増えたよぉ」とパンダが言う。

「おまえが言うな」と僕は返した。

カーナビに導かれて、ガイコツとパンダとカメラ男を乗せたレンタカーが町の駅前に停車する。ここまで来れば、祖父の家までの道のりを思い出せる。駅前のロータリーをぐるっと一周して、大通りに出た。

赤信号で停車して、チラ、と後ろを見れば、黒いスーツ姿の、フィルムカメラの頭をした男が、こちらをじっと見つめている。無表情なその姿が、何かに似ている気がする。

○

大学を卒業してから、僕はシステムエンジニアとして会社に就職した。巷では、つらい仕事だなんて言われているけれど、情報系の学部出身でない、システムにも詳しくない人間には、システムエンジニアの道しか残されていなかったのだから仕方ない。

ピアノにはもう触れたくなかった。音楽関連の仕事には就きたくなかった。システムエンジニアを目指したことに、特に意味や志はない。未経験でも始めやすい、という噂に乗せられただけだ。実際、勉強してみれば、未経験でも始めやすかった。ただ、コードを作って、他人の作ったコードを読んで、修正して。その繰り返しの日々だった。

特に面白くもないけれど、思っていたよりもつらくない。ピアノを弾くよりはマシだった。特に感情の動くこともない。そういう日々が僕を待っていた。

他社システムのセキュリティ管理・監視。それが僕に与えられた業務だ。特にやりがいはない。やりがいを持って働いている人間なんて、この会社にはいないんじゃないかと思う。毎日、コードを見つめ続ける。顔を上げれば、室長のデスクが見える。室長の表情は無表情。がらんどうの目がパソコンの画面を睨みつけている。それはまるでカメラのようだ。意味もなく何かを見つめる、カメラのような室長の表情を見ていて、気づく。カメラのような室長の表情を見つめる、僕自身もカメラなのだ、と。積極的な関係者ではなく、無機質な傍観者としての僕の姿が、室長に重なって見えた。

車を停めて、パンダを被り、外に出る。カメラ男は車に乗ったままだった。車に乗ったまま、僕の姿をボーっと眺めていた。

そこは駐車場だった。一軒家と一軒家に挟まれた、広い駐車場。駐車場の真ん中に、僕の車が停まっている。夏の雑草が風に吹かれて、カサカサと鳴る。夏陽に炙り出された僕の影が、真っ白な土の地面に映っていた。

ここが、祖父の家だった土地だ。親戚の誰かが、何処かに所有権を譲って、誰かが駐車場にした。僕は地面にしゃがみ込んだ。駐車場の先には畑が広がっていて、奥に小さく寺の屋根が見えた。あそこに祖父の墓石があるのかもしれない。

「変わっちゃったね」とパンダが言った。

「変わっちゃったよ。何も無くなった」と僕は言った。

「変わっていくって悲しいね」

「そうだね、悲しいね」

「僕たちも変わるのかなぁ」

「変わるよ。何もかも」僕は呟いた。

「君も、僕も、あのカメラも、この駐車場も、畑も、家も。ぜんぶ変わっちゃうのかなぁ」

「変わらないものなんて、ないんじゃないかな」

「あるよ。きっとある。変わらないものが」

背後で、誰かが立ち止まる音がして、振り返ると、一人の老父がそこにいた。

「あんた、何してるの」ズボンのポケットに手を突っ込んだまま、老父は尋ねた。短く切られた白髪が、無造作にうねりを作っている。

「道に迷ってしまって」と僕は嘘をついた。

「なんでパンダ被ってるの」

「人に見せれるような顔じゃないんです」

「ふーん。この道まっすぐ、あの寺まで走ったら国道に出るよ」

「ありがとうございます」

ガイコツになって、初めて人と話した。見えない心臓がドキドキしていた。

風車の中。円筒状のじめっとした壁には、ところどころ、窓という名の穴があって、そこから吹き込んできた風と陽光が、入り口のところまで溢れ落ちている。壁沿いの石段を登っていく。ゴリゴリと、削れて今にも崩れそうな音が響く。この石段を登った先には、一体、何があるのだろう。

寺の駐車場に車を停めると、住職に気づかれないように、そーっと墓地まで歩いた。パンダを被った僕の後ろを、カメラ男がついて来ていた。

「なんで着いてくるんだよ」と僕は言った。

「意味なんかありません。あなたを見るために近づいているんです」

墓石は数え切れないくらいぎっしりと敷き詰められていた。一個一個、苗字を見ていく。こうして見ると、たくさんの墓が管理されているのだということがわかる。花の置かれた墓、置かれていない墓。掃除された墓、されていない墓。骨になって、忘れ去られていく。墓石だけが残る。

「あったよ！」とパンダが叫んだ。

墓地のちょうど真ん中辺りに、祖父母の墓があった。手入れもされず、砂埃にまみれた墓石だった。きっと、親戚も来ていないのだろう。とりあえず、手を合わせる。骨になった自分の手が、僕の目の前で合わさる。この中に、祖父母の骨が納められているのだと思うと、骨になった僕が墓に手を合わせているこの光景は、感慨深い。

「誰だ、君たちは！」叫び声がして、見ると、住職らしき男が立っていた。「なんだね、その格好は」

パンダの被り物を通して、住職と目が合う。

「君、死んでいるじゃないか」

青ざめた顔をして、住職は数珠を握り、念仏を唱え始めた。

僕は立ち上がる。僕の身体が、骨がぶつかり合ってカタカタと音を立てる。小指が取れ、親指が取れ、人差し指が取れ、腕が取れ。地面に落ちた骨が、カラカラと寂しげな音を立てる。だんだんと、身体中の骨が剥がれて、地面に落ちていく。

ふと見れば、カメラ男がこちらを眺めていた。目の前で起きていることを、まるで何も起こっていないみたいに、ただ呆然と見つめている。それは僕と同じ目だった。僕も同じだ。目の前のことに何の現実味も感じられない。自分の身体がボロボロと崩れていくというのに。

視界が斜めになる。頭蓋骨が崩れ始めたのだ。視界は四十五度、九〇度、一二〇度と曲がっていき、世界が真っ逆さまに見えた瞬間、頭部に地面が当たって、ゴツ、という音を立てた。

4　ガイコツ

向こう岸でパンダが笑っている。目の前には川が流れていた。僕は川の岸辺に、ちょこんと座り込んでいる。空は曇っていてよく見えない。

「どうしてここに来た」僕の隣に座っているガイコツが言った。「まだ、死ぬような年齢じゃないだろう」

「あなたは、誰ですか?」と僕は尋ねる。

「お前のじいちゃんだ」

「じいちゃん?」

隣に座るガイコツは、僕の祖父だという。祖父だと言われれば祖父に見えるし、赤の他人の骨だ、と言われれば、そんな気もしてくる。とにかく、目の前に佇むガイコツが、本当に祖父かどうか、という確信が僕には持てなかった。

「ここは、どこ?」辺りを見渡しながら、僕は尋ねる。

「墓の中だよ。さっき、お前が急に転がり込んできたんだ」

「墓の中か」きっと、住職に入れられたのだろう、と思った。「じゃあ、おばあちゃんもいるの?」

「きっといる。でもなぁ、じいちゃん、墓の中で迷子になっちまったからなぁ。ばあちゃんが何処にいるか、わからないんだ」

「ふーん」僕は立ち上がる。まっさらな足の骨が、白い砂の中に埋もれている。「ねえ、何処から出られるの？」

「出口は向こう岸にしかないよ。案内してやろう。こっちに橋があるんだ」

久々に見た祖父の背中は、丸く曲がり、骨ばっていて、というか骨そのもので、真っ白だった。風に吹かれて舞った砂埃が、祖父のあばら骨の隙間を通って僕のあばら骨まで届く。

「おまえ、なんで死んだんだ？」

「さあ。よくわからないんだ。臨床心理士のシャツの中に吸い込まれて、気づいたら骨になってた」

「ほう。そいつは、変な死に方だな」

「そもそも、僕は死んだのかな？」

「死ぬのなんてそんなもんだ。なんで死んだのかもわからないまま、本当に死んだのかもわからないまま。死っていうのは、人智を超えて存在しているんだから。とにかく、会えて嬉しいよ、たとえ墓場の中でも」

僕は何も言わなかった。何も言わずに、川の流れを眺めていた。

「難しい話をしたな。すまん」

「いいよ、何が言いたいのかもわかってるよ」

祖父は黙った。次の話題を探しているようだった。一〇年以上も会っていない相手と何を話せばいいのか、僕も思いつかず、考え込んでいる。

「ピアノ、続けてるか？」

トンネルに響く電子ピアノの音を思い出す。

「うん、続けてるよ」

「ピアノ、上手くなったか？」

「なったよ」

「ピアノ、好きか？」

「……うん、好きだよ」

「そうか。よかった」

また、間ができた。

「お前のピアノが聴いてみたかった」

「聴かせてみたかったよ」

赤い橋が、川を区切るように架かっている。京都を思わせるような、朱色の立派な橋だ。砂と川だけの景色には似つかわしくない。装飾までしっかりと成された、美しい橋。

橋の近くに、男の姿が見えた。まっすぐ、直立不動の男が、こちらを見つめている。

カメラ男だった。

「あれ、お前の友だちか?」と祖父は尋ねた。

「友だちなんかじゃないよ。俺のことをずっと見てくるんだ。意味もなく、じーっと見てくる。気味が悪いんだよ」

「あれはきっとお前の一部だ。お前の中にもあいつがいるんだ。ただじっと、カメラみたいに何かを見つめるお前が、頭の何処かにいるんだろう」


カメラ男は僕たちに近づいてきて、そのレンズに二人の姿を映す。無視して歩いても、ずっと後ろをついてくる。橋の上まで来ても、ずっとついてくる。

「ついてくるものは仕方ない。一緒に行けばいいじゃないか」祖父は笑って言った。

「ねえ、火葬場で焼かれている時、どんな気持ちだった?」

「さあなぁ。死んでたから、熱さは特に感じなかったが。なんだろうなぁ。自分の身体が灰になっていく光景は、見てて良いものではなかったな。燃やされた後も、親族に骨突かれて痛かったし。墓石の中は狭いし。人間、死ぬもんじゃないなぁ」

橋の上を、二人のガイコツと、カメラ男が渡っていく。カメラ男のファインダーに映る光景は、少し古びて、まるで九〇年代のアメリカ映画のようだ。

「お前が生まれた時のこと、覚えているよ」と一人のガイコツが言う。背中の丸まったガイコツだ。

「え？」ともう一人のガイコツ。こっちの背中は丸まっていない。

「雨の日だった。空が曇っていて、天井から、タオルやら、シャツやら、靴下やら。部屋干しされた洗濯物が垂れ下がっていた。なんだかその日は寂しくて、朝起きて、顔を洗ってからずっと、死んだ妻のことを考えてた。お前のばあちゃんのことだ」

三人は橋を越え、また、砂の地面を歩き始める。ファインダー越しの光景に映る背中の丸まったガイコツは、何処か寂しげだ。

「何十年も一緒にいたのに、気づけばいなくなっていた。あんなに辛いことはないよ。今の恋人たちみたいに、別れるだけならまだいい。死んだら何もできないんだ。見つめ合うことも、怒ることも、相手を怒らせることも、自分の想いを伝えることも、許すことも、一緒にいることもできない。何処を探してもいないんだ」

いつの間にか、雨が降っていた。二人のガイコツは、雨に気づいていないようだ。その白い骨面が、雨に濡れてぬらぬらと、ニスのように艶めいている。

「悲しみが込み上げて、涙が滲んできた。生乾きの洗濯物も、曇り空も、奥の畳の部屋も、悲しかった。もう今日は何もできないと思いながら、寝室に戻ろうとした時、電話が鳴った。息子からだった。奥では赤ん坊が泣いているようで、風呂場の水の波打つ音がした」

背中の丸まったガイコツは回想にふけった。

「そうか、生まれたか」三文芝居のような安い反応に、我ながら呆れたが、心の奥では喜びが溢れていた。子どもが生まれるというのは、どうしてこうも喜ばしいことなのだろう。さっきまでの鬱屈が全く感じられない。

『さっき生まれたばかりなんだ』いつもはぶっきらぼうな息子も、少し声が明るかった。

「あちらのご両親には伝えたか？」

『当たり前だよ。お二人とも喜んでた。今夜、産婦人科に見に来てくれるって』

「そうか。よかったなぁ」

『父さんにも今度会いに行くよ』

「ああ。落ち着いてからでいいから、いつでも来い」

受話器を落とすと、優しい気持ちに包まれた。天井に吊るされた洗濯物すら、美しく見えた。

「お前が家に来た時のことも覚えてる。しわくちゃの顔をした小さな光。小さな光が、家にやってきた。光は家の中を幸せで包んだ。あんなに幸せな瞬間は久々だった。優しくてささやかな光だった。この光を、妻にも見せたいと思った。妻が見たら、どんな反応をするだろうと思った。見せたかった。小さな光だった」


おーい、という声がした。聞き覚えのある声だった。声のした方を見ると、パンダの被り物が僕たちの方を見て、笑いかけていた。

「やっと会えたぁ」パンダは嬉しそうに近づいてくる。

パンダの被り物はぴょん、と飛び跳ねて、僕の顔を覆った。

「もしかして、おじいちゃん？」

「このパンダ、昔お前に買ったやつじゃないか」

「おじいちゃんだー！」パンダは僕の頭から、祖父の頭に飛び移る。祖父はバランスを崩して、倒れそうになった。

パンダも祖父も嬉しそうにしていた。僕は彼らを横目に見ながら、遠くを眺めた。大きな風車が目に入って、その傍に、ピアノが埋められていた。

「ねえ」とパンダが言う。「おじいちゃんに弾いてあげなよ」

僕はピアノの傍まで走って行って、地面に刺さったシャベルでピアノを掘り起こす。少しずつ、クリーム色のアップライトピアノが姿を現す。がむしゃらに、掘り起こす。埋めてしまったピアノ。やめてしまったピアノ。ピアノが弾きたい。僕は、ピアノが弾きたい。

掘り起こしたアップライトピアノのフタを開けると、鍵盤の上に砂が被さっていた。手のひらで払うと、甲高い音階が辺りに響いた。

椅子に座り、深呼吸をする。まずは、ミのフラットから。そこから、音楽が始まる。

ガイコツがピアノを弾く後ろ姿。その指の動きは繊細で、かつ、熱意に溢れている。曇り空が途切れて、その隙間から差した夕陽が、艶やかなアップライトピアノの表面を煌めかせている。荒涼とした砂地の真ん中で、ピアノの音色が、森に吹き渡るなだらかな風のように、美しく響く。死んだ者の奏でる音色が、こんなに生き生きしている。音色が生きているのだ。

パンダを被った、背中の丸まったガイコツが、ピアニストの後ろ姿を見ている。パンダのせいで、その表情は伺えない。パンダのメッシュ部分に近づく。

パンダの被り物の内側で、ガイコツは涙を流していた。見間違いだろうか。表情のないガイコツの表情。浮かぶはずのない感情が、ガイコツの目に浮かんでいる。

それは、私にとって、不思議な光景だった。私は不思議な感情になった。感情の浮かぶはずがない私に浮かんだ、不思議な感情。ただただ、目の前の光景だけが映るはずの私の視界に、目には映らない何かが、確かに映っている。

この瞬間を見るために、私はずっと、世界を見つめ続けていたのかもしれない。

そう思った。

演奏を終えると、頭がボーッとしていて、自分が今、何処にいるのかも判然としなかった。ふらつきながら席を立つ。パンダを被った祖父が、ゆっくりと近づいてきて、力強く、僕の肩を抱いた。一瞬、驚いてから、僕達はしばらく、何も言わずに抱擁した。骨が擦れて、微かにカタカタと鳴った。

気づいたらカメラ男は姿を消して、僕と、祖父と、パンダだけが砂の上に立っていた。跡形もなく消えたカメラ男。

「彼は何処に行ったんだろう」と僕は呟く。

「必要のないものは、自然と消えていく。それが人の心だ」と祖父が言った。

僕の目の前に、階段がある。地上へと続く階段。その一段一段はガラスのように透けていて、先が見えない。天国への階段のようにも見える。

「それじゃあ、ここで」と僕は言った。

「ああ」と祖父は返した。寂しげな雰囲気が辺りを漂った。

「僕はここで、おじいちゃんと残ることにするよ」とパンダが言った。「元気でね」

「そうか」と僕は気のない返事を返す。

「あ、そうだ」と祖父が呟き、地面の砂をひとつまみ掴むと、その親指を僕の額にこすりつけた。「こうすると、いつかまた会えるんだ。お前のばあちゃんに昔、教わった。本当は、紅を使ってやるんだけどな」

額に触れられた感覚が、かすかにあった。そういえば、子どもの頃、祖父に同じことをされた気がする。あの時は、印鑑の朱肉を使って額にこすりつけられた。

「ありがとう」

じゃあ、と言って、階段を少しずつ登る。

「生き返れなかったら、いつでも帰ってこい！」背後から祖父の声がする。「ばあちゃんとここで待ってるぞ！」

涙が出ていた。どうして涙が出ているのか、わからなかった。祖父の声が寂しかった。パンダが寂しかった。カメラ男が寂しかった。階段の先に待つ「生」が怖かった。それでも足が止まらなくて、僕は、前に進み続けるしかないのだった。

カツカツ、という音が空間に響く。出口から注ぎ込まれた外界の光と、透明の階段。それ以外は真っ暗な闇に包まれ、確かにそこにあるのだ、と確信を持って言えるものは何もない。不確かな階段を登り続けている。そういう不確かな場所を歩いているうちに、気づけば暗闇に落ちて、ガイコツになったのだ、と思った。ふらつく身体を必死に統制して、歩く。こうやって、落ちないように、一歩ずつ、一歩ずつ。しっかり歩いて生きていくのだ。

階段を登りきると、小さな穴があった。小さな穴の外は、すっかり夕焼けて、茜色に染まった空に向かって、ぎっしり詰まった墓石がひまわりのようにまっすぐ伸びている。僕は身をかがめて、その小さな穴をくぐる。這いずるように地上に出る。静かに火照った太陽が僕の白い骨を赤く照らす。僕はゆっくりと立ち上がった。そこには地面があって、肉体まで引き剥がされた、真裸の僕が立っている。裸のままで僕は駆け出した。寺の門を通り過ぎ、畑を通り過ぎ、夜闇に飲み込まれてゆく街の間を、目的の場所まで走る。肺もないのに、息が荒くなって、足元では、地面をしっかりと踏みしめる感覚が僕を支えている。そこには確かに地面があって、確かに街があって、確かに空が、街と地面を染め上げている。その上を、確かに存在している僕が、確かな足どりで、確かに踏みしめているのだ。生きたい、と思った。何がなんでも、人間として、あのオフィスを、帰り道を、電車の中を、玄関を、散らかった僕の部屋を、おぼつかないあの生活を、この足で、確かな足で踏みしめたいと思った。

地面はアスファルトから、茶色い土に変わった。土はカラカラに乾いている。黄金色のひまわりに夕陽が引っかかって、やさしい黄色が地面を覆っていた。風車の舞台に上がると、僕は立ち止まった。呼吸が追いつかずに、身体の何処かがちぎれそうなほど痛んだ。眼下に見える両脚の骨は、土色に汚れ、ところどころに傷がついている。

振り向くと、夏色のひまわりが黄金に輝き、何処までも広がっていた。もうじき、夕陽が沈んで、この黄金も眠りにつくだろうと思う。夜のひまわりを見ようという気分にはなれなかった。火が沈む前に、ひまわりが寝静まる前に、帰ろう。

風車の入り口ドアに手をかけると、ふと、視線を感じて、見ると、子どもの頃の僕がこちらを見ていた。幼い瞳が、ガイコツを見つめている。あの少年が生きていてくれたおかげで、今の僕がいるのだ。

生きねば。

その想いが、僕に入り口ドアを開けさせ、中に入らせた。

風車の中は、窓から差し込んだ夕陽以外、光がなかった。何か巨大なものがうごめく音が建物内に響いている。風車の機械音だ。生きた人間の血管のような音。まるで誰かの体内だ。

入り口の側にあった石段を登ってゆく。一段一段が、怪しくグラグラと揺れる。血管の音は次第に大きくなっていった。窓を眺めると、山の曲線に陽が沈んでいくのがわかる。もうすぐこの建物も闇に包まれる。それまでに辿り着かなければならない。

ミシッ。木の音がした。いつの間にか石段は終わっていて、僕は風車の一番上にいた。そこは暗く、じめっとしていて、丸い半円の床の上に、小さなベッドが置かれていた。その上に、生まれたままの赤ん坊のような、素肌のまま、裸で寝ている僕がいた。恋焦がれた僕の肉体が、そこにあった。

○

「そんな職員は、いませんね」と女性の臨床心理士が言った。「そもそも、当院で箱庭療法を実施する機会はほとんどありません。なにせオフィス内の施設ですから」

「じゃあ、僕は一体、何を見たんでしょうか」と尋ねる。

「それを今から一緒に考えましょう」

オフィスに戻ると、僕のデスクの上に、コンビニのコーヒーが置かれていた。辺りを見渡すと、ニヤニヤと微笑む室長の楽しげな表情が目に入った。僕は笑い返して、軽くお辞儀をすると、コーヒーを口に含み、飲み込む。痺れるような熱くて苦い液体が、僕の喉を通って、胃に到達した。そこには確かに身体があって、柔らかい肉の壁が、僕の飲んだ液体を包んでいる。液体の流れ込んだ胃が熱い。

まるでコーヒーが「僕はここにいるよ」と教えてくれているようだった。

第三回

江古田文学賞高校生部門　発表

受賞作

「夕焼に沈める」

鹿祭福歩（しかまつりふくほ）

二〇〇五年生。川内高等学校在学中。
二〇二〇年、筒井康隆、椎名林檎、園子温の作品に触れ、立ち上がる程の衝撃を受ける。
二〇二一年、高校の文芸部で初めて小説を執筆。表現の形を変え、詩、短歌、戯曲にも挑戦している。

受賞のことば

中学生の時、同じクラスに全く喋らない女の子がいました。田舎だったので生徒数は少なく、二人きりで授業を受けていたのですが、三年間、ほとんど喋ることはありませんでした。彼女は卒業と同時に東京へ引っ越してしまいました。

それ以来、東京を訪れる度にその女の子のことを思い出してしまいます。

彼女のような文章を書きたいと思っています。

鹿祭福歩です。

よろしくお願いします。

佳作

「ひかってくれる」　未来（みらい）

「愛」　愛川來海（あいかわくるみ）

「敵も味方も良い音が聞こえる」　須賀（すが）ひなた

第三回江古田文学賞高校生部門は、令和五年十月三十一日に応募を締め切りました。三名の選考委員は、応募された全六十五作品に目を通しました。選考会で議題に上がった鹿祭福歩「夕焼に沈める」、柳心平「僕もかつては少年で」、熱川とわ「錦髪」（以上、小説）、未来「ひかってくれる」（短歌）、愛川來海「愛」、須賀ひなた「敵も味方も良い音が聞こえる」（以上、俳句）のうち、「夕焼に沈める」が本賞に、「ひかってくれる」「愛」「敵も味方も良い音が聞こえる」が佳作に選出されました。本賞受賞者には賞状と図書券五万円分、佳作受賞者には賞状が授与されます。

上田薫（うえだ　かおる）

鹿祭福歩「夕焼に沈める」

人間がただ必要や状況に従い、感情の赴くままに行動していた時、不条理という言葉は存在し得なかった。人々は欲望を悪とも、罪とも思わなかったし、強さは賞賛され、弱さは切り捨てられた。人類の歴史の多くの節目を刻んだものも、人間の欲望と強さであったが、それは人間が極めて限界状況の近くで生存し、まず何よりも生存することが優先されなければならなかったからである。条理というのは社会が作り出した道理のことであるが、不条理は特に近代社会の意識の下で、人々が感じ取る感性によって発せられるようになった言葉である。例えば、現代においては無辜（むこ）の人々が自然災害で命を奪われた時、人はそこに不条理を感じる。これは勧善懲悪の考えが私たちの意識を支配しているからだろう。なぜ罪もなく人が不幸に見舞われねばならないのかという考えは、天の理法を善悪と結びつけようとする発想より生ずる。しかし、近代以前の現実は弱肉強食の世界であって、善悪が幸不幸を決するという考えは宗教的な教えに類するものだった。更には宗教的な意識においても、自然の報いを人間に内在する罪の結果だとする発想が深く植え込まれていた。近代以前には自然の猛威は神の怒りの表れとさえされた。恐らく、これが不条理文学の淵源であるのだが、不条理文学とは近代社会の案出した条理に沿わない限界状況に置かれた人間の心理を描き出すものである。不条理文学の代名詞と言えるカミューの『異邦人』は、人間の死や肉親の情に無感覚な主人公ムルソーの心理を描き出したが、この「夕焼に沈める」もまた障害児である弟＝心平に対する兄＝悟の「そうあるべきではない心理」を見事に描いている。悟は内心、心平を疎ましく思い、やがて彼を見放して死に至らしめただけではなく、その死を喜びさえしてしまうが、それは悟がその家庭環境の中である限界状況に追い詰められていたためである。小説の初めの方で、悟は心平の面倒を見るように母親に言われた時、「僕が子供であることを許してくれなかった」と回想するが、そういう日々の時間の積み重ねが、悟を条理以前の切迫した心理の闇に追い詰めていたのである。近代人の条理から滑り落ちた悟の感情は、生死の地平を生きていた野蛮な前近代人の心理によって揺さぶられ、堕ちてゆく。十二年後、悟は父の葬儀のために郷里に戻った時、かつて心平が事故に遭い倒れていた場所に自分の体を重ねて、心平に語りかけてみるが、涙を拭った後に悟の心に残ったのは生きている「己の幸福」だと筆者は語る。この結論に評者は一種の違和感を覚えるが、これもまた新たな感性の生み出す不条理なのかもしれない。最後の旧友との邂逅の場面は、もう少し工夫ができたのではないか。悟の心理についてではなく、友人の車が止まった後の状況が少し不自然だ。若干の表記ミスが残っているなど詰めの甘さが残っているが、冒険的なテーマに真正面から向き合い、真摯に格闘した跡の窺える秀作だと思う。

未来　短歌連作「ひかってくれる」

短歌連作「ひかってくれる」は色や音、意識の象徴としての物の捉え方が鮮やかな短歌連作である。例えば「夕闇の降車ボタンの赤色はあたしを狙うケモノの視線」は、「ケモノの視線」が「あたし」の何を狙っているのか不明だが、自分が降りる停留所前の「降車ボタンの赤い光」の持つ緊張感のようなものがよく伝わってくる。混雑したバスの中で次に降りようとする乗客のちょっとした緊迫感と降車ボタンの深い赤色とが釣り合っているのだが、それを「ケモノの視線」と表しているところに面白みがある。きっと「ケモノの視線」で見つめているのは「あたし」の方なのだが、それを「降車ボタン」の方に背負わせているのが良い。歌は論理ではなく、感性の響きだ。それを上手く捉えている。「10ｍ遅れて走るグラウンド　太平洋になればよかった」これも、「太平洋になればよかった」理由のアンビバレントが面白い。グラウンドが太平洋になれば10ｍはほんのわずかな距離である。足の遅い走者の儚い望みが、グラウンドを太平洋にしてしまう空想力も面白いし、もう競争の勝負も何も投げ捨てて、そこが太平洋だったら実に気持ちのよい疾走の舞台となりそうだというような突き抜けた解放感と喜びさえ浮かんできて茫洋たる世界への意識の飛翔が素晴らしい。「あと五日生き残るためのから揚げを押し込んでいる夜の王将」は「押し込んでいる」で実感が描かれているし、「チャイムの届かない社会科準備室　はじめてきみの横顔をみる」は静けさの中の一瞬を捉えているところに妙味がある。その他「戦争のニュースはついに食卓のＢＧＭのひとつとなった」や「私のためだけにひかってくれている美術倉庫の電灯２本」、「吾を覆う葛餅みたいな微睡を針でばちんとやぶいて月曜」も良い。粒揃いの秀作が揃っている。

以下は他の評者の選であるが、**愛川來海**さんの俳句「秋晴や額の列を新しく」や「コスモスの半分ほどの腕はなし」「炎天のイニシャルはいま立派かな」などがどれも目の前の表象を心情の象徴に変えてしまう上手さが光っている。また**須賀ひなた**さんの俳句「ストーブの秋刀魚の匂う薬なり」や「鉛筆を拾った円の初氷」は空間の広がりと、筆者の心の中の時間との重なりが鮮やかで印象的な句である。以上二人の句は、他にも個人的に好きな句があるが、私の勝手な解釈に堕するのを避けて挙げるのを控えようと思う。

総評：今回の応募作品は全体として優れた作品が多かったが、短い作品であるにも関わらず、誤字などが残っている点は少し気になった。今後様々な文学賞に応募してゆく皆さんだと思うので、仕上げの見直しに注力していただければと思う。

選評

ソコロワ山下聖美（やましたきよみ）

本年より高校生部門の審査を担当させていただくことになりました。まずは、応募して頂いたすべての方に心より感謝を申し上げたいと思います。応募作品は昨年より増えており、ジャンルも多種多様で、いずれも、真摯な思いがつまったものでした。これらを新鮮な思いで読ませていただきました。

受賞作品である**鹿祭福歩**さんの「**夕焼に沈める**」は、とても完成度が高く、小説としてのセンスや技術を体得されているな、と感じるものでした。とくに冒頭が秀逸です。チャイムは「どこからともなく」聞こえます。そして足元の「小さい夜みたいな影」が何かを予感させます。何かのはじまりを期待させる文学的な表現です。こうした表現を生み出すセンスは、一にも二にも、文学作品を読む、ということに尽きます。書きたいと思う方は、それ以上の量を読むことが必要です。古今東西の文学をとにかく読むことは、最も有効な書く練習となるはずです。

続いて、惜しくも受賞は逃しましたが、私が気になった作品をいくつか紹介したいと思います。まずは、**熱川とわ**さんの「**錦髪**」です。遠い昔の雅な世界を実によく描けていると感じました。暗闇から漂う淡い匂いや音を細やかに表現し、古の日本の美の感性を今に蘇らせています。時代考証などを要する古典の世界を題材として選んだ意欲は高く評価できることであり、今後も広い時代を描き続けてほしいと思いました。

また、**柳心平**さんの「**僕もかつては少年で**」も印象に残った作品でした。人間が生きていくことを、祖父、そして祖母の存在を通して、硬質な文体で描いています。完成度で言えば満点というわけではありませんが、短い文章の中に納まりきれない、何かはみ出していくようなパワーを感じました。これからたくさん書いていくことにより、磨かれていく素材であることは確かで、今後に期待できる方だと思います。

以上、いくつかの作品の講評を書きましたが、文章を書いて自らを表現したいという思いは、若くても年齢を経ていても、どこにいても、どの時代においても変わらない普遍的な衝動であると思います。どうぞこの衝動がある限り、書き続けて、そして、読み続けて頂くことを願っております。

選評

山下洪文（やました　こうぶん）

鈴木喜緑という詩人の足跡を追って、教会を訪れたときのことだ。「あるクリスチャンの詩人を探している。その人は戦時中に聖書をバラバラにして、腹巻きに隠して、それをひそかに読み継いで生きていた。彼がこの辺りに住んでいたので、近所の教会を訪ねている」と話したところ、牧師さんは笑って、「近所の教会に行くとは限らない」と仰った。

信徒は、最初に「神」に出逢った場所に行くのだという。北海道の教会で救いを得たなら、どんなに遠くに住んでいても、そこを訪れる。異国の地に救いを見出したなら、一年に数回でもいいから、その国に行く。戦場で救いを感じたなら、その跡地を何度も歩く。もちろん、近所の教会で済ませることもある。だが本当に大切なものは、信仰に目覚めた最初の地にあるのだ、と。

牧師さんは、この感情は言葉では説明できない、と仰っていた。なぜ救われたのか、なぜ救われた場所へ帰っていきたいと思うのか、説明できなくもないが、とても難しいし、嘘になりそうだ、と。

それを聞いて私は、文学に似ている、と思った。なぜ書いたのか、また書きつづけるのか。書いているとき、何を思っているのか。それを言葉にすることは難しい。

もちろん、信仰と創造の違いはあるだろう。信仰は、帰ってゆくべき地をあたえられる。創造は故郷を、自分の手で作らなければならない。信仰には仲間がいる。創造は一人でおこなわれる。信仰は救いが約束されている。創造は、その果てに救いがあるとは限らない。

だが、救われた場所へ、本当に帰りたい場所へ絶えず帰っていくこと——代わりの何かで心を埋めるのではなく、自分にとっていちばん大切なものを求めることにおいて、信仰と文学は似ていると思う。

私たちが創作するのは、何かを求めるから、何かに餓えているからだ。その餓えをごまかすのではなく、追求することが重要なのだと思う。

第三回江古田文学賞高校生部門には、六十五篇の応募があった。前回の約二倍、前々回の約三・五倍である。この賞が知られてきたのと、めげずに毎年応募してくれる生徒のおかげだと思う。新たな才能と出逢い、その成長を目にするのは、格別の喜びである。

香田朔「禁忌」は、前作「生と夢幻」の耽美的描写を受け継ぎつつ、土俗の神「オトンベさん」にまつわるエピソードを描いている。終幕が尻切れトンボなのが惜しいが、「親がいる子にとって、一番の不幸は親の人間を知ることだ」という文章には胸を突かれた。

甲斐優志「少年記」は、前作「ある歩兵の日記」から明らかな進歩を遂げている。前作は「第三次世界大戦」が起きた日本を舞台としつつ、裏のテーマとして「卑怯者で嘘つき」な「俺」の内面を描いていた。今作は、「鳥になりたい」という夢を抱いた少年の挫折を、正面から書いている。下手な設定抜きに、心の葛藤に挑んだ点が評価できる。

柳心平「僕もかつては少年で」は、繊細な心情描写の光る秀作である。子猫を探す人々に、「私のネズミも探してくれないか」とどうしても言えなかった――という挿話から、物語は始まる。

祖父が死に、家を取り壊すことを決めた日、「池の端にアイスの棒が刺さっている」のを「僕」は見つける。「僕の名前と少し空けてその下に「ここ掘れ」と一言」、祖父の文字で書かれていた。土を掘って出てきた「クッキーの缶」には、「黄ばんだ一通の手紙」が入っていた。そこには、祖母が失踪したとき誰も気にかけなかったこと、「命の価値は地平線のようにまっすぐじゃない」と悟ったこと、それでも「私も、お婆さんも、かつては少年少女だった。生きた。記憶をたんと蓄えて一生懸命生きた。死にたくても生きた」こと、そして「もし、この手紙を読んでるとき私が生きているのなら一度でいいから会いに来てほしい」という願いが、切々と綴られていた。

「僕」は「流した涙も缶に詰めて」、「今からお爺さんたちが大切に暮らした家を壊すよ」と呟く。どうにもならない人間の感情を、白黒つけずに扱う作者の姿勢は、表現者として大切なものだと思う。

佳作を受賞した**未来「ひかってくれる」**は、ふとしたところに着目しつつ、日常の風景を再発見している。美しいこと・優しいことが起きるというより、日常の美しさ・優しさにさりげなくふれている。

同じく佳作の**愛川來海「愛」**、**須賀ひなた「敵も味方も良い音が聞こえる」**には、高校生の等身大の瞬間を切り取る、豊かな感性を感じた。

私のゼミ生の卒業論文に、「写実」は「聖性」を帯びる、という指摘があった。「俳句は祈ることに似ている。優れた作品は、時として祈りを超えた聖性をもたらす。祈ることの輪郭すら曖昧になり、しかし確かに祈りに依拠して、ただそこに存在している」（市来陽「短歌と俳句のバズ、その違いについて」）。写実は意識に映るものだけでなく、無意識に映るものをも描き出す。そのとき人は、普段言葉にできないでいる、大切な何か（＝聖性）にふれるのだろう。

鹿祭福歩「夕焼に沈める」は、瑞々しい比喩表現で、弟を喪った痛みとその忘却を描いている。「お前の葬式、誰も泣いてなかった。心平、おまえは、何で生きてたんだ」という問いかけは、倫理的な善悪を超えて、生きることの業のようなものにふれている。「正しさ」「優しさ」に覆われたこの時代に、正しくも優しくもない人間の「心」を書いている。一年ぶりの本賞受賞に、ふさわしい作品と言える。

生きる意味がどんなに考えても見つからず、それでも考えてしまうとき、文学と出逢う。文学は、生きる意味を教えてはくれない。アルチュセールは、「歴史の意味はないにしても、歴史のなかに意味はありうる」と書く。生きる意味がないとしても、生きている以上、「意味」は作りうるということだ。この無価値な生を抱いて、価値ある言葉を生み出しつづけることを、今後も皆に期待したい。

第三回　江古田文学賞高校生部門受賞作

夕焼に沈める

鹿祭福歩

　五時を告げるチャイムがどこからともなく響いてくる。沈みかけた太陽の光は、今までで一番赤く、僕の足元には、小さな夜みたいな影が一本、伸びている。

　今日、僕はえっちゃんたちと遊ぶ約束をしていた。それなのに、朝、ママが突然、（心平も連れて行ってあげなさい）と言い出した。（ママは、婦人会があるから心平、一人じゃ留守番できないでしょ）ママは、少し申し訳なさそうな顔をしていた。（お兄ちゃん、お願いできる）その言葉と声は、僕が子供であることを許してくれなかった。

　心平は、少し「足りない」。何が足りないのか、かなり前にママから教えてもらったが、よく覚えていない。僕より二つ年下の心平は、今年で十歳になるが、未だにかけ算もわり算もできない。それに、すぐわがままを言って泣き出すし、部屋をきれいに片づけることもできない。

こないだの日曜なんか、テレビに海で泳ぐ人が映っているのを見てそこから一日中海に行きたいと言って泣いていた。心平が泣いたり、喚いたりしていると、パパとママはだんだんピリピリしてくる。そんな時、僕はすぐに自分の寝室に引っ込む。リビングから聞こえてくる、やまない心平の泣き声。パパとママの優しくなだめる声や感情が噴き出た声を僕は、布団にもぐりこんで目をつむりながら聞いていた。お陰で僕はいつも寝不足気味だった。

後ろを歩く心平の影は見えない。心平は人一倍背が小さいから影も小さい。

「さとちゃん」

心平が駆け寄ってくる。その瞬間、全身に鳥肌が立った。腕に、足に、気味の悪いぶつぶつが現れた。僕は、周りに誰もいないのを認めた瞬間、全速力で走りだした。なんだか、エスエフ映画に出てくるワープ移動をしているような、一歩進むごとに、別の世界に着地しているような、感じがした。頭の裏側に、心平を連れて行った時のえっちゃんたちの表情が、はっきりと映る。えっちゃんたちは、優しかった。一つも文句を言わなかったし、心平がジュースをこぼしたり、ゲームのコントローラーを投げたり、叩きつけたりしても、笑って済ましてくれた。

時々、心平に声をかけてくれた。ママの声が耳の中から外へ流れ出していく。今日は、心平の病院だから、授業参観いけないの。心平も一緒に使わせてもらえる？　心平がどうしてもっていうから。ごめんね。ごめん。ごめんね？　つむっていた瞼の裏側には、あまり家に帰ってこなくなったパパの顔が……なかった。顔のないパパがぬらっと手を差し伸べてくる。僕は慌てて目を開けた。いつのまにか、家の近くの公園についていた。

心平。生きてっかな。

僕は、ゆっくりと、元来た道を戻り始めた。一番星が、ユーフォーみたくゆらゆら揺らめいて見える。
僕が戻った道に心平はいなかった。そこにいたのは、車から降りて慌てふためく大人と、どこかに電話している大人、そして、冷たい風と一緒にやってきた一匹の赤とんぼだけだった。

「もしもし、母さん？　僕だけど。家、着いたよ」

セミが鳴かなくなって一月が経ち半袖だと少し肌寒く感じる瞬間が増えていた。

「あ、お兄ちゃん。父さんが死んだ。早かったわねえ。今いくわ」

一昨日、父さんが死んだ。脳卒中。酒も煙草も呑んでいなかったし、健康診断でも異常なしだったのに。それでも死んだ。突然の訃報に驚きはしたが、不思議と悲しみや涙は湧いてこなかった。玄関を開けて出てきた母さんも、少し白髪は増えたが、一年前会った時とほとんど変わっていない。

とりあえず遺体の前で焼香し、手を合わせる。線香の香りが体に纏わりつく。父さんの死相に表情はなかった。いつもと同じ。能面みたいな顔。もしかしたら彼は、生涯仮面をかぶり続けていたのかもしれない。仮面の裏にどんな表情が踊っていたのか知る機会も理由も、今の僕には無くなっていた。

葬儀は、ごく小規模で行われた。父さんの母と母さんの父母、そして名前も知らない父さんの友人が数名、来た。どことなく皆うわの空で、坊主の読経を聞いていた。僕は、ふと部屋の隅の座布団の上で行儀よく座している一枚の写真と目が合った。すぐにそらす。生きていたら、絶対、こんなにじっとしていることはできなかっただろう。

「生きていたら」か。写真の中の少年が車に轢き殺されてから、十二年が経った。こんなに年月が経って、やっと「生きていたら」なんて自然に考えられるようになった。もし、彼が生きていたら、母さんの白髪の数は少しでも減っていただろうか。もし、あの時、僕が彼を置いていかなかったら、父さんは今頃、静かに朝食をとっていただろうか。正座している足がじわじわと熱くなってきた。坊主の読経が赤とんぼの群れが泳ぐ空に消えていく。

　朝食を食べ終わった僕は、家族との世間話をそこそこに切り上げ、少し外を歩いてみることにした。十二年前、まだエナメルがびがびが光っていた公園の遊具は、所々はげて錆だらけになっている。太陽は燦燦と照っているのに、何故か涼しい。心地よい涼しさ。街路樹が減ったり、増えたり、ガードレールやカーブミラーが増えたりしているだけで、ほとんど町並みは変わっていなかった。

　あの日、僕が立ち尽くしていた場所に着いた。ちぎれかけていた心平の体も、彼の体液も、僕の涙とげろも、全部まだまだこの世界に在る。空気や、灰や、塵に、姿を変えてこの世界のどこかを回っている。そう考えると恐ろしくなってくる。心平は、なんであの瞬間、僕の名前を呼んだんだろう。怖くなったのだろうか。後ろに、誰かいたのか。背後から迫ってきていた夜に、心平は怯えていたのかもしれない。

　心平の体があった場所に体を重ねてみる。秋の空は、高い、高い。そう、心平は高い高いをしてくれとよく頼んできていた。断ったらうるさいので、周囲の目に気を配りながら抱えてあげた。小さな体は、吃驚するほど軽くて、中身が空っぽなんじゃないかと思った。

　それでも、心平の体は温かかった。その熱すらも、当時の僕にとっては、気持ちの悪い温度だった。

　うつ伏せになって倒れたまま、流れる雲を眺めていたら、ポケットの携帯電話が鳴った。母からメールだった。

『お兄ちゃん、今どこいますか』

　僕は、メッセージを打ちながら、底のない空に向かって呟く。

「なあ、心平。お前がいなくなった今、僕は、誰の兄ちゃんなんだろうな」

影が、一筋の短い影が、僕の腹を轢く。青に染まっていた空が一瞬で赤くなる。心平は怒ってるかな。一人、取り残されて、遅い足でもたもた追いかけようとして、転んで、血だらけになって、引き裂かれて。でも。僕は、笑ったよ。やばい、どうしよう、の前に、あ、よっしゃっていう言葉が、喉にこみあげてきて、口角が上がるのを止められなかった。お前の葬式、誰も泣いてなかった。心平、おまえは、なんで生きてたんだ。

目を開くと、赤とんぼの群れが青い空を染め上げていた。どこからか、車のエンジン音が近づいてくる。

「ああ、僕も、死ぬのか」

自然に言葉があふれていた。また母さんの白髪が増えるかな。いや、逆に若返るかもしれない。ふ、と笑みが漏れる。

タイヤが砂利道をこする音が、僕の頭のすぐ傍で、止まってしまった。

「オーイ、悟じゃねェか。久しぶりだなぁ」

えっちゃんだった。

「おう、久しぶり」

立ち上がって、砂ぼこりを払いながら答える。

「ア、折角だしさァ、他の奴ら集めて俺ん家で一杯やんない？　昔みてーにゲームでもしながらさ」

僕は、秋の空気で目を乾かしながら、己の幸福をかみしめて答える。

「うん、絶対行く」

第三回　江古田文学賞高校生部門佳作

ひかってくれる

未来

吾を覆う葛餅みたいな微睡を針でばちんとやぶいて月曜

10m遅れて走るグラウンド　太平洋になればよかった

〔Power〕（食べて）〔sleep〕（寝て）〔wake〕（起きて）〔F12〕の横で行われている私の全て

チャイムの届かない社会科準備室　はじめてきみの横顔をみる

折りたたみ傘を開けば「べん」と鳴き　さみしいさみしいあきのはじまり

夕闇の降車ボタンの赤色はあたしを狙うケモノの視線

戦争のニュースはついに食卓のＢＧＭのひとつとなった

あと五日生き残るためのから揚げを押し込んでいる夜の王将

「いつかまた会おうね」果たせ（さ）ない約束　DAMチャンネルの音がうるさい

無駄なものぜんぶ省いて八月の空気の色も忘れてしまおう

私のためだけにひかってくれている美術倉庫の電灯2本

わすれたくないことわすれていたいことあの日イオンでいえなかったこと

プレステの起動画面みたいな場所で生まれ変わるのをずっと待ってる

繰り返した呼吸の果てにのこるもの　ポンデリングは輪廻の象徴

柴犬だとじいちゃんが言い張ったから記憶の中では柴犬のタロ

プラザの筆箱みたいにかわいくてださい棺桶の方がいいだろ

無花果の花は見えないだけらしい　金曜　三時　進路面談

グラウンド駆け抜けていくその風が順に前髪かき上げて秋

1+1＝300みたいな顔をしてこんなに正しくひまわりは咲く

わたしというわたしをすべてつれてってって知らない街へ知らない星へ

第三回　江古田文学賞高校生部門佳作

愛

愛川來海

秋晴や額の列を新しく

先生と再会できず秋入梅

コスモスの半分ほどの腕はなし

蓑虫の着ればえんぴつ脱げば芯

機械より心にしみて毛糸編む

鼻につくおでんや部屋も窓も愛

にせものや二時の秘密は寒椿

寒雷を歩くしあわせあるあした

風船に巻く水色の時間割

真っ黒な草餅や子の空を見て

春日とは胃があって眠くなること

花冷の名前を今は覚えけり

永遠のひとりぼっちの春の川

片陰の免許写真や叫び声

涼風に爪の先まで日記かな

動かれし木の表情や夏の星

炎天のイニシャルはいま立派かな

手のひらを消したいときの天道虫

留守中の家は瓜の中となりけり

指差して夏の強さを皿へ泡

第三回　江古田文学賞高校生部門佳作

敵も味方も良い音が聞こえる

須賀ひなた

フォーク持ち光は朝へ春の風

鳥のため扉を開く春の空

雲も帽子も風船を殺しけり

くせがあり景色と同じひな人形

ドレス着て桜の花の座席かな

おもちゃ屋の人形いま昼寝して

昼寝中鞄など置いて虹まで

猫たちはさくらんぼより似ていたり

はとの待つ翼のひかり天の川

折った紙から出る象の鼻水の秋

かまきりは敵も味方も包丁を
運ばれてからすの秋の海歩く
月見なら中のぐらいの単語かな
ストーブの秋刀魚の匂う薬なり
鉛筆を拾った円の初氷
冬の日や龍の鼻からけむりの日
新聞は鶯の鳴き声予言して
祈りとは神も牛まで日向ぼこ
鯨なら雨降ったときリボンかな
電車乗り朝から雪の音がする

針を持ってる私たち

八木夏美

　今日こそ、優月ちゃんは返事をくれるだろうか。きっとダメだろうけど、もしかしたらという淡い希望は持ち続けたい。口角を上げる。子供向けの番組に出られそうな笑顔になると大げさだから、そうならないよう微笑程度に。ナルシストになった覚えはないけれど、スマホの内カメラで自分の顔を確かめていたら玄関の扉が開く音がして、ソファから立ち上がる。

　そしてさっき確認した笑顔を意識しながら、リビングの入り口に立って口を開いた。

「おかえりなさい。学校、楽しかった？」

　無表情の優月ちゃんは、小さく頷くだけだった。一応靴を脱ぎ終えるまで待ってみるけど、こちらを一瞥もせずに、パリッとした制服のプリーツスカートの裾を揺らして洗面所へ消えていく。その背中を見送ると落胆がずしんときて、がっくりしながらソファに沈んだ。

　このやり取りをひと月、私の大学が全休の火曜日と金曜日に繰り返している。それでも、私はまだ一度だって彼女が中学校から帰ってきた時の「ただいま」を聞けていない。

そんな態度の優月ちゃんとどう接すればいいのか分からない。私はこの家の空き部屋に、大学へ通うために居候しているだけだ。二年までは実家から頑張って通っていたけれど、優月ちゃんのお母さんである私の姉さんが是非住んでほしいと言うからお言葉に甘えさせてもらった。時間がいくらあっても足りない大学生は、通学時間が一時間以上短くなるだけで大助かりなのだ。

何かきっかけがあったのかな。優月ちゃんが変わってしまったことに。今まで、遊びに来てくれた時とか外で会っていた時は普通に会話をしていたから、余計分からない。なんで一緒に暮らし始めた途端こうなってしまったのかと姉さんに問いただしたくなる。まだ大学生とはいえ、叔母の私と一緒に暮らしていいか本当に優月ちゃんに聞いたのかと。

優月ちゃんにも聞きたい。一度は一緒に暮らしていいと言ったのに、なんで姉さんがいない時は話しかけても無視するのって。私は別に、家族同然と思われてなくていい。優月ちゃんからしたら、私はあくまで親戚だし。ただ、一緒に暮らすルームメイトとして挨拶を返されないのは結構悲しいから、「おはよう」には「おはよう」を、「おかえり」には「ただいま」を返して欲しいだけだ。

こういう時に焦って何かやってしまうと、かえって優月ちゃんとの心の距離が開いてしまいそうで怖い。そういう理由を盾に行動していないから、もどかしさだけが積み重なっていく。積み重なれば積み重なるほどしんどくなる気持ちは、いつになったら削れていくのだろうか。

優月ちゃんの心の整理がつくまで待ってみようという年上の余裕なんて、私にはない。私に出来ることは、今にも消えそうな淡い期待を抱きながら立ち尽くすことだけだ。

きっとどんなに笑顔を浮かべていたって、私の彼女に対するいい加減返事をしてくれという気持ちや焦りや不安は、どれだけ隠そうとしてもにじみ出て伝わってしまうのだろう。

たぶん、まず私が変わらないと、優月ちゃんが変わることもない。だから、今いる所に立ち尽くし、一歩も動いていないせいで何も変わっていないことは、私が一番よく分かっている。

口からいっぱい空気を吸い、盛大にため息をつこうとして思いとどまる。優月ちゃんに聞かれてしまうのだけは避けたかった。口に蓋をするように手で覆い、指の間から静かに細く息を吐く。そして、そのまま両手で顔を覆って天井を仰いだ。

やっぱり、あの時の私の選択は、間違いだったのだろうか。この一ヶ月の間に何度も考えている。私は姉さんと優月ちゃんと一緒に暮らさずに、実家にいた方が良かったのではないか。

「間違いだって、認めたくないなぁ」

情けないほど、か細い声が自分の中から出てきた。それなりに考えて出した自分の決断が間違いかもしれないけど、どうしてもそれを認めたくない。誰だってそういう気持ちはあるだろう。

いっそ私にあてがわれた部屋から極力出なければいいのだろうか。いや、それこそこの家の空気が悪くなりかねない。答えが出ない問答を頭の中で繰り返し、それに疲れて椅子の上でぼんやりしていたら急に部屋が薄暗くなった。

窓の外を見ると、太陽が雲に隠れている。その雲の縁が金色に光っているから、もうすぐ日が暮れるのだろう。すぐそこに夜が近づいている気配を感じ、考え事ばかりで一日何もしなかった自分が嫌になる。

今朝、姉さんから仕事がどうしても遅くなるから、夜ご飯は待たないで先に食べて欲しいと言われた。だから必然的に私が夜ご飯を作ることになるのだけれど、あの子が気に入ってくれる料理を作れる自信なんてこれっぽっちもない。成長期の身体だし、せめて不味くない、栄養があるとなお良い料理を食べてもらいたい。頑張るか……と背もたれに預けっぱなしにしていた身体を起こした。

そもそも姉さんの家の部屋が空いたのは、お正月気分がようやく抜けてきた頃に姉さんが離婚して、旦那さんが出て行ったからだった。年末年始に帰省してきた姉さんが、今まで見たことのない疲れ切った顔をして、一人だけ謹賀新年の世界から置いてけぼりにされていた原因はそれだったのか……と母さんから話を聞きながら納得した。

そんな姉さんから「突然だけど今日の夜空いてる？　一緒にご飯食べない？」と電話をもらったのは、母さんから姉さんが離婚したと聞いてから一週間後だった。

電話をもらった時、私は大学のフリースペースで充電が無くなって真っ暗になったパソコンの画面を眺めていた。お腹が減ったし、外では大寒波が直撃しているから電車が止まるかもしれないので帰らなきゃという気持ちはあるけど、一歩でも建物から出れば顔が痛くなるほど寒いし、家も遠いから帰る途中で帰宅ラッシュとぶつかって一時間は立ちっぱなしになるだろう。そう考えるとますます憂鬱になって、椅子から立ち上がる気が起きなかった。

そんな時に来た姉さんからのご飯のお誘いは、椅子からずり落ちそうになるくらい驚くものだったけど、ずっとフリースペースでダラダラしている私を動かすには十分な魅力がある。だから二つ返事で頷いて、一時間後にお互い通勤通学で使う池袋駅で待ち合わせをした。

そもそも、私と姉さんはそこまで仲が良い姉妹じゃない。かと言って悪い訳でもないけど、私たちは歳が十五も離れていて、姉さんが短大を卒業と同時に家を出たから一緒に住んでいた期間も短かった。

　姉さんは赤ちゃんである私の色々なことを覚えることが出来ても、赤ちゃんである私は姉さんの色々なことを覚えることが出来ない。だから私たちは「姉妹」でもその関係の見え方が全く異なっていて、私からしたら姉さんは、仲が良くなる時間がなくて姉妹というよりは年に三、四回くらい会う親戚に近い人だけど、姉さんからしたら私は、赤ちゃんの頃から見てきた可愛い妹になる。

　だから姉さんは私と距離が近いけど、私は姉さんとちょっと距離があるからどこまでもちぐはぐな関係だ。

　サシでご飯に行ったことは今までない。姉さんがたまに帰って来た時は、姉妹だからご飯を並んで食べることはあるけれど、長く続いた会話が急に途切れてしまったり、歳の差のせいで上手いこと話が通じなかったりした後の沈黙が気まずくて、あまりいい思い出がない。そんな、距離感にいつも悩むことになる姉さんと、二人きりでご飯。何を話せばいいのだろうか。

　こういう時に、今まで私から親しくなろうと努力してこなかったツケが回ってきたと実感する。こんな微妙な距離感のままでいいのかと悩んだことは何度もあったから、会話を一度だけ頑張ったことがある。そうしたら空回ってとんでもなく恥ずかしい思いをしたので、それ以降は親しくなりたいと思うだけで実行に移していない。

　そんな私でも、いつか一緒にカラオケに行くことになったら喜んでほしくて姉さんの世代に刺さる曲を何曲か歌えるようにした。けれどその前段階である誘う所で躓いているから、本人の前で披露出来るのはいつになるんだろうと頭を抱えたくなる。

　そうしてネガティブなことばかり考え始めると、今日のご飯で姉さんがどんな話をするのかについて不安になってくる。宗教とかマルチ商法の話をされてしまう可能性も無きにしも非ずと思い始めたら居ても立っても居られなくなって、スマホでそういうやつの断り方を調べてしまった。姉さんは強い人だから離婚如きでそんなことにハマりはしないと思うけど、離婚でそういうのにハマってしまったという可能性だってゼロとは言い切れない。

いっそ「やっぱり無理」と断ってしまおうか。でも誘われたことは嬉しいからこの二つの気持ちの間で揺れに揺れ、結局、時間ギリギリまでフリースペースで悩んでからようやく意を決し、待ち合わせ場所に向かった。

実際、姉さんは宗教やマルチ商法なんかに嵌まっていなかったので、心配は私の杞憂に終わった。ご飯を奢るから、最近の愚痴、主に旦那と離婚するのが大変だったことを聞いて欲しいとのことで、近くの居酒屋に連れていかれる。

たしかに、そういうことって娘の優月ちゃんには言えないこともあるだろうし、友だちや職場の人に言おうものならどこまで尾ひれがついて話が広がるか分からない。母さんには電話で散々話に付き合ってもらったらしいから、呼び出すのは申し訳ない。父さんだとかしこまってしまってなんとなく違うと思ったから、私に話し相手になってもらおうと思ったらしい。

大学とかアルバイトで忙しいのにごめんなさいと謝られたけど、今まで姉さんと二人きりで何かをするというのはなかったので新鮮だった。しかも、姉さんが愚痴を話す相手を考えた時に、いつも娘と同じように接する私のことを頭に浮かべてくれたことが、大人であることを認めてもらえたようで嬉しかった。

「今日はお酒飲んで大丈夫なの？　この間のお正月の時は飲んでなかったけど」

「いいの。お正月はお父さんがお酒飲んでたし、一人くらいは車運転できた方がいいと思って我慢したの。それに純粋にお酒を飲みたい気分じゃなかったし。でも今日は心ゆくまで飲みたいのよ。優月は友だちと好きなアイドルのライブに行くし、こんな路面凍結してそうな日に運転するつもりもないし」

「ライブ？　最近の小学生はすごいねぇ」

「本当にね。自分が小学生だった頃と比べると信じられないわよ。チケットは友達のお姉ちゃんが行けなくなったからって譲ってもらったものだけど、そのままお泊り会してもいいよって向こうのお母さんから言ってくれるものだから……そのお言葉に甘えさせてもらったけど、あの子失礼なこととしてないかしらって思うとね。でも最近塞ぎ込んでいたからリフレッシュできるなら良いことだし、迎えに行く時しっかりお礼しなきゃ」

「お母さんって、色々考えることがあって本当に大変だね……。いつもお疲れ様」

「二人きりでのご飯が初めてなのに本当にごめんね。あ、言おうと思っていたのに忘れてた……成人式おめでとう。母さんから送られてきた振袖の写真、可愛かったよ。本当は私が振袖着せたりヘアセットしたりできれば良かったんだけどね」

「姉さんは美容院で働いているからそっちが忙しくて成人式の日に来れないのは仕方ないでしょう。でも、そう言ってくれて嬉しい。ありがとう。でも母さん変な顔の写真は送らなかった？　可愛い顔だけじゃつまらないからって、たまにとんでもない顔の写真撮ってるじゃない」

「そこは安心して、本当に可愛いやつしかなかったから。優月も写真見て可愛いって言ってたよ。私もこれ着たいって目をキラキラさせてたんだから」

「本当？　じゃあ、いっぱい可愛いって言われて嬉しいから、今日は姉さんの愚痴たくさん聞いちゃうもんね。吐き出せるときに吐き出さないと、そういうのって身体の中で発酵して自分を蝕む毒になるんだよ」

「母さんと全く同じこと言うのね」

「そりゃ親子だもの。似たくなくても似てくるものよ」

疲れを滲ませながら笑う姉さんに、労いの気持ちを込めてワインをお酌する。ただでさえ美容師って接客が大変そうなのに、そこに離婚というもっと大変なことが重なってしまったら、いつも気丈で強い姉さんだって追い詰められてしまう。奢ってもらうから終電まで付き合うよと言えば、じゃあ遠慮なくと姉さんはワインをグッと飲み干し、堰を切ったように愚痴を零し始めた。

たまに相槌を打ちながら、適当に頼んだ料理を口に運びつつ、姉さんのグラスが空になったら店員さんを呼んで、今まで我慢してきたであろう姉さんの愚痴を聞く。

「本当に無理だなって思ったのが、四十歳を目前にしたあの人が、不倫相手と撮ったプリクラをパスケースの中に入れていたことなの。ご丁寧に落書きまで楽しんでいてさぁ。なんかもう、気持ち悪さとか怒りとか全部混ざって遠ざけたくなったよね」

「いやぁ、それはさすがにないよ。プリクラでしょ……？」

「でしょう！　もう、今思い出しても鳥肌が立つもの……。プリクラってこのポーズしててって指示してくるヤツもあるじゃない？　それもやっていたし……」

すっかり顔が赤くなった姉さんに水の入ったグラスを差し出せば、気持ちいいスピードでグラスが空になっていく。

そりゃあ誰だって自分が仕事に子育てに必死になっている時、パートナーが自分より十歳以上年下の人と何年も不倫していたら怒るだろうし、家から叩き出すだろう。探偵を使って証拠を押さえ、慰謝料をふんだくっても、今まで信頼してきた人から裏切られたら怒りと悲しみはそう簡単に消えてくれない。

本当にこういう不倫の話を聞くと不思議に思うのが、不倫をする旦那側が悪いのはもちろんだけど、なぜ妻子持ちの男の人と女性側が遊んでしまうのかってことだ。遊ばれているだけなのに、妻子よりも自分を優先してくれるという優越感に浸りたいのだろうか？　飽きられたら捨てられる存在なのに。

　似たようなことを母さんに言ったことがあるけれど「人間の心ってのはあんたが思うよりずーっとめちゃくちゃなんだから、自分の価値観や考えが他人に通用すると思わない方がいいわよ」と鼻で笑われてしまった。

「本当に、あいつが私の前からいなくなるのはせいせいする。でも、曲がりなりにもあいつは優月の父親な訳でしょう？　だから、私がお父さんって存在をあの子から奪ってしまったんじゃないかって、もっと私があの人と話をしていたらこんなことにならなかったんじゃないかって思うと、もうどうしたらいいのか分からなくなっちゃうのよぉ」

　ついに泣き出してしまった姉さんをどう慰めていいのか分からないので、とりあえず背中をさすりながら店員さんにお冷やをお願いする。十五歳も年上だから、当たり前だけどいつも大人だなぁと思っていた姉さんが、酔っぱらうと同年代のように見えるから不思議だ。

　最近、仲のいい友達が失恋したのでヤケ酒に付き合ったことを思い出す。その友達と酔った姿がどことなく似ているから、余計にそう思うのかもしれない。

「ねぇ彩加。いっそのこと私達一緒に住まない？　あいつが使ってた空っぽの部屋を見ると、色々考えちゃうから別のもので、あいつと関係ないもので埋めたいのよ。母さんから聞いてるの、あんた通学片道二時間以上かかるって。来年から就活も考え始めなきゃいけないし大変でしょう。それならあいつの使ってた部屋に来ればいいじゃない。私の家からあんたの大学まで一時間かからないわよ」

「嬉しい話だけど、そういう大事なことは、酔っている時に決めちゃいけないんだよ」

「分かっているわよ。だから後で一緒に住むかどうか考えといてって、メッセージ送るから。文面で残れば素面になっても分かるでしょう……」

「それに、たとえ私がいいよって言っても、優月ちゃんはどういう気持ちなのかちゃんと聞いてよね。あの家は姉さんだけのものじゃなくて、優月ちゃんの家でもあるでしょう」

果たして、ここまで酔った姉さんはちゃんと家に帰ることが出来るのだろうか。私は終電のことを考えなくてはいけないからそろそろお開きにしたいけれど、ここまで顔が赤い姉さんを放っておく訳にもいかない。

「姉さん、もう帰った方がいいんじゃない？　明日は仕事が休みって言ってたけど、ゆっくり寝て疲れを取った方がいいよ」

「いやだ。あの家で一人きりの夜を過ごしたくない。帰らない」

「もう三十五歳の立派な大人でしょう」

「立派な大人はね、こんな所でこんな風に酔っぱらわないの！　ねぇいっそ下見ってことで家に来ない？　下着も服もメイク落としても揃っているわよ」

「しつこいなぁ。腕に絡まないで。いい加減諦めて」

両腕を私の左腕に絡ませてお願いする姉さんを何とか引き剥がそうとするけれど、びくともしないので途方に暮れていたら、姉さんは真っ赤な顔を近づけてさらに言葉を重ねてきた。

「あんたそろそろお開きにしたいのって、終電とか考えなきゃいけない時間になってきたからでしょう。今からこの寒さの中、二時間以上かけて家に帰るの面倒じゃない？　しかも今日は華金よ。椅子なんてぜーんぶ埋まってるでしょうねぇ。運が悪かったらずっとつり革握ることになるけどいいの？　それにへとへとになって帰っても、メイク落としたりお風呂入ったりしなきゃいけないからすぐ寝られる訳じゃないでしょう。あの家まで帰ったら、布団に入るの一時過ぎるわよ？　ねぇ、本当に家、来なくていーい？」

こういう時に心がグラッと来るようなことを言う所が、本当に母さんと似ている。だから微妙な距離があっても私たちは姉妹なんだと実感できるけど、ニヤニヤ笑う顔はイラッとする。

たしかに、お酒を飲んでせっかくいい気分になったのに、二時間以上立ったまま、寒さに耐えながら帰るのはそれなりに疲れるだろう。家に帰ってから寝るまでの支度も、考えるだけでだるい。そう思い始めたら、姉さんの提案がとても魅力的に思えてきて困る。素面だったら断れるのになぁ、私も少し酔っているんだなぁと思いながら、鞄からスマホを取り出す。

「……母さんが姉さんの所に泊まって良いって言わないと、泊まらないから」

きっと、母さんは良いと言う。姉さんと一緒にいるなら心配いらないし。「今日、姉さんの所に泊まって良い？」とメッセージを送信すれば、すぐに「いいよ。どうせ飲みすぎたんでしょう」と返事が返ってきて、その画面を見た姉さんは「そう来なくっちゃ！」と子どものように喜んで私に抱き着いた。

そうと決まれば帰ろうと、お互いグラスに残っているドリンクを空にしてお会計をする。お店の中でふらついていた姉さんは、外に出た途端あまりの寒さに酔いが醒めたとしっかりした足取りになったから、寒さってそんなに便利なものなのかと感心しながら縮こまって駅に向かう。

そうして姉さんの後に続き、今まで乗ったことがなかった路線の電車に乗り込む。座席の色や手すりの形が違うだけなのに、ずいぶん車内の雰囲気って変わるのねえと思っていたら、電車の中が暖かいせいか姉さんがよろけたので慌てて支えた。

二駅目でありがたいことに目の前の席が二つ空いた。そこに姉さんと座れば、すぐに隣から寝息が聞こえて来るので様子を窺う。蛍光灯に照らされた頬はほんのり赤いけれど、涙で崩れたファンデーションの下から透ける大きな隈を見て、言葉を失う

思い返してみると、今まで私は姉さんのことを見ているようで、見ていなかったのかもしれない。「姉さんはどんな時も明るくしっかりしている」という思い込みで浅い部分しか見てこなかったから、居酒屋で泣いた時や目の下にべっとり張り付いた隈を見ただけでひどく動揺してしまった。誰だって疲労困憊になることも、辛ければ泣くこともあるのに。

こんな思いを何度もしたくなかったら、私はちゃんと姉さんと向き合わなきゃいけない。今までずっとそのままにしてきた距離を今さら埋めたいなんて虫が良すぎるけれど、今度こそちゃんと勇気を出すから。抱きしめられたら、抱きしめ返せるような仲になりたい。

そう思えば思うほど、姉さんと優月ちゃんと暮らすという提案に乗りたくなる。もっと一緒に時間を過ごせば、今まで私が見落としていた姉さんの一面を知ることが出来るだろうか。絶対にお酒が入っている今決めていいことじゃない。それは分かっているけれど「一緒に住むって言ってしまえ」と心に棲みつく悪魔が囁き続けるから、寝ている姉さんを揺り起こして「一緒に住んでいいよ」と言いたくなる衝動に駆られる。

これ以上を考えてはいけないと思って、意識を別のものに向けようと顔を上げる。暖房の風でかすかに揺れるつり革や広告を眺めながらぼんやりしていたら、突然電車がガタンと揺れて、姉さんがもたれかかってきた。

密着している身体の左側があたたかくて、ふ

と懐かしさが湧き上がる。小さい頃、私はよく身体の左側を姉さんにくっつけていた。謎のこだわりがあって、右側はダメで、くっつけるのは絶対に左側でなければいけなかった。

それを思い出して、ようやく納得する。だから姉さんと横並びになる時、いつも私が右で姉さんが左なのか。……だから、私に抱き着いてくる時、姉さんはいつも左側から来るのか。

今は自分からくっつきに行けなくなった私は、小さい頃、どんな風に姉さんにくっつきに行っていたのだろうか。今後の参考にならないかと自分の記憶を探っていたら、保育園に通っていた頃の記憶が浮かび上がった。

あの日、ぐっすり眠っていたはずの私はなんでか目が覚めて、お水を飲みに行こうとキッチンに向かったのだった。保育園で夜の街を冒険する絵本を読んだせいか、いつもは怖い真っ暗な廊下があの日はちっとも怖くなくて、冷たい廊下を元気に進んでいった。

そんな小さな冒険のゴールであるキッチンで、真っ赤な顔をした姉さんが床に座り込み、私が見たことのないジュースを飲んでいたのだった。

「ねぇね、ジュースのんでるの？」

「彩加にはあげないよ。これ、大人のジュースだから」

そう言ってカラフルな缶を揺らす姉さんの顔は冷たくて、声は掠れていた。それがちょっと怖かったけど、ジュースを飲んでいる姉さんが羨ましくてリビングから持ってきた踏み台を使って冷蔵庫のスポロンを取る。そして、怒られないかなとちょっと悩んでから、姉さんにぴったりくっついて床に座った。

「床、冷たいでしょう。踏み台に座りなよ」

「ねぇねのまねっこさん」

「私の真似なんてしたら、ろくでもない人間になるからやめときな」

「ろくえもないってなぁに？」

「……あんたにゃまだ早い言葉。それ飲んだら早く寝なよ」

「ねぇねも、ねんねだよ。そうしないと、ポチポチオオカミきちゃうから」

　下を向いてずっとぶっきらぼうに返事をしていた姉さんが、ポチポチオオカミと言った時、ゆっくり顔を上げた。

「彩加、誰からその話聞いたの？」

「おとうさん。おふとんにはいったら、すぐめをとじないときちゃうんだって」

「まだこの家にいるんだね、ポチポチオオカミ。私が彩加くらいちっちゃい頃、私も父さんからいっぱいお話聞いたなぁ」

　ずっと張り詰めていた姉さんの雰囲気が、ふっと緩んだ。そして懐かしそうにクスクス笑う姉さんを真似して私もクスクス笑ったら、頭をかき混ぜるようにわしわしと撫でられた。

　ポチポチオオカミは、枕元で父さんが話してくれるオリジナルのお話だ。家が古いせいか、寝室の電気を消してしばらくの間はポチとかパキ、みたいな音が天井から聞えてくる。その音が聞こえると「あの音は寝ない子の所に来るポチポチオオカミの足音だぞう」と、暗闇の中で父さんが心地良い声で即興のお話をしてくれるのだった。

「彩加、おふとん、頭のてっぺんまでかけちゃダメだよ。おふとんの中が暑くなって、息が出来なくなっちゃうから」

　スポロンを飲みきり、姉さんとの内緒話で私が上機嫌になったタイミングで姉さんは私に声を掛けた。さぁ帰りも冒険だと私は息巻いて立ち上がったけど、来る時は怖くなかった廊下が明るいキッチンから見るとなんだか怖くて仕方ないので、姉さんのひんやりした腕にしがみつく。そのままそろりと顔を上げれば、姉さんは仕方ないなぁと笑って布団まで連れて行ってくれた。

　あの夜、私は五歳で、姉さんは二十歳だった。今の私とちょうど同い年の姉さんが、何故夜中にキッチンの床でお酒を飲んでいたのか分からない。けれど、そうでもしなきゃやってられないことがあったのだと思う。そんな中で小さな私に付き合ってくれたと思うと、申し訳なさと感謝と恥ずかしさが混ざって、複雑な気持ちで姉さんの寝息を聞いた。

きっと思い出せないだけで、小さい頃の私は、たくさんの姉さんを見てきたのだろう。それを思い出せないのはちょっと残念だけれど、一緒に暮らすようになったら、深く沈んだ記憶が浮かび上がってくれたらいいなぁ。

そんなことを思っていたら、姉さんの家の最寄り駅に到着するアナウンスが流れた。揺らしたら気持ち悪くなってしまいそうだから、声をかけながら肩の辺りを軽く叩いて姉さんのことを起こす。酔いと眠気でふらつきながら立ち上がる姉さんが転ばないか心配になるけど、電車の外に出たら寒さで姉さんの足取りがまたしっかりするのか気になった。

「あー、これはやっちゃったね」

冷蔵庫を開いて、見なかったことにしようと扉を閉める。そして今更、姉さんに「買い物お願い」と言われたことを思い出してうめき声を上げた。これは、二月の姉さんを思い出している場合じゃなかった。冷蔵庫の中は、空っぽだった。厳密に言えば違う。バターやジャムといったものはある。でも、夜ご飯の材料になりそうなものは一つだってない。

「栄養があるものをって言った途端にこれだよ……」

自分に向かって文句を言いながら、しゃがんで貯蔵庫にしている棚を開ける。トマト缶でスパゲッティを作るか、でも昨日はナポリタンだったから嫌だ。インスタントラーメンも、麺が続くので避ける。即席で作れる麻婆春雨をこの前使ってしまったのは失敗だった。奥の手は磯部餅か冷凍ピザ、もしくは冷凍ご飯とレトルトカレーだけど、それはちょっと、敗北感を感じるので嫌だ。なんて思っていたら、お餅の隣にホットケーキミックスがあることに気付いた。

「そういえば、あの日の朝ごはんにホットケーキ作ったな」

あの、姉さんに言われるままに初めてこの家に泊まった日の朝、二日酔いになった姉さんから「何でもいいから朝ごはんを作って欲しい」と言われたのだった。だから棚にあったホットケーキミックスを見てなんとなく食べたくなったからホットケーキを作ったら「二日酔いの胃には重い」と文句を言われたっけ。

「何でもいいって言ったじゃんか」

「いや、言ったけどさぁ。普通、二日酔いの人間がいるのにホットケーキは作らないでしょう」

「そんなに言うなら食べなくていいよ。冷凍ご飯でお茶漬けでも作れば？」

たぶん、寝起きだったからだろう。姉さんに今までで一番ぶっきらぼうに返事をしたら、姉さんはちょっと目を丸くしてから「……被ってた猫が脱げた」と目を丸くして、深皿にホットケーキを置き、牛乳とはちみつをかけて電子レンジであたためたものを食べ始めた。

あの食べ方が美味しいのかどうかはさておき、思い返すとあれが明確に姉さんと私の距離が縮まった出来事だった。

それを思い出したら、猛烈にホットケーキが食べたくなってきた。磯部餅と大差はないけれど、ホットケーキは生地を混ぜる工程があるので磯部餅よりマシだろうと思いながら、ボウルにホットケーキミックスを入れ、面倒なので計量カップも使わずに牛乳を入れて混ぜる。

「一日くらい、こういう日があったっていいよね。最近ホットケーキ、いやパンケーキかな？流行ってるし」

誰に聞かせる訳でもない言い訳を呟きながら、フライパンにサラダ油を塗ってお玉一杯分の生地を流し込む。本当は濡らした布巾の上に熱したフライパンを置いて、温度を下げた方がいいと聞くけれど、今の私はそんな面倒なことはできない。焦げずに、生焼けにならないように。気にすることなんてこれだけで十分だ。

ただでさえ夜ご飯にホットケーキを出したら優月ちゃんはどう思うのか不安なのだ。そこに、姉さんとの距離がホットケーキで縮まったのなら、優月ちゃんとの距離も縮まるのではないかという期待も隠れている。

分かってはいる。姉さんとの距離が縮まったのは「姉妹」という関係性が土台にあって、姉さんはどうか分からないけど私が今の関係をなんとかしたいと思っていたからだ。居酒屋でのことやホットケーキはあくまできっかけに過ぎない。それでも優月ちゃんとの関係がどうにかなってくれないかなと、今焼いているホットケーキのように期待は膨らむ。そのまま二枚、三枚と焼いていけば、素朴な甘い匂いがキッチンを満たし、リビングへと広がっていった。

いつか、今すぐは無理だとしてもこんな柔らかくてあたたかな雰囲気でこの家が満たされてくれないだろうか。甘い空気に包まれながら夕闇に沈むリビングを見つめる。かつて、この家を満たしていたはずのホットケーキの匂いのように優しくてあたたかい空気は、この家から損なわれている。

それは悲しい裏切りにあって姉さんが離婚して、この家にいるべきだった家族が一人欠けたせいでもあるし、それを姉さんが乗り越えられず私に縋ってしまったからでもあるし、私がそれに応えてこの家に来てしまったからでもある。それらのせいで優月ちゃんの心が冷たくなってしまって状況が拗れてしまったのだと思うと重いため息が出た。

私はこの家の「お父さん」という替えようのないパーツの代わりになることは、どう頑張ったって出来ないし、なろうとも思わない。私はどこまでも姉さんからしたら妹だし、優月ちゃんからしたら居候の叔母だ。私の出来ることなんて、せいぜい家事の手伝いと、この家の雰囲気が良くなって私が過ごしやすくなりますようにと祈ることくらいだ。

「それ、今日の夜ご飯？」

ボウルに残ったわずかな生地をお玉でこそげ取って、フライパンに落とした時だった。不意に、ラフな格好へと着替えた優月ちゃんが廊下から声をかけてきた。

「うん。今日うっかり買い物に行くの忘れちゃってさ。ちょうどホットケーキミックス見つけたから、夜ご飯にしちゃった」

「それ、私へのパフォーマンス？」

とんでもないことを言われたので、パッと優月ちゃんの方を見る。眉間にしわを寄せた彼女からは、あからさまに不機嫌です、というオーラが出ていた。

「……それもあるよ。私、姉さんとホットケーキで仲良くなったからさ、あわよくば優月ちゃんともホットケーキで仲良くなりたいって気持ちはある」

ここで変に隠してもしょうがないので正直に白状すると、わざとらしくため息を吐かれてしまった。

「そんなんで仲良くなれる訳ないでしょ」

「そうだね。ホットケーキの一枚や二枚で仲良くなれたら、私たち最初から上手くやれてるよ」

「じゃあなんで」

「この家に初めて泊まった日の朝、ホットケーキ作ったこと思い出して単純に食べたくなったの。本当に、作り始めた理由なんてそんなもんだよ。優月ちゃんと仲良くなれるかなって思ったのは作り始めてから」

そう言うと、ちょっと驚いた顔をされるから私が驚く。彼女の目に、私はどうしても仲良くなりたくて必死に気を引こうとしているように映っているのだろうか。それならホットケーキを焼いている私の姿が、我慢の限界が来て分かりやすいパフォーマンスに走っていると見えても仕方ない。仕方ないけど、ちょっと傷ついた。

　話している間に最後の一枚も焼けたので「まぁ、とりあえず食べようよ」とホットケーキを重ねたお皿を差し出せば、複雑な顔で受け取ってくれた。それをダイニングテーブルに持っていくのを確認して、床に叩きつけられなくて良かったと安心しながらナイフやフォークの準備をする。

　そのままこの家に来てから定位置になった優月ちゃんの真向かいに座り、ホットケーキにりんごジャムを塗ったら優月ちゃんが目を丸くした。

「え、ジャム塗るの？　信じられない」

　本当はだんまりで食べるつもりだったのだろうか。言った瞬間、思わず口を押さえる優月ちゃんに、私も思わず聞く。

「え、塗っちゃだめ？」

「いや、だって、普通はメープルシロップとか、はちみつじゃ……」

「ハンバーガー屋さんにあるホットケーキに、りんごジャム付いてるじゃない」

「それは、そうだけど」

　言い負かされ、悔しそうにたっぷりのメープルシロップをかける姿を見て、ちょっと笑いそうになる。なんだか、お正月のことを思い出した。私と優月ちゃんは一緒に住むようになって何となく上手くいかなくなったけど、お正月は二人並んで箱根駅伝を見たり、父さんが買ってきたスーパーの福箱の中身を一緒に見たりとワイワイしていたから。

「やっぱり、優月ちゃんは私と一緒に住みたくなかった？」

　たぶん、懐かしさが邪魔をした。こんなこと、聞くつもりなんてなかったけど、またあんな関係になりたいと、どうしても思ってしまって口が滑った。

「……わかんない」

しばらく沈黙した後、優月ちゃんはポツリと呟いた。てっきり住みたくなかったと言われると思っていたから目を丸くする。

「お父さんが、お母さんにも、私にも最低なことをしたから離婚したのは、仕方ないことだって分かっているつもりなの。でも、お父さんがこの家からいなくなるってどんなことか、私、分かってなかった」

ぽたり、ぽたりとホットケーキの上に留まっていられなくなったメープルシロップがお皿に落ちていく。それを眺めながら、優月ちゃんは続けた。

「私ね、あやちゃんがお父さんの部屋に来てからさ、お母さんにあやちゃんがここに住んでいいか聞かれた時にいいよって言ったこと後悔したの」

久しぶりに私の名前を呼んでくれた優月ちゃんの目は、涙に濡れ不安げに揺れていた。

「今までお父さんがいた所が、あやちゃんに塗りつぶされてるように見えちゃうの。洗面台の、今までお父さんが整髪剤とかシェービングクリームを置いていた所にさ、あやちゃんのケープとか化粧水が置いてあったり、今までお父さんが座っていた椅子にあやちゃんが座ってたり。そういうのを見ると、お父さんがここにいたことが無かったことにされてるみたいで嫌で、だから、お門違いって分かっているのに、あやちゃんに八つ当たりしてた」

震える声で優月ちゃんは締めくくり乱暴に涙を拭って鼻を啜った。それを呆然と眺めながら、私はこの家に来る選択をしたことを後悔した。もう中学生になったとはいえ、まだ十二歳のこの子が考えなくて良いことを、私がここに来てしまったことで考えさせてしまった。

通学時間を短くしたいとか、姉さんと仲良くなりたいとか、私は自分のことしか考えていなかった。本当に最低な人間だ。突然穴が開いてしまった心を抱えたまま、人間関係が目まぐるしく変わる中学校生活に慣れなくてはいけない優月ちゃんのことを、私は考えていると言いながら全く考えていなかった。

「……優月ちゃん、ごめん。私、自分のことばっかりで優月ちゃんのこと考えてなかった。本当にごめんなさい」

「謝んないでよ。あやちゃんが謝ったらね、あやちゃんが悪者になっちゃうじゃん。悪者はお父さんだけで十分なの」

必死に泣くのを我慢する優月ちゃんを見て、謝ること以外の何かを言わなきゃと思うけれど、肝心の言葉が言葉になる前にほどけてしまうから唇が乾く。たとえ何か言えたとしても「私」が言えば、全て間違いになってしまう気がして、さっきまで楽しくホットケーキを作っていた自分がどこまでも滑稽だった。

未だ優月ちゃんはホットケーキに手を付けない。部屋に満ちていたあの甘い香りも、換気扇が全て外へと吐き出してしまった。姉さんが帰ってきたら、やっぱり実家に戻ると言おう。でも本当にこの状態のまま、全て放り出してしまっていいのだろうか。私が優月ちゃんにこんな思いをさせているのに。

自分のやることなすこと全てが優月ちゃんを傷付けてしまうのではないか。そう思ったら身体を上手く動かせなくて、沈黙がただ痛い。乾ききってうまく動かない口をなんとかこじ開けて、ホットケーキなんて食べなくていいと言おうとした時だった。

突然、優月ちゃんがテーブルに転がしてあったナイフとフォークを手に取って、ホットケーキを乱暴に口に詰め込み始めた。指の先が白くなるくらい力を入れてほとんど千切るように一口大にしたホットケーキを、口の中のものを飲み込むのが間に合わない速さで詰め込んでいく優月ちゃんの姿に、唖然とする。

「甘い」

「……たくさん、シロップかけてたからね」

「でも美味しいよ」

返事をしないのはダメだとなんとか言葉を絞り出したら、予想外の言葉が続けられて、瞬きを繰り返す。

「私さ、あやちゃんのことは嫌いじゃない。私が知らないことをいっぱい知ってて、優しくて、いつも一緒に遊んでくれて、おばあちゃんの家に遊びに行く時はいつもあやちゃんがいたらいいなって思ってた。だから、お母さんがあやちゃんと一緒に暮らしてみない？　って初めて聞かれた時は、本当に嬉しかったんだよ。今日みたいなお母さんがいない日ってお父さんがいた時もひとりぼっちだったけど、あやちゃんが来たらひとりぼっちにならないし。でも、あやちゃんがここにいればいるほど、お父さんがここにいたことが薄くなって、そのままなくなっちゃう気がするの。だからあやちゃんがいるのが嬉しいって気持ちと、嬉しくないって気持ちがシーソーみたいに頭の中でグラグラしてる。それに慣れるまで、私、あやちゃんに八つ当たりすることやめられない」

「うん」

突き刺さる言葉だった。でも、そう言われることを選んだのは他でもない私だから、ちゃんと聞いているとしっかり頷く。

「でも、おかえりって言われたら、これからはちゃんとただいまって言うから。学校の面白い話もするから。頭のシーソーが嬉しい方に傾いてたら、これからもおかえりって言ってほしい」

「……私、まだ、この家に住んでいてもいいの？」

てっきり出て行って欲しいと言われるとばかり思っていたから、想定外の言葉に声が震えた。そんな私を見て、優月ちゃんは笑った。びっくりするほどその笑顔が姉さんそっくりで、あぁこの子は強いなと思ったら、つぅっと涙が頬を伝った。

「これは嬉しい方の涙だから。だから、優月ちゃんは悪くないからね」

　目を丸くする優月ちゃんが間違っても謝らないように早口でそう言えば「あやちゃん優しいね」と言われて、早く泣き止みたいのにもっと泣いてしまう。私がこの家に来るかどうか決める時、自分のことだけでなく優月ちゃんのことも姉さんのことも、もっともっと考えた方が良かった。

　それをしなかった結果がこれだけど、たくさんの道を間違えても、大きくまわり道をしてしまっても、優月ちゃんの本当の気持ちを知ることが出来ただけで嬉しい。

「そんなに泣き止まないなら、あやちゃんのホットケーキも食べちゃうよ」

「食べたいならあげるけど、ジャムを塗ったホットケーキは、信じられないんじゃないの？」

「まだ食べたことないから信じられないだけで、一回勇気を出して試してみれば、案外大丈夫かもしれないじゃない。入学式の時に校長先生が言ってたんだよね、物は試しって」

　そう言う優月ちゃんの顔は、涙と鼻水でぐちゃぐちゃだったけど、お正月の時みたいに晴れやかな笑顔を浮かべていた。そんな顔をもう一度見ることができて本当に良かったなぁと思いながら、一口サイズに切ったホットケーキを優月ちゃんのお皿に乗せてあげる。

　それを少し緊張した顔でひょいと口に運んだ優月ちゃんは、すぐに目を輝かせた。

「美味しい！」

「それはよかった」

「でも、これは絶対、あったかいともっと美味しいね」

「じゃあ、今度ホットケーキ一緒に作ろうよ。みりん入れて分厚いのにしよう」

「分厚いホットケーキって、みりんを入れるの？」

「ネットで調べたら、分厚くするのにみりんを入れるレシピが結構あるの。あとは、最近流行ってるシュワって口の中でとけるパンケーキ。あれはヨーグルト入れるといいみたい。みんな作っちゃおう。きっと、楽しいよ」

「そんなにホットケーキばかり作ったら、その内ホットケーキの専門店開けるようになるんじゃない？」

そう言いながら欲しそうに私のお皿を見るので、ジャムが塗ってあるホットケーキを大きく切って、もう一度優月ちゃんのお皿に乗せてあげる。それから私もようやく最初の一口を食べた。

うん、たしかにあたたかい方がいい。でも、このホットケーキが冷めるほどの時間を優月ちゃんと向き合うことに使えたのだとしたら、冷めたホットケーキも悪くないなともう一口頬張る。

「そういえば、二日酔いの姉さんにホットケーキ作ったら胃に重いって、牛乳とはちみつかけてパン粥みたいにして食べたの。優月ちゃん、勇気出して試してみれば？」

「それは、絶対に嫌だ」

「物は試しって言ったじゃない」

「それはそれ、これはこれなの！　今、受け入れられる新しいホットケーキの食べ方はジャムまで！」

しんみりした空気をいつまでも漂わせていたくなくて、あの朝の衝撃的な姉さんのホットケーキの食べ方を言ってみれば、優月ちゃんは思い切り眉間にしわを寄せて唸るように拒否するので、思わず笑ってしまった。

大きく伸びをしたら、背中の方からボキッと鈍い音が鳴った。締め切りまで余裕が全く無い大学の課題に手を付け始めたはいいものの、なかなか終わりそうにないから一旦休憩する。気分転換にキッチンでコーヒーを飲もうとお湯を沸かし始めたら、リビングのソファで雑誌を読んでいる姉さんが私も欲しいと言うので、ヤカンに水を足す。

「姉さんが土曜日休みって珍しいね。美容院って土日が賑わうのに」

「それが昨日のお昼辺りから、突然お店でお湯が出なくなっちゃったのよ。だから今日は臨時休業にして水道とかガスの点検することになって、立ち会いは店長だけでいいから他の従業員は全員休みになったって訳」

「えぇ、予約してたお客さんは納得してくれた？」

「不幸中の幸いで、今日予約してた人達全員いい人だったから、クレーム対応せずに済んだの」

「そりゃ良かったね」

　電気ケトルがないから、お湯が沸くまでに時間がかかる。それまでの間ずっと黙っているのもどうかと思ったから口を開いたけど、会話が途切れてしまったので、コーヒーフィルターをドリッパーにセットしながら別の話題に切り替える。

「そうだ、優月ちゃんにカフェオレ作った方がいいかな。私たちだけコーヒー飲むのもなんだし」

「あの子さっき友達の家で勉強会するって出て行ったよ」

「え、そうだったの？　この前の定期テストの結果、あんまり良くなかったって悔しがってたからかな」

「まぁ、小学校とは勉強の進み方が違うだろうし、優月の通ってる中学校って半分は別の小学校から上がってきた子達でしょう。そこら辺の人間関係とか、部活とか、新しいことを一気に始めなくちゃいけないから勉強に上手く時間を使えなかったんだろうね」

「なるほど……」

　また会話が途切れてしまったなぁと思ったけれど、ちょうどヤカンから湯気が上がったのでコーヒーを淹れることに専念する。ドリップコーヒーを淹れる時、コーヒー粉に少しお湯を注いだらちょっと蒸らした方が美味しいとこの前父さんが教えてくれたので、それを試してみる。お湯を少し注いで、コーヒー粉が少し盛り上がってからシュワシュワ音を立てる様子をしばらく眺め、ゆっくりお湯を注いでいく。そしてコーヒーで満たされたマグカップを二つテーブルに置いて自分の分を勝手に飲み始めたら、ソファにいた姉さんが雑誌を持ってテーブルに来た。

「コーヒーありがとね。優月の心配してたけど、彩加は大学の課題大丈夫なの？」

「どうだろう。今やってる課題の締め切りは明日までだから頑張らなきゃいけないけど、他はまだ余裕あるからなぁ」

「そう言ってるうちに締め切りが迫って慌てふためかないでよ」

「痛いとこ突くなぁ」

実際、今日片付けている課題が姉さんの言った通りで慌てふためきながらやっているから苦笑する。

「私は大学行かなかったから課題の大変さは分からないけど、後回しにして困るのはアンタ自身だからね」

「そういえばちょっと気になってたんだけど、姉さんってなんで大学行かなかったの？　母さんが、姉さんも大学に行きたいって言っていた頃もあったなぁって私が受験の時に懐かしんでたから、気になってるんだよね」

姉さんは曖昧な笑顔を浮かべ「あー」とか「んー」とか言葉になりきれない声を発しながら、視線を私からゆっくり逸らしていった。気になっていたことだったからずっと聞きたかったけど、まだそこまで踏み込んではいけなかったか。

「変なこと聞いてごめん。そりゃ、人生色々あるから、突然身体に電流みたいな衝撃が走って美容師になりたいって思うこともあるよねぇ。

……じゃあ、私課題の続きするからまた後で」

　コーヒーを飲み干していたことを良いことに立ち上がり、わざとおちゃらけたことを言って部屋に戻る。そして床に寝そべって顔をクッションに埋めながら、自分の発言を後悔した。

　ホットケーキを食べた夜から優月ちゃんがちょっと吹っ切れたせいか、この家の雰囲気もつられるように明るくなって、前よりみんな喋るようになった。それで仲がちょっと深まったかな、もう大丈夫かな、と思って今まで踏み込んでこなかったボーダーラインに踏み込んでみたけれど、完全に距離を見誤って踏み込み過ぎた。

　こういう、誰かに対して距離の取り方を失敗した時に、ヤマアラシのジレンマを思い出す。私はそれを、中学校にいたカウンセラーさんが月に一度出していた「心のお便り」というプリントで知った。二匹のヤマアラシが寒さを凌ぐために近寄って暖を取ろうとするけれど、近づき過ぎたら針が刺さって痛いし離れ過ぎたら寒いから、ちょうどいい所を目指すという話。

　あのカウンセラーさんが作っていたプリントは、今振り返ってみると、悩んでも悩んでもキリがない途方もない人生を進んでいく中で、手助けしてくれるような言葉がたくさん書いてあったと思う。

　それを断言できないのは、思春期真っただ中だった私が「心のお便り」なんて名前のプリントを真面目に読まなかったせいだ。だから、先生の話がいつもより長いからと暇つぶしに読んだヤマアラシのジレンマ以外、あのプリントにどんなことが書かれていたのかを思い出せない。

　忘れてしまった「心のお便り」を、もう一度読みたいとここまで思ったことは無いかもしれない。なんでもいいからこういう時のアドバイスが欲しくて、思わず大きなため息が出る。姉さんとは、夜ご飯の時にまた顔を合わせることになる。課題が忙しくてという理由で部屋に立てこもることはこの家で許されていないから。

　この家に住むと決めた時に、姉さんからどういうルールがこの家にあるのか教えられた。その中に「よっぽどの理由がない限り家にいるならご飯は一緒に食べる」というものがある。その「よっぽど」に学校や仕事の課題が含まれていないことはしっかり釘を刺された。

　実際、定期テストの前日に優月ちゃんが夜ご飯の時間も部屋にこもって勉強しようとしたらと姉さんに部屋から引きずり出されていたので、「今まで勉強していなかった自分を恨みなさい」大学の課題一つで部屋にこもることなど不可能だろう。

　ふと、母さんのファイルを思い出した。あの中に「心のお便り」も入っていなかったか？

せっかくお金を払っているのに読まないのはもったいないと、母さんは私が学校から持って帰る様々なプリントに目を通していた。そしてその中で気に入ったものがあれば、それを一冊のファイルにまとめていた。

　私が姉さんたちと住むことを決め荷物を纏めている時、たしかに母さんはそのファイルを私に見せてくれた。中学一年生の時に校外学習で行ったキャンプ場の様子や、中学校最後のクラス便り、一ページだけ切り取ってある広報の中に紛れて、あの「心のお便り」にいつもプリントしてあったりんごの木とリスのイラストを私は見つけて、ちゃんと書かれたことを読んだはずだった。

　それなのに内容を覚えてないのは、ファイルの中身をざっと見た後に懐かしいものを見たくなるスイッチが入ってしまった母さんがファイルの上に何冊もアルバムを重ね、私が生まれたばかりの頃から高校卒業に至るまでの写真を一時間以上かけて一緒に見返すことになったからだ。

　途中で何度も「もう満足した？」と聞いても「もうちょっと」と言って新しいアルバムをク

ローゼットから持ってきて、母さんが目に付いた写真にまつわるエピソードを話し始める。そうやって情報が上書きされ続ければ、一番最初に見たプリント類の内容なんてどんどん頭から抜け落ちていく。

きっと、母さんは私が行ってしまうのが寂しいから、アルバムを一緒に見返したかったのだろう。それとも、姉さんの方へ私が行ってしまったらあの家は母さんと父さんだけになってしまうから、少しでも私と一緒に何かしたかったのだろうか。

そんな、思い返した時にホームシックになりそうな感動的な記憶が、今は「心のお便り」の内容が思い出せないせいで全く感動出来ない。むしろ余計なことをとさえ思ってしまう。

その後も内容をなんとか思い出そうとするけれど、見出しの一文字だって頭に浮かぶことは無くて、その内、思い出せないことを必死に思い出そうとしている自分が馬鹿らしくなった。

壁に掛けてある時計を見れば、部屋に戻って来てからもう一時間が過ぎようとしている。

今の、床に伏していたこの時間でレポートを何文字書くことが出来ただろう。そう思うとますます姉さんとの距離を見誤った自分に対して腹が立ち、のっそり起き上がって机に向かった。

控えめに部屋がノックされたのは、私の課題がもう少しで終わりそうな時だった。姉さんにさっきのことを言われたらどうしようと思いながら「はーい」と返事をすれば、ドアが開けられる。

「五時半になったけど、まだかかりそう？」

言われた意味が一瞬分からなくて首を傾げてから、あっと目を見開く。朝ご飯の時に、姉さんから今日は餃子を作るから、五時半になったら手伝って欲しいと言われていた。

「ごめんあとちょっと」

「おっけー。野菜切ってるから急がなくていいよ」

「いや、それが一番大変でしょう。急ぐよ」

「大丈夫だって。私、野菜切るよりひき肉捏ねるのが嫌なの。今だって野菜切るからひき肉やってってお願いしに来ただけだし。どう？　やってくれる？」

「言われなくてもそれくらいやるよ」

そう言えば、姉さんは親指を立てながらドアを閉めて行ってしまった。遠のいていく足音を聞きながら、さっきのことを言われなくて良かったという気持ちと、こんなことで不安を煽らないで欲しいという気持ちがせめぎ合うけれど、とりあえず課題を終わらせるのが先だと気持ちを切り替え大きく肩を回した。

やっとのことで課題を終え、洗面所で手を洗ってからキッチンに向かえば、姉さんがちょうどひき肉を冷蔵庫から出している所だった。

「え、もう終わったの？　ごめん、もうちょっと早くひき肉出せば良かったね。まだキンキンだよ」

「母さんもひき肉捏ねるの嫌いだから、昔から冷たいひき肉は捏ねてきたよ」

「すごいね、私が家にいた時は母さんも私もひき肉捏ねるの嫌いだからいつも押し付け合ってたわ」

母さんと姉さんがギャンギャン言い合いながら、ひき肉が入ったボウルを押し付け合う姿を想像したらすごく面白くて、下唇を噛んで笑いをこらえる。さらに父さんが休みの日だったら二人で押し付けていそうだなと思ったら肩まで震えてきたので、一旦天井を見て深呼吸したら姉さんに怪訝な顔をされた。

それに何でもないと手を振り、この家にある一番大きなボウルにパックをひっくり返してひき肉を入れ、一緒に入ってしまったドリップ吸水紙を摘まんでごみ箱に捨てる。そしてえいやっとひき肉に突っ込んだ手を、あまりの冷たさにすぐさま引っ込めた。

「今すぐキャベツを入れてほしい」

「昔から冷たいひき肉を捏ねてきたんじゃなかったの？」

「そりゃあ捏ねてきたけど、この冷たさはいつまで経っても慣れないんだよね」

姉さんに刻んだキャベツとニラを入れてもらい、幾分か冷たさがマシになったひき肉を捏ねる。しばらくしてそこにニンニクとショウガ、調味料が加えられ、さらに捏ねれば全体的にねっとりしてきたのでスプーンで手のひらに付いたひき肉をこそげ落としていった。

小さい頃から数え切れないほど繰り返しているけれど、このスプーンが手のひらの上を滑っていく感覚はどうしてもくすぐったくてつい指が動く。さらにくすぐったさを感じる指の間にはいくつもニラの破片が引っ付いているけど、全て取るのを諦めて手を洗った。

そして、姉さんと並んで黙々と餃子を包み始める。コーヒーのお湯が沸くまでの時間は会話が無いと不安なのに、餃子を包む時は無言でも気にならない。今日は皮が五十枚あるから絶対に餃子を包む時間の方が長いのに、それでも口を開かなくていいやと思うのは、姉さんも私も、母さんと餃子を包む時は基本的に無言だったからだろうか。

一緒に暮らしてみると、今まで知らなかった姉さんと自分の共通点が沢山見つかるから面白い。新しい共通点を見つけるたびに、サイゼリヤの間違い探しで新たな間違いを見つけた時のような気持ちになる。私と姉さんの場合は共通点探しなので、間違い探しとは真逆だけれど。

「さっき彩加、大学に行かなかった理由聞いてきたじゃない。行かなかった経緯も含めて、話してもいいかしら？」

黙々と餃子を包んでいたら、おもむろに口を開いた姉さんがとんでもないことを言うので、少し間をおいてから「えっ」と声を上げると、横から笑い声が聞えてくる。

「ほら、さっき変に濁しちゃったでしょう。あれ悪かったなぁって思ってさ。大学に行かない理由を話そうとすると、それに関係することをどこまで話していいのか分からなくって、つい彩加のことを突っぱねちゃったの」

「それなら、急いで話さなくたっていいよ？」

「ううん。きっかけが出来たなら、思いきって話しちゃった方が良いこともあるから話すよ。下手に母さんや父さんから曲解した伝え方されても嫌だし。それに、本当に色々あって私はこの道を選ぶことになったけど、それを後悔してないからさ、それを話さないのもおかしいなって思ったの」

　そこで姉さんは一旦手を止めて、私に向き直った。

「私ね、一時期高校に行くのが本当に嫌になって、成績もどんどん悪くなって、大学に進学するのは厳しいって先生に言われたこともあったの。そんな状況になっちゃったきっかけが……私が彩加を産んだと勘違いされたからなんだよね」

「……まって。本当に勘違いだよね？」

「ええ本当に勘違いよ。私たちは姉妹。決して親子なんかじゃないわよ。こんな大きい娘を産んだ覚えないもん」

　まさかのきっかけに思わず聞くと、呆れた顔をされたので安心する。ここで姉さんが本当の母さんだと言われでもしたら、私は逃げ出していただろう。

「高一の夏休みに、赤ちゃんは外の刺激を与えた方がいいって聞いた母さんに頼まれてね、私、もうすぐ一歳になるあんたをよく抱っこして散歩してたの。それを見た友達が早とちりして、友達に私に子供がいるって言ったみたいでさぁ。夏休みの登校日、教室に入ったらクラスのみんなが変によそよそしくてさぁ。理由を問いただしたら、歩実ってママだったんだね……って言われたもんだからママじゃなくてシスター！

お姉ちゃんだよ！　ってツッコんで、クラスみんなで大爆笑よ」

　懐かしそうに笑いながら餃子を包む姉さんの顔が、そこでふっと陰った。

「それで終われば一つの笑い話になっていたはずなんだけどね、そのことを聞いた誰かが、面白がって私に子供がいるって噂を広めたの。それにどんどん尾ひれが付いていって、気づいたら、全学年に私の変な噂が知れ渡ってた。訂正しようにも人数が人数だからキリがないし、最初に私が彩加を産んだと勘違いしちゃった友達は、こうなったのは自分のせいだって気に病んで学校に来なくなっちゃうし。しまいには、私に暴言を浴びせたり嫌がらせしたりする奴が出てきたの。一回男子トイレに引きずり込まれそうになった時は、さすがに死を覚悟したわ」

　最後の言葉にゾッとすれば、近くにいた先生が助けてくれたから安心しなよと言われるけど、安心できる要素が無いので安心できない。その時、近くに先生がいなかったらと考えるだけで背筋が凍る。

　話を聞いただけでこんなに怖いのに、実際にそれを体験した姉さんはどれだけの恐怖を感じたのだろうと想像したら、どんどん申し訳なくなってきて、続きを話そうとする姉さんを遮るように呼びかける。

「あの、姉さん」

「なんて顔をしてるの。まっさか自分に負い目を感じてる？　彩加は散歩に連れて行かれただけじゃない」

「いや、ちがくて……」

「彩加は何にも悪いことしてないよ。悪いのはどう考えたって面白がって変な噂を流した奴でしょう。私は彩加とお散歩行ってすごく楽しかったよ。ご機嫌な時に手足ばたばたさせながら、喃語で話しかけてくる姿に癒されたし」

「そうじゃなくて、さっき私も一瞬疑ったじゃない。私たち姉妹だよね？　って。それ、姉さん嫌だったかなって……思ったら申し訳なくて」

「そりゃ私があんな風に言ったんだから、確認したくなっちゃうでしょうよ。そんなに気にしないでいいよ」

なんだそんなことかと笑いながら言う姉さんを見て、ほっとすると同時に、もっと考えて口を開けばよかったと反省する。意図的ではなくても、気にしないと言われても、さっきの私の言葉は姉さんを傷つけるものに変わりないのだから。

姉さんにバレないように小さくため息を吐いたけど、姉さんは目ざとくそれに気づいて本当に大丈夫だってばと肩をぶつけてくる。

「高二の冬だったかしらね。先生にこのままの成績だと志望校どころか大学進学が厳しいって言われたの。私が行っていた高校って、国公立至上主義だったからさぁ。私立のFランなら入れたかもしれないけど、そこに行くっていう選択肢が与えられなかった。多少落ち着いたとはいえ、噂のせいで人の目が気になって勉強が上手くいかないし、将来が真っ暗だしって焦っていた時に先生にそう言われたから踏んだり蹴ったりよ。それで私、もう全部諦めて学校をサボるようになった。先生から噂のこと聞かされていたせいか、母さんも父さんも私に無理に学校行けって言わなくて、それをいいことに家でずっとゴロゴロしてた」

あの時の家の雰囲気、福笑いみたいだったな、と姉さんは言った。みんな顔を合わせると笑顔を浮かべるけど、私含めてみんな不安とか不満を抱えていて、それを隠しきれないからみんな歪になっちゃうの。でも、彩加だけは赤ちゃんで何も分からないから、あの時家がダメにならなかったのは彩加のおかげなんだよと姉さんは続けた。

家がダメになるもならないも、そもそも私が生まれていなければ姉さんが子供を産んだと勘違いされることは無かったんじゃないの？　と言いたくなったけれど、それを言うと姉さんを傷つけることになるから口をつぐむ。

「何日家にいたかなぁ。さすがにそろそろ学校に行かなきゃ母さんが心配のし過ぎで倒れるんじゃないかと思って、制服着て学校の近くまで行ってみたの。でも、びっくりするくらい校門の方に足が動かなくて。靴の中にコンクリートを入れているのかなって思うほど動かなかった。でも、そのまま何もせず家に帰るのも心配させるから、適当に道を曲がってみたんだ。駅から高校までの道はよく知っているけど、一本隣の道に何があるのか分からないからここら辺を探検してみようって気持ちでね。それでしばらく歩いたところに、こじんまりした美容院があったの。それで美容院なんてずっと行ってないなぁって思っていたら、中からカットですか？って声かけられちゃった。ね、彩加なら同じ状況になった時、どうする？」

「えっ。走って逃げるかも……」

突然話を振られて咄嗟に答えると、姉さんはやっぱり逃げたいよねぇと言って笑った。

「私もそうしたいのは山々だったんだけど、運動不足と驚きでその場から動けなくて。お金もあれば時間もあるし、声をかけられたのに逃げるのもどうなんだって思って、えいやって気持ちで美容院に入ったの」

「すごい。よく入る勇気出たね」

「勇気じゃないよ。逃げてもさぁすぐそこの高校の制服着ているから、高校に連絡が行ったらどうしようって考えちゃって恐る恐る入ったの。そうしたら美容師さんがすごく良い人でさ、制服着ている私を変に詮索しないで、手入れもせずに伸ばしっぱなしの傷んでボサボサな私の髪を、手入れすればキレイになる良い髪だって褒めて、私でも出来そうな簡単な髪の手入れとケアの仕方を教えてくれたの。美容師になった今振り返ると、あの人が言ったことは本当に初歩の初歩なことだけど、あの時の私はもう本当に嬉しくて、こんな私にもまだ出来ることあるんだって思ったらお腹の底から活力が湧いてきたの」

「……それ、すごいね」

「本当にそうよね。もう、真っ暗だった目の前にパッと光が差し込んでくるような気分だったわ。それからその美容院に通うようになって、少しずつ学校にも行けるようになった。それで髪だけキレイってのはおかしいかしらって、この手入れした髪に見合う自分になりたくなって、肌に化粧水つけてみたりお風呂上りにストレッチしてみたり、どんどん自分の身体を大切にしていった。そんな時に、ふと思ったの。美容師になりたいー！　って」

肉だねを餃子の皮に乗せながら肩を揺らしてそう言う姉さんが面白くて、思わず顔を背ける。

それと同時に、辛い過去を無かったことにせず私に話すことが出来る姉さんは、本当に強い人だと思った。私が同じ状況に置かれたら変に思われても美容院から逃げるし、自分の将来からも逃げて引きこもりになりそうだ。

「もう何度も先生と言い争ったよ。最近成績が上がっているから大学に行けるもっと頑張れ専門学校に逃げるなって言われるたびに、逃げじゃねぇよせっかく将来の夢が叶う最短ルートが専門学校に行くことなのに何でそれを否定したり邪魔したりするんだ！　って言い返して。そもそもなんで先生たちに私の未来が決められなきゃいけないんだ。私は絶対に美容師になる。専門学校に行くって態度を半年以上崩さなかったら、ようやく先生の方が折れて、晴れて私は専門学校に行くことが出来たの。長くなったけど、これが私の大学に行かなかった理由と経緯よ」

晴れやかな顔で締めくくった姉さんを見て、ちょっと羨ましく思ってしまった。私は大学に進んだはいいけど、将来の夢とかやりたいことがはっきりしていないから、そのことを考え始めると地に足が付いていないような感覚になる。だから、はっきり美容師になりたいと高校生の時点で言うことが出来た姉さんはしっかり地に足が付いているように感じた。

「さて、餃子も全部包み終わったし、ラップ掛けて冷蔵庫に仕舞おうか。たぶん優月ももうすぐ帰ってくるから、それまでコーヒーでも飲もう」

「じゃあ私淹れるよ」

手を洗ってお湯を沸かそうとコンロの火をつけた時、ふと気になることがあって、冷蔵庫を開けた姉さんに声を掛ける。

「……ねぇ、さっきの話蒸し返すようで悪いんだけどさ、やっぱり十五歳下の妹がいるって言うと、本当は？　とかからかわれることってあるの？」

「普通はそこまで年が離れていると全部かわいいでしょって話の流れになるけど、たまーにそう言うこと言ってくる奴はいるよ。まぁそんなこと言う奴ほとんどいないし、私も強くなったからスルー出来るようになったけどね」

「やっぱりいるんだ……」

「いるわよこの世にいる人間は善人だけじゃないんだから。まぁ年の離れた妹がいるってだけでそんな発想に至る奴ははっきり言って異常だよね。……あー腹立ってきた。専門学校にいた時、ちょっとイイ感じになった人がそういう奴だったの」

餃子をしまい終わった姉さんがちょっと乱暴に冷蔵庫の扉を閉めたら、中からガラスがぶつかり合う音が聞こえた。何か割れてないだろうかと心配していると、姉さんがそっと冷蔵庫を開けて中を確認し、小さい声で「よかったー」と言った。おそらく大丈夫だったのだろう。

「初めて二人で飲みに行った時、彩加の写真見たいって言うから、保育園の運動会の写真見せたのよ。そうしたらアイツ、君のお父さんとお母さん元気過ぎでしょ、あ、もしかして妹じゃなかったり？　って半笑いで言ってきたから、思わず顔に水かけて帰ってやったの。それで帰ってからキッチンでお酒飲んでたら彩加が起きて来ちゃったから、廊下歩く音で起こしたかなって反省したよ」

マグカップを食器棚から出しつつ姉さんの話を聞いて、おや？　と思う。

「……ねぇ、もしかしてだけど、起きてきた私って不機嫌そうな姉さんの隣に座ってスポロン飲んで、最後は布団まで送ってもらったりする？」

「何かは知らないけど、あの時の彩加は母さんと父さん悪く言われてめちゃくちゃ不機嫌で無表情だった私の横ににこにこ笑いながら座って、美味しそうにジュースを飲んでたね。そのあと廊下怖いってぐずるから布団まで連れて行ったわ……え、覚えてるの？」

「うーん……覚えてるというか、最近思い出したっていうか……。たしか姉さん、私に似たらろくでもない人間になるって言ってなかった？」

「まって、それも覚えているの？」

「あと、ポチポチオオカミ。ポチポチオオカミの話もした！」

思い出しながら言っていた姉さんの顔が驚きに染まった。きっと、私も驚いた顔をしている。まさか、初めて姉さんとサシでご飯に行った帰りの電車で思い出した記憶の答え合わせを、今出来るなんて思ってもいなかったから。

しばらくお互いに驚いた顔で見つめ合い、こんなこともあるのかと段々面白くなってきて笑いを堪える顔に変わり、最終的に二人して声を上げて笑う。そこに優月ちゃんが帰ってきて、涙が出るほど笑っている私たちを不思議そうに見ている。

「おかえりなさい。ごめん、ちょっと待って。餃子、すぐ焼くから」

「ただいま。え、あやちゃんこれ何事？」

「ちょっと、こんなこともあるんだなっていう偶然が起きたから、なんだかおかしくて笑ってるだけなの。だから、本当に気にしなくていいよ」

「えー、そう言われるともっと気になるよ」

「知りたかったら、餃子食べながら話してあげるから。優月は荷物置いて手を洗ってらっしゃい」

姉さんにそう言われて渋々廊下を歩いて行く優月ちゃんを見送り、呼吸を整えながらシンクの上の吊り戸棚からホットプレートを取り出す。

「今日はフライパンじゃなくて、テーブルに座りながらこっちで焼かない？」

「いいけど、言いだしっぺなんだからプレートは洗ってよ？」

仕方ないと笑う姉さんに喜んで返事をして、ヤカンの火を止める。沸騰目前のこのお湯はコーヒーに使えなかったけど、餃子を蒸し焼きする時にいい仕事をしてくれるだろう。お湯を沸かしたからか、二人で笑ったからか、暑くなってキッチンの窓を開ける。そこからお隣さんが育てているラベンダーの香りが乗った風が入ってきた。火照った身体を冷やしていく。それが気持ち良くてリビングの窓も開けた。

テーブルにホットプレートをセッティングしながら、今日は笑っておしまいにすることが出来て良かったなぁと心の底から思った。

意図せず誰かとの距離を見誤った時、どんなに悪気がなくても深い傷をつけてしまったら関係が変わってしまうことはいくらでもある。だから、やっと仲が深まってきた姉さんとそんな風にはなりたくなかった。

きっと、どんなに気を付けていても、一緒にいれば姉さんや優月ちゃんとの距離を見誤ってしまうことはこの先もあるだろう。その度に私たちは、ヤマアラシのように傷つけ合うこともあるかもしれない。でもそうなってしまったらその先で、今日みたいに笑い合える関係になりたい。

「姉さん。冷蔵庫の一段目、右奥に入ってる私の期間限定チューハイ飲んでいいよ」
「なんでまた」
「今日のお礼」
「そんなんしなくてもいいのに。でも、くれるって言うなら遠慮なくいただくから。ありがと」

姉さんのよく手入れされた髪が、蛍光灯の光を受けてキラリと光る。今日はその光が、一段と美しく見えた。

気分転換に窓を開けると、湿気と共に心地よい雨音が耳を潤した。三日前に関東の梅雨入りが発表されたけれど、その前からずっと降り続く雨の中で、今日の雨は一番優しい音がしている。冷めきって酸っぱさが悪目立ちするコーヒーで唇を濡らし、窓から見えるお隣さんの鮮やかな花壇を見てリフレッシュを試みる。

大学の前期が折り返し地点に来たからか、いつもよりウェイトのある中間課題が色々な授業で出されてしまった。これは後回しにすればするほど自分の首を絞めてしまうと昨日からずっとパソコンに向かっているせいか、何度も集中が切れてしまう。

部屋の中を歩いてみてもヒーリングミュージックを聞いてみてもレポートの文字数は増えたり減ったりで一向に終わる気配がない。だから、一度パソコンの電源を落として長めの休憩を取ることにした。

今日、もう一度電源を入れるかどうかはこの後の自分次第だけれど、モチベーションが上がるような出来事が無ければ、パソコンの起動音を明日まで聞くことはないだろう。まだ期限は先だからと自分に言い聞かせ、床に寝そべり雨の音に耳を傾ける。そしてしばらく経った時、ふと「風と共に去りぬ」で流れるタラのテーマを聞きたくなった。

あの映画に出てくる雨のシーンはこんな優し

い雨じゃなくて土砂降りだけど、雨音を聞くとなぜだか聞きたくなるから不思議だ。母さんがあの映画好きでよく見ていたからかなと思いながらスマホでタラのテーマを検索し、スマホの音量を雨の音がかき消されないように絞る。

　程なくして、高らかなヴァイオリンの壮大なメロディが流れてきた。「明日は明日の風が吹く」というあの映画の名台詞を思い出し、課題を明日へと回そうとしている今の私にピッタリだと口角を上げる。

　そのまま目を閉じて曲を聞いていたら、いつの間にか眠っていたらしい。短い時計の針が記憶より一つ先の数字を指していているのをまだ寝ぼけた頭で眺めていたら、小さくドアをノックする音が聞こえたので、流れっぱなしになっていたタラのテーマを止める。そしてのそのそ起き上がってドアを開けたら、制服姿の優月ちゃんがいた。

「どしたー？」

「あ、寝てた？　ごめんね」

「いや、今起きた所だから気にしないで」

「そっか。あの、部屋入っていい？」

「どうぞ。あ、机散らかっててごめんね」

　断る理由もないので招き入れたら、優月ちゃんはわぁ……と声を上げて部屋を見回しながら入ってきた。そんな物珍しいものここに置いてあったっけと首を傾げてから、この部屋がもと優月ちゃんのお父さんが使っていた部屋だったことに思い至る。

「私がここに来てから、この部屋に入るの初めて？」

「うん。人が変わるだけで、同じ部屋なのにずいぶん変わるんだね」

　目を細めて部屋を眺めながら言う優月ちゃんを見て、ちょっと悪いことをしちゃったなぁと反省する。

「ごめん、言っとけばよかった。机いじらなかったら、私がいてもいなくてもいつでも入っていいから」

「それは悪いよ」

「いいっていいって。優月ちゃんの部屋より、私の部屋の方がお隣さんのお花も見えるでしょう？　それを気分転換に見に来るだけでもいいし、本棚の本とかマンガを借りていくのもよし。あと、そこに敷いてあるラグでお昼寝してもいいよ」

遠慮する優月ちゃんにそう言えば、小さく笑ってありがとうと言われた。

「立っているのもなんだし座る？」

とラグを指させば、コクリと頷くので一緒に座る。今日の優月ちゃんは何だか元気がない。どこか調子が悪いのかなと思いながら、とりあえずお菓子ボックスに入っている、昔好きだと言っていたクッキーをあげれば素直に受け取ってくれたので、私も隣に座った。すると、優月ちゃんが自分の膝の上に何か置くのが見えた。

「……あのね、今日はあやちゃんに聞いてほしいことがあるの」

優月ちゃんの緊張した声を聞きながら膝に置かれたものをよく見ると、それは写真立てだった。ガラスの反射で写真が良く見えないから顔の角度を変えた時、それが姉さんと優月ちゃん、そして、かつてこの部屋にいた旦那さんの家族写真であることに気づく。

観覧車の前で幸せそうに笑っている三人をこの部屋で私が見るという状況がなんとも言えなくて、さっき飲んだコーヒーのような苦味が口に広がる。

「あやちゃんと、一ヶ月前にホットケーキを食べたでしょ？　その時に、あやちゃんがいるとお父さんがいたのが塗りつぶされちゃうって私が言ったの、覚えてる？」

「うん。覚えてるよ」

私が頷くと、優月ちゃんは安心したように息を吐いて、肩の力を抜いた。

「覚えてなかったらどうしようかと思った」

「さすがに優月ちゃんが勇気を出して言ってくれたことを、一ヶ月ちょいで忘れるような悲しい記憶力はしてないよ」

心外です、という気持ちを隠さず言えば、ちょっと笑いを含んだごめんが返される。

「私ね、最近、中学校の相談室に行ってみたの。色々悩んでいるのを先生が見てたみたいで、誰かに相談することも時には大切かもしれないよって言われたの。相談相手は誰でもいいけど、ここにはその道のプロがいるってカウンセラーさんのことを紹介されたから、この前、勇気を出して行ってみた」

「どうだった?」

「ぐちゃぐちゃにこんがらがってた気持ちがちょっとマシになって、行って良かったなぁってなった」

「そっかぁ」

「だからカウンセラーさんに相談した後、一番ぐちゃぐちゃな気持ちを伝えたあやちゃんに、私のちょこっと変わった気持ちを伝えたいって思ったの」

私はどんなに悩んでいても斜に構えて、カウンセラーだろうが何だろうが、私の気持ちなんざ理解出来る訳ないんだよという姿勢を貫いて、気になっても一度だって相談室の扉を叩かず卒業した。だから、先生に言われて素直にカウンセラーさんに相談出来たという優月ちゃんを素直にすごいと思った。

「私ね、お父さんがこの家を出て行ってから、たまに空っぽになったこの部屋の床に寝そべってたんだ。寝そべって目を閉じて、あそこにはベッドがあった。あそこには本棚があった。あそこにはハンガーラックがあって、いつもお気に入りのグレーのジャケットがかかっていたって、お父さんの部屋のレイアウトをなるべく細かく思い出して、戻っていますようにって言いながら目を開けるの。でも、やっぱり目を開けると部屋には寝そべっている私しかいなくて、お父さんはもうこの家に帰ってこないって現実を、その度に突きつけられてた」

　そこで寝そべってたんだよと優月ちゃんが指差した所は、偶然にもさっきまで私が雨音と夕ラのテーマを聞きながら寝そべっていた所だった。少し、考えてしまう。空っぽのこの部屋でどんな音を聞いていたのだろうか。寝そべっていた優月ちゃんは、この部屋でどんな音を聞いていたのだろうか。


「でも、あやちゃんがこの部屋に来てからそれが出来なくなっちゃったでしょ。だから私、行き過ぎなくらいあやちゃんのことを拒否しちゃったんだと思う。少しずつ、お父さんの部屋をぼんやりとしか思い出せなくなっていったことが、すっごく怖かった。あんなに細かく頭の中で思い描けたものがこんなに早く思い出せなくなるなら、お父さん自身のこともすぐ忘れちゃうのかなって考えだしたらもっと怖くなって、八つ当たりばっかりした」

　そんなことがあったなら、私、よくあの頃無視されるだけで済んでいたなと驚く。それほどまでにこの部屋への思い入れがあるなら、暴言を吐かれるとか物を投げられるとか、もっとひどい嫌がらせをされてもおかしくないのに。

「カウンセラーさんに相談したからちゃんと考え直せたんだよね。あやちゃんはお父さんのことを塗りつぶしている訳じゃないんだって。だから、無視したり、嫌なことを言ったりしたこと、ちゃんと謝らなきゃって思った。それに……私があやちゃんがお父さんのこと塗りつぶしているみたいって言ってから、あやちゃん洗面台に置いてたもの全部この部屋に置いてるから、いっぱい気を遣わせちゃったでしょう？　ごめんなさい」

　咄嗟に優月ちゃんは謝らなくていいんだよと言おうとして、思いとどまった。きっと優月ちゃんにとって、私に謝るという行為は散々考えて考えた結果出した答えなのに、謝られるのが気まずいからという理由で私が突っぱねていい訳がない。

「いいよ。……でも、私からも謝らせて。私は思った以上にたくさん、知らず知らずのうちに優月ちゃんを傷つけてきたから。本当に今さらだけど、この家に来る前にもっと、姉さんだけじゃなくて、優月ちゃんとも話すべきだった。ごめんなさい」

そう言うと、部屋は沈黙で満たされた。この、どちらのせいとも言えない沈黙がいつも苦手だけど、今日は優しい雨が降っているからあまり苦痛を感じずに済んでいる。ひとえに雨と言っても、雨足が強すぎると責め立てられる気持ちになるし、弱すぎると雨なんて関係なくなるので、今日が優しい雨の日で良かったなぁと思っていたら、優月ちゃんが口を開いた。

「私ね、お母さんがお父さんと離婚してから、この家の中でお父さんのことを考えることとか、写真を見返すことってていけないことだって思ってた。だってお父さん、お母さんに酷いことをたくさんしたたし、この家を出て行く時にお母さんに酷いことを言っているのははっきり聞いちゃったたし。……でも、どんなに最低な人でも、私のお父さんはお父さんだけだから、思い出すことはいけないことじゃないって思うことにしたの」

指先で写真のお父さんをなぞる優月ちゃんの目はどこまでも優しくて、この子はたくさん愛されてきたんだなぁと思うと、悔しくなって唇を噛む。しっかり者のパートナーがいて、優しい娘がいて、傍から見たら満ち足りていそうなのに、なんであの人はそれをぶち壊す道を選んでしまったのだろうか。

たぶん、どんなに丁寧に説明されたとしても私は姉さんと優月ちゃんの味方だから、あの人の言い分をこれっぽっちも理解できないだろうし、理解もしたくもない。

「もちろん、お母さんの前ではお父さんの話はしないし写真も見ないよ。だけどたまに、お父さんことを話したくなったらさ、あやちゃんの部屋に来て話してもいいかな」

悶々と考えていたら、優月ちゃんの縋るような目が真っ直ぐ私を見つめた。視界の端で写真立てがギュッと握りしめられるのを見て、私は思わず優月ちゃんを抱きしめた。

「いいに決まってるじゃん。お菓子ボックス、いつもいっぱいにしておくからいつでも来な」

肩に伝わる感触で、頷いたのを感じる。こうして抱きしめてみると、優月ちゃんは華奢で小さくてまだ子供だ。それなのに本当にいっぱい考えて、自分なりに答えを出しているからすごいいと思っていたら、そっと背中に手が回された。

それに驚いたら手が引っ込められそうになったので「ぎゅー」と言いながらちょっと力を入れて抱きしめれば、「くるしー！」と腕の中で身をよじるので、少ししてから開放してあげる。

「ね、これでちょっとは大丈夫って思えた？」

優月ちゃんのあたたかい頬を優しく両手で挟めば、ニコッと笑いながら頷かれるので、嬉しくなってしまう。

「じゃあ、今からこの写真の思い出を話してもいい？」

「いいよ。みんなすごくいい笑顔じゃん。これどこ？」

「これね、去年のゴールデンウイークに行ったひたちなか海浜公園なんだ。ネモフィラが一面に咲いている丘がテレビでやっていたから見に行ったの。そこからこの観覧車が見えたから乗りに行ったんだけど、行く途中に今まで見たことないくらいすっごい広い芝生の広場を突っ切ったらお父さん大はしゃぎして、走り回ったら滑って転んじゃったの」

「ええ、怪我無かった？」

「怪我は無かったんだけどね、お父さんが履いてた靴の底がべろんて剥がれちゃって、お母さんも私も大笑いしちゃったの。しかも、接着剤がなくって、たまたまあった二本の太い輪ゴムで留めたんだよ。だから写ってないけど、このお父さん、靴に輪ゴムをグルグルに巻いてるんだ」

明るい声で楽しそうに話してくれる優月ちゃんが元気そうで安心するけれど、写真を指さしながら言うものだからその様子をありありと想像してしまい、思わず吹き出してしまう。

「これが家族揃って行った最後のお出かけだったんだけど、思い出すたびに笑っちゃうから困るよね。ドラマで親が離婚した子供が最後のお出かけ思い出す時って、大抵しんみりするシーンでしょう？　私の場合ギャグになっちゃったんだよ」

優月ちゃんがさらに続けた言葉がツボに入っていよいよ笑いが止まらなくなり、もうこれ以上何も言わないでほしいと手で示しながら息が切れるくらい笑う。もうこの部屋の中にさっきまで満ち満ちていた気まずい沈黙はすっかり消えてなくなっていた。

「そういえば、この部屋をノックする時に音楽が聞こえてきたけど、何流してたの？」

私の笑いが収まった所で、思い出したように優月ちゃんが聞いてきた。音楽なんて流していたっけ？　と首を傾げてから、タラのテーマを流していたことを思い出す。

「タラのテーマ。『風と共に去りぬ』って映画で流れるんだけど、雨の音を聞いてると、たまに聞きたくなる時があるの」

「へぇー、知らない映画だ。映画の中で雨が降っているから聞きたくなるの？」

「ううん。映画は雨のシーンって一つくらいしかないよ。でも雨の日にこの曲を聞くとね、私の周りだけカラッと晴れたような気持ちになるの。それで映画のことを思い出して、前向きな気持ちが体の内側からにじみ出てくるんだ」

「そんな前向きになれるなら、私も見てみたいな。その映画」

「古い映画だから、優月ちゃんにはまだ早いかもしれないなぁ」

「じゃあ、タラのテーマだけでも聞きたい」

　そう言う優月ちゃんのために、スマホでさっきより音を大きくしてタラのテーマを流す。最初の大きな音に驚いていたけど、優月ちゃんは最後まで真剣に聞いて、それから口を開いた。

「映画の内容知らないけど、あやちゃんが聞いたら前向きになれるっていう理由が分かる気がする。どんな内容の映画なのか気になってきちゃった」

「内容はねぇ、あんまり詳しく言わないけど、アメリカのタラって所にいる、すごく強いスカーレットって女の人が主人公でね、どんなことがあっても諦めないの。その姿がすごくカッコイイんだよ」

「もっと気になっちゃったよ。あやちゃん私にまだ早いって言うけど、いつなら早くないのさ」

「そうだなぁ、歴史でちゃんと南北戦争を知らないと分かんないこと多いだろうから……優月ちゃんが高校生になってから見たらいいんじゃない？」

「じゃあ、その時はあやちゃんも一緒に見ようよ。誰かと見た方が、映画って面白いじゃん」

「私も楽しみにしておくね。……あ、もうこんな時間か。そろそろ私夜ご飯の支度をしなきゃ。優月ちゃんは制服脱いじゃいな」

　時計を見たらそろそろ夜ご飯の準備を始めてもいい頃なので立ち上がれば、雨はいつの間にか止んでいた。雲間から覗くさっぱりとした青空が眩しくて、アメリカ南部はこういう空をしていてほしいと思った。


　さて、今日は何を作ろうかとキッチンに向かえば、ちょうど姉さんが帰ってきたので重たそうなマイバックを受け取る。

「どうしたの？　今日はやけに早いね」

「今日はお店じゃなくて外部の講習会だったの。あと彩加、これ受け取って」

そう言って渡されたのは、桐箱に入ったそうめんだった。

「こ、こんなに高そうなのどうしたの？」

「友達からもらったのよ。友達の家はそうめんいらないって言っているのに、義実家から毎年これが送られてくるものだから、もう今年はそうめん食べたくないし見たくもないから引き取ってって頼まれたの」

「へぇー、そんなこともあるのね。じゃあ今日の夜ご飯は」

「薬味たっぷりそうめんとアジフライ！」

「フライ？　天ぷらじゃなくて？」

「今日、いつもは高くて手を出せない冷凍のアジフライが特売だったのよ。野菜の天ぷらなんていつでも作れるけど、アジフライは今日しかないでしょう！」

「なるほど姉さんアジ好きだもんね」

高級なそうめんにたくさんの薬味に揚げ物なんて、今日はなんでもない日なのに豪華だなぁと思うけど、たまにはこういう日があったっていいから、今から食べるのが楽しみだ。早速水を張った大鍋を火にかけて冷蔵庫から今日の薬味にするものを出し、高級なそうめんは姉さんが分かりやすいように電子レンジの上に乗せる。

「お鍋ありがとう」

「いえいえー。私が薬味作るから、姉さんがフライ揚げてね」

「はなからそのつもりよ、アジフライは任せて。じゃあいったん着替えてくるから」

そう言って廊下の向こうに消える姉さんを見送りながら、すり鉢で白ごまをあたり、次に梅干しをたたく。私はそうめんの薬味に梅干しは必要不可欠だと思っているけれど、また優月ちゃんに信じられない！　と言われてしまうだろうか。どういう反応をするか楽しみに思いながらガラスの小鉢に盛り付けて、次はショウガだと皮を剥いていたら優月ちゃんがやってきた。

「何か手伝うことある？」

「宿題やらなくて大丈夫なの？」

「今日は少ないからご飯の後にやる」

「じゃあ、海苔をハサミで切ってほしいな。ほそーくお願い」

「はーい。ほそーくね」

隣で慎重に海苔を切り始めた優月ちゃんを見て、思わず笑いそうになる。ほそーくお願いしたのは私だけれど、優月ちゃんは糸唐辛子くらい細い刻み海苔を作り出していたのだ。このスピードでは、海苔を全て切り終わるまでに相当時間がかかりそうだ。そうめんが茹で上がるまでに果たして切り終わるのだろうか。

それなら優月ちゃんが刻み海苔を作り終わるまでに、まだ作っていない他の薬味を全て用意出来るかチャレンジしようかしら。そう思うと楽しくなってきて、指までおろさないよう注意しながら、素早くショウガすりおろす。

「あー、いい匂い。やっぱりショウガはチューブじゃなくて生に限るわね」

そんなことをしていたら、着替えて髪を一纏めにした姉さんがキッチンに加わった。それなりに広いはずのキッチンが一気に手狭になって、ちょっと動きづらくなる。

大きな鍋でお湯を沸かしているせいか、薬味チャレンジでいつもより手を速く動かしているせいか、窓を全開にして外からの涼しい風を入れているはずなのに汗ばんでくる。さらに、この後アジフライが揚げられるからもっと暑くなるだろう。そう思うとちょっと勘弁してほしいけれど、三人揃ってご飯を用意するなんてなかなかしないから不快感より楽しさの方が勝る。

そして、ついに姉さんが桐箱を覆うラベルを剥し、ぱかっと蓋を外した。キレイに並べられたそうめんの束を見て、思わず三人で「おぉぉ」と声を上げる。

「彩加、優月、そうめん何束食べる？」

「私は二つで」

「あやちゃんと一緒で！」

「はーい、って優月、さっきから全然海苔が小さくなっていないじゃないの」

「だってあやちゃんからほそーくお願いって言われたんだから仕方ないじゃん」

「そうは言っても限度ってものがあるでしょう。細ければ細いほどいいってものじゃないんだし。彩加も彩加よ、優月のカメみたいなスピードを見て、海苔を切り終わる前に他の薬味全部完成させてやろうとか思っているでしょう」

「ありゃバレた」

怒られないように、私のチャレンジが失敗するようにと優月ちゃんが海苔を切るスピードを上げたので、私も負けじとネギを刻むスピードを上げる。今日用意する薬味はネギが最後なので、これを優月ちゃんより早く刻み終えれば私のチャレンジは成功するのだ。

そんな私たちを見て、姉さんが呆れたと言わんばかりのため息を吐くけれど、ちょっと楽しんでいる顔をしているから、優月ちゃんも私も大真面目に海苔とネギを刻む速さで競い合う。

結局、途中からお箸くらい太い海苔を量産した優月ちゃんが速く切り終わって両手を高く突き上げた。そんな優月ちゃんを見ながら私が悔しがっていると、クスクス笑いながら姉さんが口を開いた。

「楽しんでるところ悪いんだけど、薬味を用意して終わりじゃないからね。私アジフライ揚げなきゃいけないからさ、どっちかがそうめんでどっちかがお椀とかお箸の用意してよ？」

「じゃあ、あやちゃん負けたからそうめんね」

「別にいいけど、薬味を用意した数は優月ちゃんの四倍だからね」

ちょっとだけムッとしたけど、元気な返事を聞いたら勝ち負けがどうでもよくなってしまったので、お湯を沸かしている鍋の蓋を取る。沸騰までもう少しかかりそうだからそうめんを纏めているラベルを剥していたら、隣のコンロに姉さんが油を張ったフライパンを熱し始めた。

「冷凍庫からアジフライ出してこようか？」

「まだ油が冷たいから大丈夫。あれを上手く上げるコツを店員さんに聞いたら、揚げる直前まで冷たくしておくことって言われたから試してみたいの」

「なるほどね」

テーブルの方を見たら、優月ちゃんが「そーめん、そーめん」と即興の歌を歌いながらお椀を置いている。それを見て、あぁ、この家はずいぶんあったかくて心地良くなったんだと実感した。

「姉さん」

「何よ。まだアジフライは出しちゃダメよ」

「そうじゃないよ。私、この家の生活が結構好きだよ。あの時一緒に住まないかって聞いてくれて、ありがとうね」

「なんなの急に。アジフライはみんな同じ大きさだけど」

「ねぇここ感動する所じゃん。思ったから言っただけ」

「なら私も言わせてもらうわね。彩加がここに来てくれて、本当に良かったたって私も思ってるよ」

ちょっと恥ずかしそうに言った姉さんが、軽く私を抱きしめた。まさか抱きしめられると思っていなかったから驚いたけど、私もすぐに抱きしめ返す。

油を熱しているから抱きしめ合った時間なんて一瞬だったけど、ようやく姉さんを抱きしめ返すことが出来た。その幸せを噛みしめながら、後で姉さんと一緒に優月ちゃんを抱きしめようと決心して、そうめんを一気にお湯へ落とした。

自転車と意志
――のむらなお『からっぽ』について――

佐藤述人

人は未来の時間へ向かって可能性が見出せる時に幻想や理想郷の存在を信じることができるのだと、まずは単純に考えるとしたら、変えがたい自分の輪郭が定まってしまった際にはその幻想や理想郷はどこに着地するのだろうか。[1]
――山﨑眞紀子

1

もちろん白と言って表わされるそれも色のひとつではある。しかし少なくとも散文的（日常的）には「空白」「真っ白」「余白」などの表現がそうであるように、「白」は比喩的にであれ何もないところの意味を有してもいるだろう。だから僕らは日常的（散文的）にはそこに無際限の空隙を錯視してしまう。「雪道の中どこまでも自転車を漕いで行く」、これは映画監督ののむらなおにとって最初の劇場公開作品であった『からっぽ』[2]の脚本、その最後の一文だ。僕はこの、白のなかをいく、白を漕いでいくと言っていい一文を前にすると、のちにも続くのむらの問いの問い始めをそこに見ないわけにはいかない。また、『からっぽ』については当然のこととして同作以降に発表された彼女の作品についても、そして明日以降に制作されるであろう彼女の作品についても、本当にはこの一文からしか語り始められないのだと確信し続けるほかない。

二〇一九年にまずは発表され、さらに再編集を加えた完全版が二〇二一年に公開された、のむらの長編映画『男の優しさは全部下心なんですって』（以下、『男の優しさ』）の劇場用パンフレット（スポッテッドプロダクションズ、二〇二一年）に掲載されたインタビューにおいて、彼女はその前作にあたる『からっぽ』を強く意識した文脈で「恋愛の皮を被って結局「私（自己、自分）とは」って話を書いてるんだな」（六頁）と自身の映画制作について語っている。同棲相手が変わるたびに性格がまるごと変化する主人公をえがいた最初期の短編映画『道子、どこ』（二〇一七年）以来、確かにのむらは分人主義[3]的な視点から「私」をとらえ直し、さらにそれを超克するための問いを立てる仕事を続けている。『男の優しさ』はもちろん[4]、オンライン配信の形式で上演された演劇作品『来世は猫になりたい』（二〇二〇年）、『男の優しさ』のスピンオフ作品にあたる短編映画『好きな人とひとつになる方法♡』（二〇二一年）、WEBドラマ『僕らのあざとい朝ごはん』（二〇二一年）の担当話（第六話「ちいさな海を包んだごはん」、第八話「明日、みんなと食べたいあさごはん」）、日向坂46の一〇枚目のシングル『Am I ready?』TYPE-D収録の平岡海月個人PV『海月を育てる』（二〇二三年）などの作品群にも、すべてのむらの一貫した問いが反映されている。つまり、現在の自分の輪郭を決定している生得的な固有性などないのだとされ、他者や物や環境とのあわいのなかで自動生成される流動的で多面的な分人（dividual）へ眼を向けて個人（individual）を解体するところから自己についてえがくという姿勢がすべての作品に共通している。だからこそ、金銭的に困窮しているわけではないのに大量のアルバイトをかけ持ちし、それぞれのバイト先での全く異なるような人格を並行して生きることで自己を保っている渡良瀬まち（『からっぽ』の主人公）は、その主題のなかでこそ語られねばならない主人公だと言えよう。

　ただ注意したいのは、のむらが、自動生成される流動的で多面的な分人によって個人を解体して、それで満足しているだけの作家というのではないことだ。彼女の分人主義的な自己解体は、むしろその当の自己を問い、発見するための工程としての作業なのだと考えたほうがいい。鉄を鍛える作業は職人が改めて鉄を問い、発見する行為だ。その意味で、鉄を鍛えるためにこそいちどそれを溶かすのを思えばいい。といって、当然それはのむらが全く分人主義を退けているということを意味するのでもない。単に退けているなら個人を解体するなどという迂路を通る必要がない。溶かさずにただ研げばいい。生得的な固有性という本質主義的なものではなく、かといってただ解体して（あるいは構築主義的に）済ますことのできないもの、そういう、いわば中動態的な自己の地点に彼女は向かっている。このことは前述の『男の優しさ』劇場用パンフレット掲載のインタビューでの「ゆらいでるし人なんて。関わり合う人やものの数だけ自分いるし。ただ、それらの源泉みたいな色はひとりひとりあるんじゃないかって最近は思います」（六頁）との言葉にも表れている。

　また彼女はそのインタビューの最後で「今現在、とても不自由な世の中で、私自身も生きるのがきつくって。映画館って自由な場所だなあって思うんですよね。私の孤独も担保されるし、スクリーンとの距離感も厚かましくないし、何を思ってもいい」（一〇頁）とも語っている。これは、ぱっと見たところだと緊急事態宣言下で強いられていた不自由な暮らしのことをまずは言っていると読めるだろう。とりわけ「今現在」という言葉選びにはその側面がないわけではないと思う。ただここで言われている「不自由な世の中」というのはそれだけの意味ではない。[5] 僕はむしろ、「私の孤独も担保される」とか「何を思ってもいい」とかの語りくちに注目したい。ここに眼を向けたとき逆説的に、思うことの制限を彼女が、孤独でないことによって感じているのを発見できる。いま僕は〈呼びかけ〉を思いだしている。

　地域や学校によって名称が異なるようだけど、僕の卒業した小学校ではそれを呼びかけと呼んでいた。門出の言葉やお別れの言葉とも言われる、小学校を卒業する児童たちが「楽しかった運動会」やら「心に残った修学旅行」やら「この六年間を胸に歩んでいきます」やら、教師の書いた台本、それもおそらく教師たちがどこかから定型文を引っ張ってきてそれをもとにパズルのように組み立てただけだろうと思われる台詞をおぼえさせられて、叫ばされる、卒業式のさいの呪術的一幕だ。むろん、その内容は彼らの実際に思っていることとは全く関係がない。思っていることに背いているのではない。関係がないのだ。それは続く親や教師や地域住民たちへの形式的な感謝の言葉や、直後に歌わされる『旅立ちの日に』の歌詞も含めてそうだ。思っていることとは別に、言うべきとされている言葉がそこにあって、それを何の反省もなしに叫び、あるいは聞く。つまり、児童たちはそれを自らが思っているかどうかと考えることすら思いつかずに言うべきとされているからと叫び、出席者たち（親、教師、来賓などの大人たち）は適切な物が適切な場所に置かれているだけだというようすで聞き流す。[6] 言うべきとされている言葉が円滑に発声されていることに満足するだけなのだ。

　とはいえ、小学校の卒業式で、門出の儀式としてそれを通過することについては否定的な側面ばかりでもないのかもしれない。僕がここで問題としているのは、門出の場面のみならず、世の言葉の多くが呼びかけ的な言葉づかいとして用いられているとしか思えないことだ。たとえば現在日常的に目にする、政党のマニュフェストや国会議員の答弁、デモ隊のシュプレヒコールやその声明文から、企業の会見、求人広告の文章、論文の註釈、税務署からの通知、市販の薬剤の説明書、人々の街頭インタビューでの受け答え、芸人のバラエティ番組でのトーク、YouTuberの動画内容、ＳＮＳで見かける投稿の数々、そのほとんどが、それぞれの種類（分野）の語彙での呼びかけ的な言葉づかいで語られていよう。文芸誌上の文章や大学の教壇から語られる内容でさえ、そのような言葉でしかないことも少なくない。そうしてさらには、多人数での飲み会での会話や、何気なくそのへんでおこなわれる井戸端会議じみた世間話にいたるまでも、（呼びかけで用いられる言葉がその内容を伝えるためのものではなくてそこにあるべきものだから採用されているのと同じように）その場に据わりのいい（あるべきとされる）言葉が配置されているだけにすぎないと言っていいというのが僕の生活実感だ。いま僕はマルカッコ内に「あるべきとされる」と書いたが、ここで「あるべきとする」主体は、たとえば山本七平が〈空気〉[7]と言ったようなもの、西部邁がオルテガを意識して〈大衆〉[8]と言い、宇野常寛が〈ボトムアップの共同幻想〉[9]と言ったようなものである（エーリッヒ・フロムの〈機械的画一〉[10]の議論やニーチェの〈末人〉[11]の議論にも接続できよう）。そしてそれらはすべて、言いようによっては僕らひとりひとりが作ったものだ。ひとりひとりと〈空気〉との関係は指揮者のいない合唱団と団員との関係に似ている。合唱団の歌声は団員のひとりが作れるものではなく、むしろその歌声に声を合わせることで団員は歌うこととなるのだが、けれどもそれらの団員たちの声が合唱団の歌声を作ってもいる。このようにして醸成された空気の潮目を読む（だけの）会話は、厳密にはコミュニケーションではない。そこに意志の疎通はない。[12]

　そうして発言された据わりのいい言葉（言うべきこと）は、だから発言者の意志（思っていること）とは全く関係がないのだけど、しかし矛盾するようにも聞こえるがここに不気味な魔法があって、その言葉が意志と関係ないのを言うほうも聞くほうもわかっているはずなのに、言うべきことが的確に声に出されるやいなやなぜか、発声されたという物理的な事実が言葉の内容の事実性をも担保するごとくにすり替えられ、あたかもその内容が発言者の思っていることであるかのように解されてしまう事態が起こる、というより解さねばならないというしきたりが適用される。こうして、〈思っていること〉とは別の〈言うべきこと〉が言われるたびに（物理的に発声されるたびに）、言ったことが思っていることだったのだと化かされるわけだが、これはまさに、孤独でないところで思うことの制限を受ける事態だ。この意味で先のインタビューでのむらの言うのは、空気によって腹からの言葉が後退していき、思う内容が化かされて制限される不自由さへの言及であったのだと言っていい。これは『堕落論』を初めとする坂口安吾の戦後の評論やエッセイの愛読者であるのむらが、そうした欺瞞に対して「嘘をつけ！　嘘をつけ！　嘘をつけ！」[13]の気持ちを常に持っているがゆえの言葉でもあろう。

　渡良瀬まちの様々なる種のバイト先での分人とは、様々なる種の呼びかけの言葉をそのつど使い分けて的確に配置する装置なのだと言っていい。[14]バイト先の飲み屋の客にテキーラのショットを飲まされていたまちは、それらのショットがじつはただの水であり、客もそれをわかってやっているのだと翌朝の由人との会話のなかで説明するが、これは児童の言葉が思っていることと合致していないと出席者たちもわかって聞いているのと似ている。

2

ところで先のインタビューの別の箇所でのむらは「そもそもこの自己と他者の境なんて曖昧ですからね、本当はこの世界はひとつですしね」（六頁）と、自己や他者についての話の延長で世界がひとつだと語ってもいる。これは一見すると唐突のようだが、彼女がメルロ＝ポンティの、とりわけその晩年に書かれた小論「眼と精神」[15]の影響下にある作家であることを考慮するとその意味が見えてくる。まさに『からっぽ』を制作していた期間も含めた武蔵野美術大学在学中、同大学でおこなわれていた富松保文による講義をのむらは受講しており、その講義で教科書として採用されていたのがまさに「眼と精神」だった。[16]

> 私の身体とともに、共同的身体、「他者」が目覚めてこなければならないが、それは動物学が語るような私の同種個体ではなく、私に憑依する他者、私が憑依する他者であり、私はその他者たちとともにいま現に目の前にある唯一の《存在》に憑依しているのであって、これに対して、動物たちがそんなふうに同類や縄張りや環境に憑依したためしはついぞなかった。
>
> （メルロ＝ポンティ「眼と精神」六二～六三頁）

ここで言われる《存在》は原語ではエートル（Être）の語が大文字で使われており、これは英語のbe動詞に近いもの、特定の個物の存在ではなく、どんな事物や事象にも共通している

「存在」そのものを指す語だ。「This is a pen.」と言うときの「is」や「I'm here.」と言うときの「am」に近いと考えれば、つまり「ペンである」の「ある」や「私がいる」の「いる」に対応するような「有」を示す語なわけである（「有」を示す語なわけである」と言うときにもまた「ある」と言わねばならない）。メルロ＝ポンティの視覚論を参照すると、ここで彼がそのような語を用いねばならない理由がわかる。彼は「空間の一斤や諸機能の束としての身体ではなく、視覚と運動とで編み合わされた身体を再発見しなければならない」（六七頁）としたうえで以下のように語る。

> 物に近づきそれを摑み取るすべを知るためには、たとえそれがどんなふうに神経機構のなかで行われるのか知らなくても、見るだけで十分である。私の動きうる身体は見える世界を当てにし、見える世界の一部をなしており、だからこそ、私は自分の身体を見えるもののなかでうまく操ることができる。しかし他方、視覚が運動に依拠しているというのも本当である。人に見えるのは、その人が眼差しを向けているものだけである。もしも眼の動きを一切欠いていたとしたら、視覚はいったいどうなっていただろうか。そしてまた、もしも眼の動きそのものがたんなる反射であったり盲目的であったりすれば、もしも眼の動きがアンテナをともなっておらず、先見力〔としての視覚〕をもっていなかったならば、もしも視覚が眼の動きのなかで先に生じていなかったならば、眼の動きはただ物たち〔の見え〕を混乱させるだけではなかっただろうか。私のどんな移動も原理上私の風景の一隅に現れ、見えるものの地図のなかに転記される。私が見ているものはすべて原理上私の届くところに、少なくとも、私の

眼差しの届くところにあり、「私が～できる」という地図のうえに書き留められている。この二つの地図はそれぞれ完全なものである。見える世界と、私が動くことで関わっていく世界とは、同じ《存在》の〔二つの〕全体的部分なのである。

（メルロ＝ポンティ「眼と精神」六七～六九頁）

いま見えているものの像をもとにして次に見るべきものへ眼を（身体を）動かすことで僕らは視覚を得ている。実際いま、僕はこの文章を書きながらパソコンの画面を見ているが、タイプミスをしたさいには視界の下方に見えている手の動きめがけて首や眼球を動かすことでキーボードの像を見るのだし、そのとき視界の右端で飼い猫が吐いているようすなのを発見してそちらへ身体を向けることで猫の吐瀉物の像を見ることができ、そのようにそのまま、身体の動きにともなって変化する視界内の自室の部分々の景色の連続のなかで、像に次ぐ像を参照することでティッシュペーパーを探すのだ。見えている像がなければ眼の動きはないし、同時に、眼の動きがなければ見えている像もないだろう。視覚に誘われて眼は動くのであり、動きに基づいて視覚は広がる。その広がりに誘われてまた眼が動く。こうした視覚と動きの関係のなかに行為がえがかれるのであり、だから別のところでは、身体の運動は視覚から生じた結果であって視覚の成熟なのだとされている。

見る者の身体はそれ自身見えるものなのだから、その身体によって、見る者は見えるもののうちに埋め込まれているのであり、〔それゆえ〕見る者は、自分が見ているものを我が物にするのではなく、ただ眼差しによって見ているものに近づくだけであって、見る者は世界に面し、世界に向かって開かれているのである。他方、見る者がその一部をなしている世界の方も、即自や物質であるわけではない。私の運動は、延長のなかに奇跡的に実現される場所の変化を、主観という隠れ家の奥底から布告するような精神の決意、絶対的作為ではない。私の運動は視覚から自然に生じてきた結果であり、視覚の成熟なのである。

（メルロ＝ポンティ「眼と精神」七〇頁）

ところでここでは見る者の身体（要は僕たちの身体）が同時に見えるもの（要は他者から見られる対象）でもあるのだと強調されている。これについては「見る者は見えるもののうちに埋め込まれている」という表現が印象的だ。少し先では「見る者」が「世界」の一部をなしているとも言われる。より詳細に論じているのが以下の箇所だ。

見えるもの、動きうるものとして、私の身体は物の仲間であり、物の一つであり、世界という織物のうちに編み込まれているのであって、〔それゆえ〕身体の統合とは一個の物の統合である。しかし他方、私の身体は見、動く〔自分を動かす〕のだから、自分の周りにぐるりと物をつなぎとめており、それらの物の方はと言えば、私の身体の付属器官であり延長部分であり、身体の肉のなかに嵌め込まれ、身体の十全な定義の一部をなしているのであって、〔それゆえ〕世界は身体と同じ生地で仕立てられているのである。

（メルロ＝ポンティ「眼と精神」七二～七三頁）

身体（ここでは辞書的に厳密な区別なく〈肉体〉と言ってしまってもいい）の肉とはいったいどこからどこまでの範囲を占めているだろう。皮膚の内側だろうか。けれども例えば、皮膚が破けてそこから脂肪が零れ落ちるとき、この床の上の塊は肉ではないだろうか。あるいは箸を使って食物を食べるとき、その箸は僕の身体の延長としてほとんど隔たりなく（少なくとも隔たりを意識されず）用いられてはいないだろうか。そしてこの身体と一体化した箸につまれた食物は、数時間後には血肉という意味での文字通りの僕の身体の肉となる。だとすれば箸や食物も肉の一部と言えないだろうか。

また、箸で食物をつまむ行為自体を考えたとき、その行為はどこから始まるだろうか。そしてどこでおこなわれているだろうか。いちどざっくりと大雑把に考えてみよう。むろん、行為するのはこの身体だ。僕が食物をつまむならば僕の身体だ。が、そこからもう少しだけ厳密に踏み込んでみるとすると、視覚と運動が切り離せない往還的なもので、そこに行為がえがかれるのだと確認した僕たちには、まさかそれが脳内から始まるものとは思えないし、眼から始まるものと言っても不十分だろう。光源から発せられた光が食物の表面で反射し、それが眼に侵入し、視覚像が生じ、それを手がかりに箸が伸ばされるとき、行為は（さしあたり）眼が光を受けるときにはすでに始まっている。とはいえ光が食物の表面で反射して空気中を通って、たとえば僕の眼鏡のレンズを通過して、涙の厚みを通って角膜、水晶体、ガラス体を通って視神経へ伝わるとき、そのどこからを肉と言ったらいいだろう。あるいはどこまでが肉ではないのだろう。さっきの箸の例を考えれば眼鏡のレンズは肉の一部かもしれない。ではそのレンズを支えるフレームはどうだろうか。あるいはレンズ表面のコーティングはどうだろうか。行為の側面から見たとき、おそらくそこに境はない。ここにあるぜんぶ、箸やレンズはもちろん空気や光も、すべてのものが行為を準備しているという意味で肉に含まれよう。さらに言えば、視覚が動きと切り離せないのを再度思えば、つまり視覚が食物の像を結んだのは前段階の別の視覚像に誘われて眼が動いた結果だという意味において、食物の画を収めない像にもすでに行為が準備されていたことになるから、結局のところこの世界に肉でないところなどないと言わざるを得ない。「世界は身体と同じ生地で仕立てられているのである」とはそういうことだ。

水の厚みを通してプールの底のタイル床を見るとき、私は水や水面の反射にもかかわらずそのタイル床を見るのではなく、まさに水や反射を通して、水や反射によって見るのである。もしもそうした歪みやまだら模様の照り返しがないならば、もしも私がそうした肉なしにタイル床の幾何模様を見るならば、そのときにはタイル床をあるがままに、あるがままのところに、すなわち、どんな同一的な場所よりも遠いところに見ることをやめてしまうだろう。水そのもの、水というあり方をした力、とろりとして煌めく元素、それが空間のなかにあると言うことは私にはできない。というのも、それは別の場所にあるわけではないが、プールのなかにあるわけでもないからである。それはプールに住んでいて、そこで〔いわゆる水として〕物質化しているのであって、それはプールに含まれているのではなく、もしも糸杉の遮蔽林の方に眼を上げて、そこに水面からの反射が網の目をつくっているのを見るならば、水がその遮蔽林のところにも訪れに行っていること、あるいは少なくとも、そこに水の活動的で生き生きとした本質を送り届けていることを私は疑うことができないだろう。

（メルロ＝ポンティ「眼と精神」一五九～一六一頁）

プールの水底にタイル床を見るとき、僕らは水を介してタイルを見るのではなく、空気と水とタイルを同時に見ているのだ。言い換えれば、空気、水、タイルという境のないひとつの肉を見ているのであり、さらに言えば、その水面の反射が照らすプールのわきの糸杉や、それを見ている僕の眼を含む身体もすべてひとつの境のない肉なのだから、そこで起きていることは肉内の〈肉〉と〈肉〉の関係としか言いようがない。その意味で、行為の始まりも、それがおこなわれる場所（おこなっているもの）も、世界をすきまなく占めるこの唯一の〈肉〉なのだとしか言いようがないのではないだろうか。

世界内に何もない部分はあり得ないという意味で（もし真空というものがあるとすればその箇所を満たしているのも肉である）世界に隅々まで満ちている肉、空隙も境も穴もないひとつの肉という一枚の生地から、僕らは眼の構造や脳の構造、そのほかひっくるめるところの身体構造に即して、視覚像を、切り出すように見いだしている。それをメルロ＝ポンティは「《存在》の裂開」（一八六六頁）と言う。[17] すべてのものが境なく一枚の肉なのであれば、それをそのまま完璧にぜんぶ知覚するとしたら何も知覚しないのと同じであろう。たとえば、眼の前に置かれた机と鉛筆と消しゴムの境が知覚できなければ、机も鉛筆も消しゴムも知覚できないのと同じことだ。が、その一枚の肉を全く知覚できないとしたら、その肉として成る机も鉛筆も消しゴムも、つまりあらゆる個物を知覚できないわけだから、これもまた何も知覚しないのと同じだ。それはまさにエートルを知覚することはできないがエートルなしに何かがあることもまたないのと似ている。エートルの裂開として、肉を無理やり区切って、身体構造に即してむしろ見えない部分を生じさせることで、比喩的に言えば型抜きのようにして任意の個物を縁取ってその知覚を僕らは得ている。これは現実離れした思考実験ではない。赤外線や紫外線などの光や、あまりに小さな物や遠い物などが、身体構造に即して視覚から除外されているのを思えばいい。[18]

ここまで辿ってみると、世界がひとつの肉ならばもはや自己の肉（体）と他者の肉（体）も区別され得ないのだと、僕たちは気づかされる。気づかされたいま、「私の身体とともに」から始まる「眼と精神」の最初の引用を読み返すとき、そうして自己と他者とが同じ唯一の生地で仕立てられており、唯一の肉として成っており、唯一のエートルに紡がれているのを意識するとき、のむらがインタビューで話したことへの唐突な印象、自己と他者についての話の延長で世界の唯一性を語ることに対する唐突な印象は消え去っている。

3

視覚が動きを準備し、動きが視覚を準備し、その往還が行為の地図をえがくのであり、しかも身体と世界が同じ肉から成ることから「見る者と見えるもの、触れる者と触れられるもの、片方の眼と他方の眼、手と手のあいだである種の交叉が起こり、〈感じ―感じられうるもの〉」（七六頁）としてあるこの身体をメルロ＝ポンティは「奇妙な交換システム」（七六頁）と表現する。これは富松保文が『メルロ＝ポンティ『眼と精神』を読む』の「訳者まえがき」で書いた「身体と世界が同じ肉で仕立てられているならば、感じるということ自体、そしてさらには、知るということ自体、身体という世界の一部において世界が世界自身に関わるその関わり方にほかならないのではないか」（三五～三六頁）との議論に接続されよう。ところで、こと『からっぽ』を語るにさいしてこれが重要なのは、メルロ＝ポンティが「この奇妙な交換システムが与えられるやいなや、絵画をめぐる全問題がそこに現れてくる」（七六～七七頁）と言っているからだ。のむらの自己を問う姿勢が「眼と精神」の影響下にある以上、だから作中に絵画というモチーフを必要とするのは当然であり、由人が哲学者でも音楽家でもなく[19]画家として設定されているのはそのためだったのだ[20]。

映画の中盤に由人が自らの絵画論を語るシーンがある。まず彼は、人間の眼が見ているものは人間にとって都合のいい世界だ、と語る。これについては視覚と動きの往還に行為が生じるのを思えばいい。身体構造によってエートルから切りだされるのは行為の準備された景色であり、それが行為にとって（直接的には）よけいなものが省略された（見えなくされた）ものだという意味で、身体構造に即して世界を見るとは身体の可能的な行為に即して世界を見ることでもあるのだから、確かに人間の眼は、ただひとつの肉たる無辺の世界から、人間に都合のいい世界（人間の行為を準備するのに最適な像）を裂開させている。もちろんそれは言い換えれば身体構造によって翻訳された世界しか見られないということでもある。そこで、この翻訳を引き剥がし、つまり視覚と動きの往還から出発せずに人間をいちどものとしてみることで、再構築された景色を見いだす眼が画家の眼なのではないかと由人は問われる。これに対して彼は「でも、俺は引き剥がす前の俺たちの目で見ている世界にこそ、本当に俺たちの見たいものがあると思うんだ」と話す。そうして彼は人間の眼で人間を描くことにこだわる。[21]メルロ＝ポンティはデカルトを意識しながら以下のように書いている。

> 空間はもはや『屈折光学』が語る空間、〔すなわち〕私の視覚について第三者が見るだろうような、あるいは私の視覚を構築し俯瞰的に捉える幾何学者が見るだろうような、そうした対象間の関係の網ではなく、空間性の零点もしくは零度としての私から出発して測られる空間である。私はその空間を外側の蔽いを見るように見るのではなく、内側からその空間を体験し、その空間に包

み込まれている。要するに、世界は私のまわりにあるのであって、私の前にあるのではない。光は距離を置いた作用として再発見されるのであり、もはや接触的作用に還元されはしない。言い換えれば、光は、光を見たことがない人たちによってそう考えられうるような仕方で考えられるのではない。視覚は視覚以上のものを表出し指し示すという根源的な能力を取り戻す。すでに述べたように、ほんのわずかのインクだけで森や嵐を見させることができる以上、視覚は自身の想像的なものをもっているのでなければならない。その超越は、もはや物としての光が脳に与えた影響を解読するような、また、一度も身体に住み込んだことがなかったとしても同じように解読するだろうような、そうした読解者としての精神に委ねられているのではない。問題はもはや空間や光について語ることではなく、現にそこにある空間や光に語らせることである。
（メルロ＝ポンティ「眼と精神」一三九～一四一頁）

この話の延長でメルロ＝ポンティは、「画家が世界についてさまざまな見解を述べるときではなく、彼の視覚がおのずから所作となる瞬間、セザンヌが語るだろうように、「絵画のなかで考える」そのときにこそ、画家に生命を与えている哲学」（一四二頁）を語り始めることとなる。俯瞰図のように対象化された空間を分析するのではなく、人間を零点としたこの眼から始まる空間に身を置いて肉と肉との肉内の可感性に参入するのがここで言う画家の視覚でありそれに生命を与える哲学であるとすれば、由人が人間の眼にこだわるのはやはり「眼と精神」的な態度だと言えよう。とすれば、人間の眼で人間を描くとは、見得る者が見得る者を描くことだという意味で、また見られながら見つつ見ながら見られることだという意味で、見る者として見られ得る者を見られ得る者として見る仕事だ。

けれどもここで重要なのはおそらく、人間が見得るのは身体構造（可能的な行為、行為の選択肢）によって翻訳された景色のみ、人間の眼を媒体として得られるもののみだということ（だけ）ではない。むしろ、その翻訳された景色はまさにそれが翻訳である限りにおいて原語に触れているのであり、そういうわけならば、僕らは人間の眼を媒介してこそ、無傷の肉、裂開のないエートルという素地へ常に接してもいるのだ、という事実のほうこそが強調されるべきだろう。

> 視覚的なものはそれぞれ、どれも個体でありながら次元としても機能するのだが、それは、それらが《存在》の裂開の結果として与えられたものだからである。結局このことが言わんとしているのは、見えるものの特質とは、見えるものが一定の不在として眼の前に現前させる、厳密な意味での見えないものによって仕立てられた裏地をもつ、ということである。
>
> （メルロ＝ポンティ「眼と精神」一八六頁）

人間の眼によって得られた景色は確かに肉の多くの部分が身体構造に即して見えなくされているのだけど、でもそれは逆説的に聞こえようが順接的な意味で、省かれたものすら見えないものとして人間の眼が切りだす景色に含まれているということである。「あまりに当たり前のことかもしれないが、何かが見えるということは、その何かと私の間に他の見えるものがないということである。見えないということはしかし、端的な無、何もないということではない。空気は見えないがたしかに存在し、その空気によって私は呼吸し生きている。視覚とはたんに見る能力であるというよりも、見えるものと見えないものを分かつ能力であると言った方がより事柄を明確にしてくれるだろう」[22]と富松は言う。

人間（画家）の眼で人間（対象）を描くときそこに現れるのは、見えるありかたで顕された、きちんと境なく肉に在る見得る者のすがただと言えよう。これは人間が個物としての身体（輪郭）を保ったまま、のむらがインタビューで言っていた意味での世界がひとつであるという唯一さに馴染む術であり、しかも見ることが見られることでもあるという地点で先述の奇妙な交換システムを再度思えば、見ると同時に見られる、肉が見られると同時に肉に見られる、この肉の可感性、すなわち世界が世界自身にかかわるという世界の可感性それ自体が、人間を裂開すると同時に抱合する事態、これが、人間の眼で人間を描くときに起こるのだと言っていい。[23]

出発の時点で『からっぽ』はこれを念頭に、これへ向かって制作され始めた作品だったのであり、おぼろげであったとしてもこれへのとりあえずの道筋はのむらのなかに思いえがかれていたはずなのだが（詳しくは次節以降で述べる）、のちにも触れるように最終的にこの主題は充分に深められないまま後景化することとなった。そうして次作にあたる『男の優しさ』においても、短編映画やPVなどを含む『からっぽ』以降のほかの作品においても、この主題のこのアプローチは深化されていない。以上より、のむら映画がこれから先に問い深めるべきは『からっぽ』のラスト、すべてのバイト先の分人を棄てて由人との分人と洋との分人を二重に生きていたまちがふたつの分人を分け続けることに行き詰まり、からっぽになり、遂には由人と洋からも逃げだして雪の白のなか自転車を漕ぎ続けるそこにあると言っていいし、そういうわけで、同作以降の彼女の作品について、そしてこれからの彼女の作品について、本当にはそこからしか語り始められないのだと僕は言うのだ。

4

手を挙げようと思ったとする。授業中に発言しようと思ったのか、何かの多数決を取っていたのか、居酒屋でビールの注文数を数えていたのか、何でもいいのだが、確かに手を挙げようと思った。でも何らかの理由で挙げられなかったとする。そう思ったというのは、そのように脳内の物質が動いたということだという唯物的な意味でも、そう思ってしまったという事実はだれに知られていなくとも変えられないのだという（言うなら）精神的な意味でも、事実でしかありようがない。ならば手を挙げようと思ったという事実は、外面的に証明のしようがなかったとしても確実にあったものである以上は本当（真）であり、嘘（偽）から最も遠いはずだ。

　けれども、呼びかけ的な言葉づかいが発声という物理的なものによって〈思ったこと〉を塗り替えてしまうのと同じように、ここでも手を挙げようと思ったことは手を挙げなかったという物理的過去によって塗り替えられてしまうだろう。あとからいくら手を挙げようと思っていたのだと主張しても、でも実際のところおまえは手を挙げなかったではないか、物理的過去におまえが手を挙げたという事実はないではないかと言われればそれまでなのだ。もちろん本来は、手を挙げようと思ったことと手を挙げなかった物理的過去とは両立する、これはあたりまえだが、呼びかけの言葉づかいの蔓延る世では、つまり実在しないものではなく証明できないものを偽と呼ぶこの世では、そのあたりまえは受け入れられにくい。[24]こうして、思ったことという最も嘘から遠いはずのものが偽とされるというねじれが起こる。だとすれば僕らはこの世で嘘の意志しか持てないこととなろう。〈嘘の意志〉というのがほとんど語義矛盾である限りにおいて、ならば僕らには意志が失われていると言わねばならないのだろうか。『からっぽ』

のまちがふたりのもとから逃げだした理由は劇中で明らかにされない。この映画のラストが難解だとも言われるのはそのためだ。この難解さは、前節で書いたように当時ののむらがおぼろげな問いを形にしきれなかったために生じているとまずは言えるのだが、とはいえ意志の偽化を念頭に置けばあんがい複雑な話ではない。

　由人、洋、そしてまちの三人は終盤、雪山の奥の古い屋敷（劇中では語られないが脚本によるとこれは由人の亡くなった祖父母が残したものだ）に行き着くこととなる。それぞれ毛布にくるまり、無言でねむる。そして翌朝、だれよりも早く起きたまちはひとり、屋敷のおもてで雪にまみれていた自転車を掘り出し、それにまたがる。どこまでも雪道のなか遠ざかっていくまちの背を映して映画は閉じられる。彼女はそれまで由人との分人と洋との分人とを使い分けてきたが[25]、まちの知らないところで由人と洋もまた美術界での仕事上の繋がりがあり、しかもふたりは次第にプライベートでの親交も深めつつあったわけで、それを知ることでまちはもはや二種の分人を別々のものとして生きるのは不可能だと悟った、その意味で雪山の屋敷こそ遂に分人の崩れる場であった。ここで注目したいのは、平野啓一郎が『私とは何か』で端的に「分人はすべて、「本当の自分」である」（三八頁）と言うのと同じ意味で、由人とのまちも洋とのまちも本当（真）の自分だということだ。

　あるいは、手を挙げようと思ったことと手を挙げなかった物理的過去とが両立するのと同一のあたりまえさで、洋と親しい関係だったからといって由人との親しさが嘘（偽）になるはずがないのだと言ってもいい。けれども先に確認した、思ったことという最も嘘（偽）から遠いはずのものが偽とされるという奇妙なねじれにかかれば、まちの由人への気持ちという本当（真）のものは、彼女が洋とも親しかったという物理的過去によって嘘（偽）に化かされてしまうだろう。以上のように、物理的過去と合致しないという理由でまちの真実が偽とされるのであれば、このような状況、つまり証明できない限りにおいて弁解のしようがなく、実際には嘘でない限りにおいて謝罪のしようもないこのどん詰まりで、人は身動きが取れなくなる。というより身動きの取りようがなくなる。こうしてもはや、痙攣的な反応として、まちはそこから逃げだす以外の選択を取り得なかったのだ。もちろんまちが逃げだした理由を解説するのが本論の目的ではない。ここからさらに踏み出すことで残された（深められるべき）問いを明瞭にせねばならないが、そこへ向かうためにまずは、このまちのどん詰まりはどうすれば回避できたのか、回避経路があるとしたらどのようなものだったのか、という議論から出発したい。雪山の屋敷から逃げなくていいふたりについて考えるところから始めよう。

　由人と洋は逃げださなくてよかった。逆に言えば、物理的過去での証明不可能というどん詰まりに陥っていたのはまちのみで、あとのふたりはその事態を免れていたのだ。これは由人や洋が物理的過去に対して清廉に生きていたのだということではなくて、単に関係性と分人の性質上、まちとの分人と由人／洋との分人とのあいだに、物理的過去としての矛盾がなかったというだけだ。もっと簡単に、恋愛関係においては一対一のもの以外を嘘と読み替えられてしまうが別の関係なら複数あっても真と認められるという世[26]の慣例をとりあえずは補助線として考えてもいいが、とにかくそれが物理的過去と意志の乖離およびすり替えを避け得ているなら、由人と洋のふたりの関係はそのままどん詰まりへの処方箋へ繋がるに違いない。これについて、「クワロマンティック宣言「恋愛的魅力」は意味をなさない！」（『現代思想』第四九巻・第一〇号、青土社、二〇二一年、六〇～六九頁、以下「クワロマンティック宣言」）で中村香住が述べた「その〔恋愛の——引用者〕代わりに、私は、私が人生において大事だと思う人たちのことをそれぞれのやり方で大切にすることを、自分の人生を賭けたプロジェクトとしてやっていこうと、今は思っている。世間一般的な「恋愛」にこだわらず、「重要な他者」たちとそれぞれにかけがえのない関係性を作れればそれでいいし、私はすでにそうした関係性を保持していると感じている」（六〇頁）との宣言が参考になるだろうと思われる。由人と洋とは、互いに有益なビジネス上のパートナーであると同時に個人的な友人でもあり、業界内での兄弟関係に似たものでも結ばれており、芸術論をぶつけ合える論敵でもあるという、まさに中村の言う「重要な他者」的な繋がりを得ている。[27]

> 「重要な他者」との間で何よりも一番大事な実践は、まずその人との関係性を一から積み上げ、相手と自分の間にしかない固有の文脈を構築していくことである。それは、相手と何度も会ったり話したりしているうちに、自然と積み上げられていく。とくに発話行為の積み重ねによって、相手と自分の間でのみ通じる共通言語のようなものが生まれていく。それは、世界の分析枠組みを新しく一つ獲得することでもあると私は感じている。
>
> （中村香住「クワロマンティック宣言」六六頁）

由人と洋の関係が固有の文脈の構築された重要な他者の関係に近いとすれば、これ（重要な他者）こそが、痙攣的に逃げだす以外の選択を取れない状況、実在することではなく証明できることに〈真〉の重心が置かれてしまうためのどん詰まりの回避経路なのではないか。

一方で中村は「一番難しいのは、「重要な他者」たちのことを、外から見ても、私にとって大切な人たちなのだと認識してもらうことだ」

〈六七頁〉と言ってもいる。確かにこの困難は現実問題としてやっかい〈あるいは端的に不便〉なものだろう。任意の二名のあいだの固有の文脈に閉じこもっていては生活できない僕らにとって、いやそれだけでなく、そもそもふたりの関係だってその外側の関係とともにあるものだというあまりにあたりまえの前提の限りでも、この困難を克服しないことにはさまざまの現実的で実生活的な支障があるに違いない。が、これについてはまさに実践者として中村が今後の仕事のなかで論じていくだろうからそこは信頼を持ってお任せし、僕はここでもう少し理念的に考えて、あるいは机上的に空論して、むしろこの困難と同根のところに重要な他者の力の秘密へ迫る糸口があるのだと思いたい。

そもそも第一節で書いたように僕らを取り巻く言葉には呼びかけ的な言葉づかいが蔓延っているのであり、それは意志として〈思っていること〉が、発声された〈言うべきこと〉に読み替えられることで、初めから〈思うべきこと〉が意志されていたのだと変換されてしまう装置なのだった。これは裏を返せば、思うべきでないこと〈その場において据わりのよくないこと〉を思ってしまっている自分の気持ちを隠蔽する裏技としても応用できる。というか、たぶんみんな意識せずともそういうふうに使っている。この意味で、広く生活のなかで、僕らの生活に密着して、呼びかけ的な言葉づかいは嫌われ防止装置として用いられていると言っていい。任意の環境での据わりのいい言葉、要はその場においてウケる言葉を呼びかけ的に発し続けていれば、あの不気味な魔法によって、「あいつはちゃんと思うべきことを思っているやつだ」との認定を、そこに集った人々から得られるから、嫌われるのを避けられる。これはどう見ても卑俗な処世術だけど、でも繰り返しになるがたぶんみんな意識せずとも日常的にこれを用いているのだし、僕なんてのはだれよりもこざかしくそれを用いて、保身、保身、貧しい日々を送っている。

　この処世術をさまざまの場面で繰り返していると全く手応えのない「思うべきこと」だけが自己を埋めていき空疎（からっぽ）になるだろう。バイト先をすべて棄てることになったまちはまさにそうだった。そして由人や洋から逃げださねばならないどん詰まりは、ふたりへの気持ちを物理的過去として証明できないことに端を発しているのだから、この処世術の限界によって生じていたと言える。このことからもどん詰まり回避のためには呼びかけ的な言葉づかいをなるべく[28]離れるべきなのが明白だが、離れるためにこそ、外から見て理解されないという困難を応用するように開き直ってみてはどうだろうか。

　とりわけ複数人の他者から嫌われまいとするとき、つまり広い範囲の支持を得ようとするとき、僕らはこの処世術に強く絡め取られる。ならば、広い範囲の完璧な支持は得られないかもしれないのを織り込み済みにして、もっと簡単に言えば、全員から好かれる必要はないのだと割り切って、固有の文脈による共通言語によって世界の分析枠組みを獲得できている間柄の相手には少なくとも伝わるだろう、それだけでいいではないか、という構えを敢えて取るとき、証明できないとされていた意志を発言できるようになるのではないか。別の言いかたをすれば、簡単には気持ちが伝わらないかもしれないと予想される（ある種の意味で遠い）範囲も含めた遍く人々に嫌われないように喋ろうとするとき、〈据わりのいい言葉〉を〈意志〉とすり替えて〈思っていること〉を隠蔽する処世術に僕らが走るのであれば、むしろ、真意の伝わらない相手がいることに対しても、真を偽と曲解されることに対してもへっちゃらの姿勢で、外部からは理解されないかもしれない間柄としての新たな世界の分析枠組みたる共通言語を持つ相手に伝わればいったんはいいではないかというスタンスで言葉を組み立てれば、据わりのいい〈思うべきこと〉ではなく実在する〈思っていること〉について腹から語れるのではないか。[29]

しかし以上は、実在することではなく証明できることが、それが偽だろうと真とされてしまうなかで、実在する真を真だと語れるであろう新たな世界の分析枠組みたる共通言語、これを共有する相手としての重要な他者を足場として、物理的過去によって意志が隠蔽されるのを退けられると言ったまでだ。由人と洋がどん詰まりに陥らなかった理由の説明だけでは、まちのような人々の回避経路の提示にはまだいたっていないこととなろう。これを問いすすめるためにこそ、前節で論じた由人の言葉、人間の眼で人間を描くこと、その必要が出来する。

5

人間が見得るのは身体構造によって翻訳された景色のみだが、それが翻訳である限りにおいて人間の眼の見るものは原語に触れているわけで、ならば僕らは人間の眼によってこそ無傷の肉（裂開のないエートル）へ繋がり得る、というより常に繋がっていざるを得ないのだった。第三節で書いたことの繰り返しになるが、それゆえ人間の眼で人間を描くのは見る者として見られ得る者を見られ得る者として見る仕事であり、それはつまり肉が見られると同時に肉に見られることだから、世界が世界自身にかかわるという世界の可感性それ自体が人間を裂開すると同時に抱合する事態なのだった。要は、空隙や隔絶なく世界を満たす肉として相手を見るというのは、見ている自分も同じ（唯一の）肉であるという事実を思えば、相手からもまた肉として見られるということでもある、というわけで、これは第二節で論じた自己と他者の境のなさを互いに自覚する事態でもある。

中村の言う「重要な他者」間における相手と

自分のあいだでのみ通じる共通言語というのは、それが世界の分析枠組みとされている限りにおいて二者間に閉ざされたものではなく世界に開かれたものだと言われねばならないし、それが自然と積み上げられていくのだとされている限りにおいて二者によって恣意的に作りあげられたものでもないのは明らかだ。むしろ、自分も相手も同じ肉の部分なのだという限りにおいて、互いのすがたをなるべく十全に見ようと試みたならばそこに唯一の肉が見えてこざるを得ない以上、互いになるべく十全に見ようと見つめ合う相手と交わす言葉が、二者間に内閉するものにとどまらず（というよりとどまれず）肉として肉を語る言葉になるのは当然であり、重要な他者との共通言語もまたそのような言葉として僕は解さざるを得ない。[30] 見つめ合うことで普遍的な自己と他者の境のなさを互いに自覚した者どうしは、境のなさの根拠が唯一の肉（世界の全体）である以上、互いを語るためにこそ世界を語ることとなろう。[31] 前節までの文脈から以上を踏まえて『からっぽ』を見れば、劇中で由人の描く絵画、その洋を描いたものは完成されて彼の手に渡り、一方でまちを描いたものは完成されず彼女の手にも渡らないのは示唆的だ。

雪山の屋敷から逃げだすより前、由人と洋に繋がりがあったと知った時点ですでに、いちどまちは由人の部屋から逃げだしている。その事件の延長で三人が雪山へ向かうことになるのだった。注目すべきは、「まちさんがいないと描けない」と言う由人を振り切ってまちは部屋を出ていくのであり、実際そのせいで絵画が完成しないということだ。つまりまちが由人から逃げだすことと彼女の絵画が完成しないことは物語の筋のうえでも（おそらく意図的に）直結させられているのだ。

まちが由人の部屋を出ていくのも、雪山の屋敷のそれと同様、自らの気持ちを物理的過去として証明できないからだ。であれば、これまで確認してきた理由により、彼女がその場に残るためには呼びかけ的な言葉づかいを脱する必要があったのだということになる。物理的過去として真だと証明できなくてもどうしようもなく実在する真を語ることができれば、まちは部屋を出ていく必要がなく、ならば絵画も完成しただろう。したがって絵画の完成のため、ということは互いにより人間の眼で十全に見つめ合うためには、第四節で僕が「呼びかけ的な言葉づかいは嫌われ防止装置として用いられている」と書いた、その意味でまちは、コイツには失望されてもいい、……というより、あるべきでないとされる自分の意志が露見したところでコイツとの関係は終わらないだろうと思ってみせるしかなかったのではないか。そうしてまちがそのように思ってみせ、語ってみせたとき、由人は証明できない彼女の言葉を偽だとは言わなかったに違いない。僕にはそれを特別な気持ちで断言することができる。

以上はたぶんまちの回避経路、その最も現実的な手段だ。とはいえ、それはあくまで現実的な手段、散文的なものであり、もちろんフィクションの登場人物であるまちに僕はそれを要求したいのでもないし、まさか映画の筋をそのようなものにすればよかったのだと喚きたいのでもない。三度繰り返せば僕は雪のなか自転車を漕ぐまちを語ることからしか『からっぽ』も『からっぽ』以降の作品もこれからの作品も語り始められないと思うわけで、そこで言う語らねば始まらないことも、またそこから問い深められるべきのむらの残された問いも、だからまた別のところにある。じつは映画制作の初期段階では、まちのすがたを描いた由人の絵画がもう一枚登場するはずだった――つまり劇中のほとんどを通して由人が描き続けていた、そしてさっき紹介したようにまちの逃亡により完成しなかったその油絵ではない別の絵が、しかも完成してまちの手に渡る絵画として登場するはずのとして構想されていた。

屋敷に辿り着いた三人がそのなかへ入ったとき、この映画の構想段階においては、彼らの眼にまず入るのは「風景に馴染んだ女の人の絵」のはずだった（これは完成版の脚本にも記述が残っている描写なのだが映画本編では最終的に省かれてしまっている）。本編に登場しないその絵は、屋敷が由人の祖父母の別荘だったという設定から、祖父が祖母を描いたものだろうと思われる。ここに用いられている「風景に馴染んだ」という表現については、映画制作当時「眼と精神」の精読にも励んでいたのむらにとって、世界と同じ肉で仕立てられている身体が描かれているさまを指すものだったと考えるのが自然だろう。その絵の飾られた部屋で三人がそれぞれの毛布でねむるというのが当初の設定だったのだ。そして翌朝、まちは自らのすがたの描かれた絵を発見することとなるはずだった。脚本からその場面のト書きを引用しよう。


日が差し込んでいる室内。

思い思いの場所で寝ている3人。

まちが目を覚ます。

毛布の中から寝ているふたりを見る。

由人がクレパスで書いた毛布にくるまるまちが床に置いてある。ありのままが描かれている。

手に取るまち。

それを握りしめて、外に出る。


（のむらなお『からっぽ』脚本 四二頁）

このあとすぐに場面が転換して屋外に変わり、第一節の初めに引用した「雪道の中どこまでも自転車を漕いで行く」へと繋がる。「風景に馴染んだ女の人の絵」と同じように由人がクレパスで描いたまちの「ありのまま」の絵も映画本編では登場しない。[32] あるいは登場が断念されている。しかし／だから僕はここにこそのむらの深化させるべき問いが残されていると思う。

先の引用からもわかるように、当初のまちは由人の描いた自分の絵を携えて自転車を漕ぐように設定されていたのだ。そうであれば完成版の『からっぽ』のラストのようにまちは孤独のなかでからっぽのまま、無防備に力強く、白のなかを漕いでいくのではなかったことになる。由人が人間の眼で人間としての自分（まち）を見ていたのだと知った彼女は、もはや彼に証明できないことを語るのを恐れる必要がない。そして肉としての自分の描かれた絵を見たまちは、肉が世界を空隙も隔絶もなく満たしている以上、からっぽの状態を脱している。あるいは好むと好まざるとにかかわらずだれもがからっぽではあり得ないのだと気づかされている。注32で書いたようにまちがテーブルと由人を見比べる意味深なカットがわりと長く本編でも採用されて残っているのは、彼女がクレパスの絵からこのような複雑な印象を得たという描写の名残だと思われる。第三節でも触れたように、でもこの人間の眼と他者についてのアプローチは、『からっぽ』の完成にさいして屋敷でまちが見るはずだった二枚の絵画の消滅とともに後景化されることとなった。

劇中でまちは頻繁に自転車に乗っている。徒歩での移動の描写は極端に少ない。また彼女が自転車以外の乗り物を運転するシーンは全くない（雪山へ向かう場面のみ自動車に乗っているけどそれを運転しているのは由人だ）。生得的な個人として自分の力で歩けるなんてのは幻想だとわかっているが、一方で、自動生成される分人の醸成のなりゆきに身を任せて諦念することには本気になれないまちには、自分の力で漕ぎながらも全体重を預けねばならないところの自転車がよく似合っている。意志というものは畢竟、まちのように自転車を漕ぐところにしかあり得ないのだと思う。これまで碌に定義せず〈意志〉という言葉を使ってきた。もしかしたらここまでのあいだに、あるいは境なく敷き詰められた肉の側で行為が決定されていくのならば、任意の人物の行為についても世界にすでに用意されている過程が踏破されているだけなのだから、そこに意志などないではないかと思われたかもしれない。これにはデカルトの『情念論』やスピノザの『エチカ』の議論を接続してもいい。単純に、すべての結果には原因があってその結果も何かの原因になっているという作用原因の連続としてしか何もあり得ず、人間の脳（身体）の動きも作用原因の区切りのない連綿の一部なのだという意味で、確かに僕らが日常的に意志と呼んでいるものはないのだと言っていい。少なくともそれは自己原因的なものではあり得ない。が、事実がそうなのにもかかわらず僕らは意志からしか思考を出発できないし、生き始められない。意志なんてないのだという単純な事実すら意志（と言わざるを得ないもの）を介してしかとらえられない、そういう非十全な設備しか僕らは持ち合わせていない。それは地球が丸いと知っているのに地面を平面だと考えないことには生活できないのと似ている。しかしこの例をもう少し続ければ、平面たる地面をより十全に知ることからしか、僕の生活圏の道路や、もっと言うとこのいま立っている場所をも、本当の意味では知り得ないし、いま立っているここを知り得ないことには何をも知り得ないし語り得ないのだと言っていいのだとすれば、非十全な認識たる平面の地面をより十全に知ることからしか何をも知り得ないし語り得ないということとなろう。そのようにして実感をともなってこの地面を十全に知りたいと願ったとき、その十全さへ向かうためにやっと僕は、地に足をつけて、地球が丸いというところから考え始めるだろう。意志についても同じで、確かに意志なんてないが、意志がないという事実について考えるのを僕が必要とするのはむしろこのどうしようもなく足もとにあってしまう、そこからしか始められない意志を十全に考えるためなのだ。[33] それは自分で漕がねば動かないのと同時に回転する車輪に運ばれているだけでもある自転車の運転に似ているし、個人（individual）などないと知りながらも分人（dividual）という正解だけに実感をともなって本気になることもできないのむらの、鉄を溶かして鍛えるような作業にも似ている。

大量の分人によって自己を無理やりに規定して生きてきた、しかしすべての分人を失った（むろんすべての分人を失う事態などあり得ないわけだけど少なくとも本人はそう思っている）まちが、何も持たずに自転車で白のなかをすすんでいくラストにおいて「雪道の中どこまでも自転車を漕いで行く」という一文は、好き嫌いとも善悪とも関係のない意味で個人などないのだという現実の事実、その限りでのからっぽな彼女が、世界には空隙などないのだという、白もひとつの色なのだという現実の事実としての肉を自力で裂開させていく、その白を漕いでいくものだった。でもだとしたら、彼女の自転車を漕ぐ力とはいったい何なのだろうか。個人などないという事実、意志などないという事実に水没したまちが、いったいどうして自転車を漕げるのか。さらにはどうして世界を裂開させられるのか。どのように世界を見るというのだろうか。おそらくそのような問い、あるいは課題の先にのむらはいま作品を作っている。だから『男の優しさ』では、まち以上に徹底して分人主義を生きる宇田みこ（『男の優しさ』の主人公）に自身の身体を受け入れさせるラストをのむらは用意した。個人などというものはないが、しかしこの身体はひとつであり、ひとつの持続のなかで一貫性をもって老い続けるしかないのであり、その一貫性なしには分人もまたない、というのがそこでののむらの答えだった。別の言いかたをすればそれは、そもそも分人が生じるのは、この身体でもってどのように相手を見るかというところからなのだということでもあった。と同時に、そのときののむらにとって身体を受け入れるというのはまた、他者に対して自分をどう見せるかというこだわりなり自意識過剰なりを放棄することでもあった。だから風船を持って幻想の他者たちのなかでメリーゴーランドに乗る宇田みこは、着ぐるみの頭部を外して、つまり見られることに対して無関心な態度で、見られることを抜きにした見る視点を獲得している（このシーンでは宇田みこともうひとり[34]を除いてほかの人々はカップルどうし見つめ合っている）。

そのほかの仕事においても『からっぽ』以降ののむら作品では、この身体でどう他者を見るか（それによってどう分人を作る／作られるか）という『男の優しさ』の答えを別角度から撮るか、この身体をどう他者に見せるかという反転的なテーマを敢えてアイロニカルに演出してみせて技巧的に分人主義を加速させるか、だいたいそのいずれかが試みられている。もちろんどちらも興味深いアプローチではあるのだけど、でもどうも鉄を溶かすことに、自己を解体することに比重を置きすぎているようにも思える。

第一節で指摘したとおりのむらが向かっているのは、生得的な固有性という本質主義的なものではなく、かといってただ解体して済ますことのできない自己への問い、そのような中動態的なもののはずだ。ならば「見る」あるいは「見せる」という能動的なアプローチに傾くほど、むしろそこから遠ざかる危険がありはしないか。[35]

だからこそ、僕は彼女の残された問いへの支点として有効なものを、完成版の『からっぽ』よりも構想段階のそれに見る。手ぶらのまちがいかに見るかよりも、クレパスで描かれた自分の絵を携えたまちがいかに見られるかに見る。人間の眼で見られて描かれた自分を見るとき、まちは、由人とともに肉を見ている。由人もまちも、毛布も雪も屋敷も洋も、すべてのバイト先も、バナナワニ園も、空気も光も、それらぜんぶがそれを形成しつつそれに形成されているところの唯一の肉を見ている。そのことを知る。見ることによって見られている世界の可感性を知る。そこで見られた自分は、その「ありのまま」さは、むろん、まちという個人のありのままさではなく世界を満たす肉のありのままさだ、と考えてみてすぐ、その表現もまた不十分だと思われ、肉のありのままさと馴染んで私のありのままさがある、とまちは、暖炉の火のはぜる音を聞きつつ小さく声にだしてみる。それはもはや「彼の描く私があんまり美しいもので、あ、私こうなっちゃおうって思っただけなんです」なんて言えるものではない。ありのままの自分に「なる」というのは矛盾だし、ありのままの世界以外に世界のかたちはない。

由人を起こさないように、というのは彼にばれないようにというのではなく、彼の眼がいまは閉じていてもそれは私を見ていないということではないと思えたからで、まちは絵を手に取り、それを握りしめて、外に出る。葉のない木の枝のあいだから、ななめの冬の朝陽が差している。片手で雪をかきわける。その白のなかに自転車の輪郭が縁取られていく。掘り出したそれを道路に立てて、ハンドルや籠のこまかい雪を払う。たぶんこれは由人のおばあさんの自転車なのだろうと思った。おじいさんのものだという可能性もあるし、ほかのだれかのものだという可能性だってないわけではないけど、まちはなぜだかそう確信している。コートのすそで手を拭いてから、指をそろえてサドルの表面に置き、そこに残った薄い水気をぬぐう。ひと撫でして、その素手の手のひら、とっくにかじかんでいる、赤みがかった手のひらに、さらなる冷たさが少しの水分とともに残った。

この自転車の本来の持ち主も同じようにこうしてサドルを撫でて、同じように手のひらを冷やし、同じように木を見上げ、同じように早朝の空気を吸い込み、同じように肺に深くさっぱりとした冷気を感じたのだろうと思ってみる。結婚して嫁いで、幾年か経って、子供もみんな大きくなって、気づいたら自分はおばあちゃんで、それでここに立ったときに、しかもそれは私も生きていたであろう季節のなかで、感じたんだなってそう思うと、まちはサドルにまたがり、右のペダルを踏みこんでいる。左足も地面から離れる。雪道のなかどこまでも自転車を漕いでいく。このときまちは白を漕ぐとともに白に漕がれている。漕がれることで漕げるのだし、見られることで見得るのだし、そのようにしか意志はない。これまで見てきたことを綜合すれば、構想段階の『からっぽ』はその意味での意志を問う仕事だったと言えよう。そしてその仕事はのむらが自らに課したはずの深められるべき問いとしていまでも残っている。

注

1 山﨑眞紀子「海に降る雨――村上春樹『国境の南、太陽の西』論――」(『日本文学』五六、日本文学協会、二〇〇七年、五六~六七頁)五六頁。

2 長編映画としてはのむらの初監督作品であり、PFFアワード２０１８ホリプロエンタテインメント賞受賞作。この映画の簡単な内容の説明として、二〇二三年八月一七日現在、同作の配信を唯一おこなっている動画配信サービスであるU-nextの公式ストーリー紹介を以下に引用しておく。「渡良瀬まちは、３６５日、朝昼晩といくつものアルバイトをローテーションする23歳のスーパーフリーター。ある日、彼女はバイト先の居酒屋で、19歳の画家・岡崎由人から絵のモデルになってほしいと頼まれる。その夜、自分をスケッチした由人の絵に心奪われたまちは、彼と一緒に暮らし始める。まちへのクリスマスプレゼントに、絵を完成させようと意気込む由人。だが、徐々にまちはキャンバスの中の自分に違和感を募らせていく。そんなまちの前に数日後、芸術専門のライター、27歳の糸川洋が現れる。由人と洋。２人の前でそれぞれ自分のままでいればいいはずのまちだったが、絵が完成間近に迫ったクリスマスイブ、事態は急変する……」。なお同作は当初武蔵野美術大学の卒業制作として撮られた経緯から、本名の「野村奈央」名義で発表された作品だが、本論では統一して現在の名義である「のむらなお」を採用する。

3 『私とは何か「個人」から「分人」へ』（講談社、二〇一二年、以下『私とは何か』）で平野啓一郎は「個人という単位に基づく思想を「個人主義」と呼ぶように、分人を単位とする思想は、「分人主義」と名づけられるだろう」（九二頁）と書いている。平野は同書で〈分人〉について「人間は決して唯一無二の「（分割不可能な）個人 individual」ではない。複数の「（分割可能な）分人 dividual」である」（三六頁）と説明し、具体的に「私は仕事相手とは真剣に込み入った話をするし、時には厳しい態度にもなるが、実家の高齢の祖母と話す時には、口調も表情も性格も全く違う自分になっている。別にそれは、祖母向けのキャラをあえて拵えているわけではない。自然とそうなっている。尊敬する作家と喋っている時の私は、家で子供をあやしている時の私とは別人のようだが、私はその原因となっている緊張やくつろぎを自分ではコントロール出来ない。否応なくそうなってしまう。そして、それらは、私の中に常に複数同居している自分としか考えようがない」（三〇頁、傍点原文ママ）と例示している。また、先の引用の「自然と」の三文字にわざわざ傍点が振られていたことからもわかるように、〈分人〉が意識的なものではないことも重要だ。これについて平野は「分人のネットワークには、中心が存在しない。なぜか？　分人は、自分で勝手に生み出す人格ではなく、常に、環境や対人関係の中で形成されるからだ。私たちの生きている世界に、唯一絶対の場所がないように、分人も、一人一人の人間が独自の構成比率で抱えている。そして、そのスイッチングは、中心の司令塔が意識的に行っているのではなく、相手次第でオートマチックになされている。街中で、友達にバッタリ出会して、「おお！」と声を上げる時、私たちは、無意識にその人との分人になる」（六九頁）と説明している。

4 『道子、どこ』から『男の優しさ』にかけてのむら映画の〈自己〉への問いについては以前、先述の『男の優しさ』の劇場用パンフレット内に掲載されているレビューで論じたことがあるので、詳しくはそちらを参照されたい。

5 「それだけの意味ではない」と僕は書いた。が、より正確にはこれは不十分な表現だ。というのも、例えば辻田真佐憲が『超空気支配社会』（文藝春秋、二〇二一年）で論じているように、コロナ禍においてさらにいっそう、続いて話題に挙げる〈空気〉の問題、そしてそれらを根とする呼びかけ的な言葉づかいの問題は深刻化したとみられるからだ。その意味で、文中に混ぜ込んでしまうと矛盾が生じるのだが、本来ならば「それだけの意味ではない」を強調するかたちで「その意味によってさらに」と言葉を並列したいようなニュアンスを、ぜひ読み取ってほしい。

6 〈思っていること〉に背いて〈言うべきとされていること〉を言わされているのだ、という反省（自覚）のもとで、呼びかけを敢えて児童が叫び、出席者たちも敢えて聞くのであれば、そこにはイロニーやユーモアが生じるはずだから、〈言うべきこと〉の発声の裏に〈思っていること〉の意志を確保できるだろう。この問題が根深いのは、〈思っていること〉と〈言うべきこと〉との関係が全く無視されて言葉が紡がれてしまう事態へ向かうからだ。後述するように、そうして〈言うべきこと〉が実際に言われて物理的過去になったとき、それが〈思うべきこと〉として〈思っていること〉とすり替えられてしまい、真に〈思っていること〉が隠蔽され、僕らは意志を見失うだろう。

7 山本七平『「空気」の研究』（文藝春秋、二〇一八年）などを参照されたい。

8 西部邁『虚無の構造』（中央公論新社、二〇一三年）、同『大衆への反逆』（文藝春秋、二〇一四年）などを参照されたい。

9 宇野常寛『砂漠と異人たち』（朝日新聞出版、二〇二二年）、同『遅いインターネット』（幻冬舎、二〇二三年）などを参照されたい。

10 エーリッヒ・フロム『自由からの逃走』（東京創元社、一九六五年）などを参照されたい。

11 ニーチェ『ツァラトゥストラはこう言った』（岩波書店、一九六七年）などを参照されたい。

12 あるとすれば、私は「空気」の潮目が読めていますよ、あなたも読めていますね、という確認の交換のみだ。

13 坂口安吾「続堕落論」（『堕落論』、新潮社、二〇〇〇年）九五頁

14 もちろんそれらは社交のためには必要のものでもあろうし、それを駆使して生き抜いてきたのはまちの強さでもある。だからこそ、むしろ〈空気〉の形成に参加できている自信のない、つまり社会参加意識の希薄な由人は仕事中のまちに惚れたのだ。また平野啓一郎がとりわけ『空白を満たしなさい』（講談社、二〇一五年）で重要なテーマとしていたのと同じ意味で、バイト先の分人も嘘の自分なのだとは言えない。ここでは（ロジックをすっきりさせるためにも）腹からの言葉でないものを全く否定して論をすすめているが、もう少し注意深く言うなら、正直な言葉をところかまわず吐けばいいわけではない。それはただのわがままと変わらない。いかなる言葉であれ社交のなかで折り合って使用されねばそもそも意味がない（極端な話、日本語を解する人がひとりもいない場において日本語で腹からの言葉をいくら丁寧に語ろうとだれに伝わろうか）。もちろん映画の後半でバイト先での分人が欺瞞に感じられるようになったまちはすべてのバイトを放棄することとなるのだが、『からっぽ』は、ここで言うような社会と折り合う社交の必要も一方ではえがかれる映画なので、そのようなのむらのバランス感覚も気にかけておきたい。

15 本論における「眼と精神」の引用はすべて『メルロ＝ポンティ『眼と精神』を読む』（武蔵野美術大学出版局、二〇一五年）の富松保文訳を採用する。ここで『メルロ＝ポンティ『眼と精神』を読む』という書籍についても簡単に書いておく。同書は富松による「眼と精神」の全

訳が彼の膨大な解説や補注と合わせて一冊の書籍として出版されたものだ（みすず書房が独占翻訳権を持っている「眼と精神」の新訳の出版を富松が果たせた経緯については同書の「訳者あとがき」で説明されている）。おそらくこのタイトルから解説本や参考書のたぐいだと勘違いされてしまうのだろう、過去にこの本から「眼と精神」を引いて、「孫引きではないか」と指摘を受けた経験が何度かあるので、一応説明しておいた。

16　当時のむらはこの講義のみならず、だいたい週に一度のペースでおこなわれていた富松の研究室での読書会（入試や長期休暇などとの兼ね合いで大学入構禁止期間は別の会場が使用されることもあった）にも出席していた。

17　次節でも言及しているのだが、重要な箇所なので前後も合わせてここでも引いておく。「視覚的なものはそれぞれ、どれも個体的でありながら次元としても機能するのだが、それは、それらが《存在》の裂開の結果として与えられるものだからである。結局このことが言わんとしているのは、見えるものの特質とは、見えるものが一定の不在として眼の前に現前させる、厳密な意味での見えないものによって仕立てられた裏地をもつ、ということである」（一八六頁）。「見えないものによって仕立てられた裏地」という表現については、僕がこの注を施した箇所の数行あとで「身体構造に即してむしろ見えない部分を生じさせることで、比喩的に言えば型抜きのようにして任意の個物を縁取ってその知覚を僕らは得ている」と書いているところの「見えない部分」のことだとさしあたりは解していい。

18　あたりまえのことなのだけど一応記しておくと、身体構造というフィルターが遮断したからといって、あるいは行為の地図の製図過程で省略されたからといって、それが肉でなくなるわけではないし、厳密な意味での行為と関係なくなるわけでもない。次節でさらに触れるが、見えるものが見得る者の（正確には「見えるものが見得る者とともに」とでも書いたほうがいいわけだが）行為を形作るのと全く同じ重さで、省かれたものは見えないものとして行為の形成にひと役買っている。

19　「眼と精神」六四頁などでは哲学者や音楽家と画家が比較されている。

20　『僕らのあざとい朝ごはん』でもこだわって画家というテーマが反復されている。

21　脚本においては「にんげんの目で」「にんげんを描きたいんだ」と「人間」が平仮名に開かれて表記されている。これは太宰治の短文『かくめい』の影響なのだが、これについて詳しくは本論では措く。

22　富松保文「肉の存在論、あるいは魂について——De carne sive de anima」（『道の手帖　メルロ＝ポンティ』、河出書房新社、二〇一〇年、一六八〜一七三頁）一七二頁。

23　いちど議論を整理しておく。人間の視覚は身体構造に即していわば翻訳された（裂開された）肉のすがたを映すが、それが翻訳である限りにおいて原語に触れている、見えなくされたものは見えないものとして視覚に参与させられているという意味で、無傷の肉に接してもいるのだった。したがって、そのような人間が人間を描くということは、見つつ見られ、見られつつ見る事態なのだった。以上を踏まえると、人間の眼で人間を描くということは、裂開された像を描くという意味では輪郭を保ったまま、しかしその像が無傷の肉に触れているという意味ではエートルのなかに抱合されたままの人間を描くということであり、しかも同時に、輪郭を保ちかつ溶けている者として境なく、描く者と描かれる者とが互いを見ることでもあるのだった。もはや見ることと見られることとが重なっている。これは唯一の世界自身が世界そのものを感ずることと同じであり、その意味で、人間の眼で人間を描く／人間の眼で人間に描かれるとき、世界の可感性そのものに接することとなるわけだ。

24　これは深いところで自殺や自殺未遂の問題に繋がる。証明できないもの、つまり物理的過去にないものが嘘とされる以上、本論でも書いたように意志はすべて偽とされる（そのなかで物理的過去に延長されたものだけは真とみなされるように見えるが、厳密にはそのとき真とされているのも意志ではなく、その意志が延長された物理的過去のみだから、じつは意志はどこまでいっても真とされ得ない）のであれば、その意志を物理的過去に延長することでしか自らの気持ちを他者に伝えることができないこととなろう。僕は本気なのだ、ということを他者に伝えるためには、こうして自殺ないし自殺未遂という物理的過去を被造世界に刻むしかなくなる。

25　厳密には、洋との分人で由人の実際に発した（物理的過去になっている）言葉を用いて会話するという限りにおいて、ここでのまちの分人の作りかたはより複雑なものなのだけど、これについては本論では措くこととする。

26　むろんここで言う世とは、呼びかけの言葉づかいの蔓延るこの世、人の意志を物理的過去に読み替えることで物理的過去を意志に化かして悪しき穏便の維持に努めるこの世のことである。

27　映画本編では実現しなかったが、草稿段階の脚本では、由人と洋とは絵画のみならず音楽（歌）についても意見を交わし、坂口安吾の引用と思われる文学の文脈でも語り合っている。また、同じく草稿段階の脚本では熱川バナナワニ園へふたりで出かけて動植物について芸術論と絡めて話す場面も用意されており、そこには洋の言葉とバナナの木の美しさに感動した由人が涙する描写もある。このシーンについてのむらは以前「BL的だがそれとも違うもの」と言っていた。

28　「なるべく」と僕は書いた。この言いまわしに注意されたい。注14でも似たようなことを書いたが、僕は完全に呼びかけ的な言葉づかいを排すべきと言いたいのではないし、もし完全に排するようなら、つまりそこに社交的な折り合いを失うなら、呼びかけ的でないはずの腹からの言葉もまた失うだろう。

29　これは決して新しい共通言語のない外部の人々からの理解を諦める態度ではない。話があまりに逸れるので本論では詳しく触れないが、長い眼で見れば処世術に走るよりもここで紹介したような態度のほうがむしろ広い範囲の人々からの理解も得られるだろうと僕は考える。

30　あるいは以下のように整理できよう。相手を十全に見ようとするとそこに唯一の肉を見ざるを得ない。そのとき、相手を語る言葉がそのまま肉を語る言葉にならざるを得なくなる。そして自分もまた肉であるのだからそれが同時に自己を語る言葉でもあり、自己と相手の境はないのだからふたりの関係を語る言葉でもあり、そもそも肉を語る言葉というのは十全な意味での世界を語る言葉でもあるのだから、「重要な他者」間の共通言語とは、自己を語るためにも、相手を語るためにも、互いの関係を語るためにも、世界を語るためにも同じ重さで持ちだされねばならないものとなる。

31　相手を私事（わたくしごと）としてしか語れないし、相手からも私事（わたくしごと）としてしか語られ得ないから、世界を我々事（わたくしごと）として語ることができるようになる。僕は、固有の文脈、共有された歴史、そこから生じる共通言語を獲得した「重要な他者」の親密さをそのようなものと理解している。

32　毛布をかぶってねむる由人の正面のテーブルにクレパスが置かれており、その下に絵のようなものが敷かれている画が映画本編でも短く映りはするのだけど、けれども敷かれているものの内容はほとんど見えない。またそのテーブルと由人を見比べるまちの意味深な視線の動きが長く映されるが、そこにある絵（?）の全体をまちが見る描写はないし、それを彼女が手に取ることもない。完成した本編ではまちは手ぶらで屋敷を出ていく。

33　僕らが本当の意味で知性が必要だと願うのは、地に足のついていない頭でっかちな意味ではなく、むしろ地に足をつけるためにこそ、その地とは何かと考えなければならないときであろう。

34　ここで言った「もうひとり」とは日向亮であり、彼もまただれにも見られずにメリーゴーランドに乗っているのだが、それは彼が宇田みこと対照的な意味で分人主義を徹底している登場人物だからだと指摘できる。このことについては、いずれ『男の優しさ』について論じる機会があればそこで書くこととして、本論では詳細は措く。

35　しかし『僕らのあざとい朝ごはん』第八話「明日、みんなと食べたいあさごはん」では、他者たちに見られている自分がどのようなものだか本人は最後まで自覚しないのにその自分を見た他者たちを介して自分に向き合い始めるという、ほかののむら作品には全くなかった、言えば受動的なアプローチが試みられており、これもまた興味深い。

スウィート・オレンジ

幅 観月

「くろみ、くろみちゃん、おんりしてごらん」

　音大通りのまんなかで、知らないおばあちゃんがほうきの柄をふらふらと空にかざしている。工事の足場が組まれたアパートから、生きものの鳴き声がする。

　おばあちゃんのとなり、中腰でアパートを見上げながら、その女性は生きものの声を真似ていた。わおー、わおー。いままで見たことがないくらい、真面目な面持ちで。

#

「こころさん」

　呼んでみて、自分の声の幼さにはっとする。わたしに気づくと、こころさんはお人好しのやわらかい顔に戻って両手をひろげた。この人はまた地べたにバッグを置いている。そう思うのも束の間、降りそそぐオレンジの香りのハグ。

　元日の真昼、こうしてわたしたちは再会した。

ふたりが同じ空間にいると、やっぱり姉弟だなあ、と思う。

　なんとなく外着のままソファに座ったら立ち上がれなくなって、わたしはダイニングテーブルの近くにいる千草姉弟をだまって見ていた。

　こころさんがチーズケーキに包丁を入れるのを、テーブルに手をついた陽が覗きこんでいる。顔立ちは瓜二つというほどじゃない。似ているのは、まくったトレーナーから伸びた腕の白さとか、うつむいたときに垂れる髪のやわらかそうな感じとか、そういうところ。家のなかで彼らが並んでいるのを、久しぶりに見た。たまらなくなつかしい光景だ。あまりになつかしくて、遅れて感情がやってきた。ただのお隣さんからはじまって、千草の家を出入りしていた子ども時代のわたしにとって、かつては日常だった光景。わたしも陽もまだ中学生だった。就職を機にこころさんが出て行って、もう、あの家にはだれも住んでいない。

　だからいまこの瞬間、音もなくパズルのピースがはまったような感じがした。陽の住む家にわたしが住み、そこにこころさんがやってくるなんて。

「とおるも食べようよ。チーズケーキ」

　切るたびに包丁をフォークでぬぐいながら、こころさんが言う。雪のように白い箱に入った四角くて長いチーズケーキは、月に一回、通販サイトでしか手に入らない幻のケーキなのだという。

「冬限定のアールグレイはちょー人気なの。やっと買えたけど、ひとりでいたらあっという間に食べちゃうからね」

　くだけた口調と力の抜けた笑みが混ざり合い、こころさんのオーラが家のなかに満ちていく。そのオーラをからだに浴びながら、そうだ、こんな風だった、と会話のテンポを思い出していく。

「いつまでコート着てるの、とおる」

お皿を手に持って、陽がほほえむ。そのたしかな温度を持った問いかけに、いつのまにかソファから立ち上がれているわたしがいる。

『部屋が余ってるから、住めば？』

四月から通うキャンパスが変わるのだと話したら、陽はスマホの地図でわたしの大学をしばらく眺めて、そう言った。わたしはさほど考えることなく荷物をまとめた。いまから一年まえ、大学二年の春休みのことだ。

築古の一軒家はもともと陽たちのお父さんの持っていた家で、長いこと賃貸物件として別の人が住んでいた。その人がふとしたタイミングで出て行って、空き家になるのも困るからと陽が住むようになった。

部屋が余っている、という言葉の通り、一階のリビングの奥の六畳間がそっくりそのまま空いていた。荷物のひとつも置いていなかった。陽は小さいころからあまり物を持たない子どもだったから、驚きはしない。リビングにはダイニングテーブルに椅子が四脚と、黄色い生地の張られたソファ、床にはアンティーク模様のラグが敷かれていた。部屋にあるものはほとんどそれで説明できてしまう。片付いているのとは少しちがう。物がないから、はじめから散らかる余地がない。いくつか本当に気に入った立派な家具を置いて、それでおしまい。その独特なアンバランスさが陽だなあと妙に納得したことを覚えている。

こころさんもちょうど同じようなことを思ったようだ。キッチンの流しに包丁を置き、リビングを見回す。

「この家、はじめて来た気がしない。陽の雰囲気がすごい」

「はじめてじゃないからでしょ。親父と一緒に来たことがある」

陽が言うと、こころさんは首を振った。

「そんなの覚えてないもの」

こころさんはダイニングテーブルに寄りかかるようにして、チーズケーキのついたフォークを口に含んだ。ぶかぶかのジャージを履いていても、足がすらっと長いのがわかる。それはちょっと見とれるような立ち姿だった。足を組んで、姿勢がいいとはとても言えない立ち方でも、なんだか上品に見える。

「あ、行儀悪い」

と恥ずかしそうにテーブルからお尻を離す彼女に、心のなかで首を振る。

そうして三人でダイニングテーブルを囲んだ。アールグレイ風味のレアチーズケーキはたしかに絶品だった。甘いものを食べない陽も、ひとくち口に入れた瞬間に「うまい」と動きを止めたほどだ。こころさんは満面の笑みになって、隠し味は豆なのだと言った。すりつぶした豆がたくさん入っていて、独特な風味を引き出しているらしい。たしかにほかのケーキでは味わったことのない、爽やかなこくを感じる。

カレンダーは一月一日。

午後の光が窓から差し込んで、白いフローリングを照らしている。お正月にテレビもつけず、家でチーズケーキを食べるのは、なんだか不思議な感じがした。だけどとても落ち着く、気持ちのいい昼下がりだ。

「で、お正月にいったいどうしたの」

口を開いたのは陽だった。彼の視線が一瞬、わたしに注がれる。

さんぽから帰ったわたしの後ろにこころさんがいるのに気がついて、陽は少し目を見開いた。いろいろな言葉が脳内をかけ巡ったのだろう、けっきょく出てきたのは、「久しぶり」というありふれたせりふだった。驚きや戸惑いの感情は、瞬時に裏側へしまわれた。

いま、陽からわたしへ注がれた視線は、「とおるも理由を聞いていないんでしょ?」という確認の視線だ。こういうとき、器用だなあと思う。陽は会話がうまいのだ。

こころさんはチーズケーキに視線を落として、笑って言った。

「仕事をやめてね、クリスマスに彼氏と別れたんだ。ケーキもほんとは彼氏と食べるつもりで買って、冷凍庫に入れてたの」

こころさんには悪いけど、聞くまえからわかっていたような、やっぱり、という感じがした。さっぱりとした口調のなかに湿っぽさを隠せていない。最大級のダメージをくらってしまっている。笑うことで、自分自身をよけいに傷つけているように見えた。こころさんは力の抜けた小さな花のような笑みをはりつけたまま、

「ことし三十なのになあ」

と独り言のようにつぶやいた。


「新年早々、非日常だな」

夜、洗面台で歯を磨いていたら声をかけられた。鏡を見ると、グレーのスウェットを着た陽が映っている。

「わたしは嬉しいよ。久しぶりにこころさんと会えたから」

あのあと、こころさんは夕飯も食べずにそのまま眠ってしまった。こころさんは、「これがないと眠れないの」と言って、家から持ってきたコットンのパジャマとまくらで安心できる寝床をつくりあげた。部屋は二階の陽の部屋をふすまで仕切って二部屋にした。

昔はよく、ふたりして彼女の失恋に付き合った。

こころさんはいつもにこにこして、容姿も魅力的なので、あらゆるタイプの男の人が近づいてきた。いったいどこで出会ったんだろう？と疑問に思う人もいた。無数に引き出しがあるみたいに、こんなところから、というところから男の人が現れた。高校生のときは通りがかったガソリンスタンドでアルバイトしていた他校の人と大恋愛をした。男の人たちのなかには、二十代や三十代の人もいて、そのことでこころ

さんと陽はよく言い合いをしていた。

向こうから言い寄ってくるだけでなく、こころさん自身も恋多き人だった。本人は自分のことを恋愛体質だという。短いときと長いときの差はあれど、最後にはかならずつらい結末が待っていた。どん底まで落ちて、それなのに気づくと新しい恋に向かっている。

わたしより八つも年上だけど、失恋したときはどうにかしてあげたい、と思わせた。やっぱり、しんどいときでも絶やさない、あの哀しい笑顔が大きい。

いつもはわたしよりずっと大人なのに、心が傷つくと小さなころの彼女の影が見え隠れした。そして、彼女自身はすべてを隠せていると思い込んでいた。そんなの、男の人がほうっておかない。弱さと強さの入り混じった、愛しい人なのだ。

「悪いね、とおる」

「なにが?」

「いきなり姉がたずねてきたりして」

「まさか」

姉弟そろって気遣い屋で仕方ない。

「ここは陽の家でしょう」悪いことなんてなにひとつない。

「わたしは嬉しいよ」

念のため、わたしはそのせりふをもう一度繰り返した。

「どうもありがとう」

鏡ごしに目が合う。陽はいつもまっすぐだ。さりげない言葉にこめられた気持ちがまっすぐ胸に入ってくる。

「じゃあ、おやすみ」

陽はそう言ってマグカップをキッチンの流しに置き、階段をあがっていった。


その夜、夢を見た。

わたしは中学生のころの姿で、かつて陽たちが暮らしていた家にいた。外はまだ明るく、家のなかにはわたし以外だれもいなかった。当時、こういうことはよくあった。陽たちのお父さんが合鍵をくれて、わたしは学校が終わると家にあがって陽たちの帰りを待っていた。

リビングのすみにケージがあり、なかにうさぎがいた。夢のなかで、わたしは一瞬いまの自分に戻ったようになって、目を見張った。野生のような栗色の毛で、耳の立ったうさぎ。それはなつかしい姿だった。ケージを開けても、うさぎは壁にからだをもたれかけたまま、動かなかった。わたしはゆっくりと手のひらでうさぎの背中に触れた。するとうさぎは、それまで姿勢を保っていたことが不思議なくらいあっけなく、バランスを崩してわたしの手のひらのほうへ倒れてきた。

わたしはうさぎを抱いて、マットの上に寝かせた。名前を呼ぶと、薄く目を開けて、聞こえているように見えた。うさぎのからだにタオルをかけて、陽に電話した。三コール目で、塾帰りの陽のもしもし、という声がした。

目をさますとカーテンの向こうが明るくなっていた。わたしはしばらく何も考えられず、顔をしかめて隙間から差し込んでくる眩しい光を見つめていた。だれかが階段を降りる音が響き、リビングにも人の気配を感じた。

三人が集まって、記憶のリボンのひとつがほどけたのかもしれない。陽たちの昔の家のことを考えたのは、久しぶりのことだったから。その日思い浮かべたものが夢に出てくるのはよくあることだ。自分の頭の単純さに感心する。

コンコン、とノックの音がして、わたしは横になったままドアのほうへ視線を移した。

「とおるどの、目玉焼き、固まってるのと半熟なのと、どっちがいい？」

こころさんの声に安心する。顔を見なくてもわかる。声がおどけているから。

「そっとしておきなよ。寝てるんでしょ」

遠くから呆れた陽の声がする。一夜の深い眠りと、穏やかな弟とのやりとりがほんの少しだけこころさんの感情を解きほぐしたようだった。

わたしはゆっくりとベッドから出て、カーペットに足の裏をつけた。うん、立てる。自分に確認して、両方のひざに力を入れる。すっくと立ち上がり、カーテンを開けていつもより少しだけ長く太陽を浴びた。

「こころさん、ゆっくりしてていいのに」

リビングへいくとテーブルの上に立派な料理が用意されていて驚いた。

「いいの、いいの。こうしてたほうが落ち着くから」

こころさんはにこにこしてキッチンを行ったり来たりしている。何気なくコーヒーに口をつけたら、さらりと飲みやすくて目を見張る。こころさんは嬉しそうに、

「そのコーヒー、近所のお気に入りのお店のドリップなの」

と笑った。こだわりの大好きなもので、自分の生活を彩ることができる人。そばにいると、こうして幸せを分けてくれる。だから、わたしもこころさんに幸せでいてほしいのだ。おおげさでない気持ちがコーヒーの匂いとともに胸のなかに満ちていく。

病院で診断書をもらって、休職するつもりがいつのまにか話がすりかわり、退職することになっていた。何も言えないまま、流されるように辞表を書いた。

「ああいうところ、あの人の悪いところだ」

昨日、こころさんが寝てしまったあとで、陽が言った。一度スイッチが切れると、投げやりになって転げ落ちるようにすべてをあきらめてしまう。そしてひたすら自分を傷つけるほうへ流れていく。めったに怒らない陽が怒るのは、こころさんが自傷に走るときだった。

反対に、こころさんが前向きで自分自身に優しくできているとき、陽は本当に安心したよう

な顔になる。そういうところが、男の子なのに、なんだかお母さんみたいだと思う。何度も本人にそう告げそうになった。どんな風に受け取るかわからないから、まだ一度も口には出していない。

「食べ終わったら、さんぽに行こうかな」

豪華な朝ごはんを食べながら、こころさんが言った。

「くろみちゃんに会いたいから」

「だれ、それ」

目玉焼きに醤油を垂らしていた陽が反応する。

「陽も見たことあるよ。昨日、アパートの足場にのぼって降りられないのを、こころさんが助けてあげてたの」

「あいつ、そんな名前だったんだ」

「たばこ屋さんのおばあちゃんが言ってたから、そうなんじゃないかなあ」

『ちょっと貸して』

おばあちゃんが一生懸命振っていたほうきを、こころさんは足場にかざすようにした。それはしばらくじっとしていたが、おそるおそるほうきの柄に片足を乗せて、そこからひとつ下の足場にジャンプした。そしてあっという間に地面に降りると、路地裏へ消えていった。

ひとりになり、洗濯物を干すついでに二階のベランダからの景色を眺めた。

深いことは考えずに決めた引越しだったけれど、ここへ来て正解だった、と思うことがいくつもあった。どれも大きなことではない。商店街を歩くと、街灯に吊るされた浮き輪のようなカラフルな飾りが穏やかに揺れた。人気の食堂の券売機にはいつも人が並んでいて、心なしかみんな幸福そうな顔をしていた。顔をあげて銭湯のえんとつを見つけることができると、気持ちがすっとした。

陽はいつのまにか大学を休学していた。わたしはそのことを、この家に来てから聞いた。父親とこころさんはとくに知らないと思う、と陽は他人事のように言った。

　陽のあっさりとしたところには、たまにものすごく驚かされる。そうは見えないけれど、かなり思い切りのよさがあって、気づいたらいろんな物事を勝手に決めてしまっている。温厚でおっとりとした雰囲気と、ふとした瞬間に飛び去ってしまいそうな軽さをあわせ持っていた。そういう意味では、めずらしい男の子なのかもしれない。

　あのとき、電話に出た中学生の陽は、うさぎを病院へ連れて行こう、と言った。うさぎは平均寿命を超えていて、横たわったまままもう立ち上がれるようには見えなかった。

「いま塾を出たところだから、家に着くまで三十分以上はかかる」

　陽の声色はいつもと変わらないように感じた。わたしの声がうまく出ないので、あえて平然を装って語りかけている。そんな陽らしさに、わたしは気を持ち直した。

「最終的にどうするかは、とおるに任せるよ」

　とおるも飼い主みたいなものだから。

　その言葉に、わたしは自分の手が陽の手でもあるように思えた。うさぎをいつも使っているバスケットに入れて、歩いて五分もかからないところにある病院へ行った。先生にはさきに電話をかけていて、点滴を打つか打たないか、あなたが決めていいと言われた。それが答えみたいなものだったけど、それ自体にショックを受けることはなかった。これまで何度か点滴でごはんを食べられるようになったことがあったから、わたしは点滴を打ってもらうことを選んだ。からだに栄養を入れて、陽が来るまでの時間をつなぎたい。

　寝かせたまま、首の後ろから点滴の注射を打った。目の開き具合がほんの少しだけよくなった気がした。それは今思えば、うさぎが笑った気がしたとか、怒った顔をしているとか、思いこみなのか本当なのかわからないくらいの小さな変化だった。

　陽の家に戻って、さっきと同じ場所にうさぎを寝かせた。とにかくからだを温めなきゃならないと、病院の人に言われるまでそんなことはまったく知らなかった。ぬるま湯の入ったパックを、うさぎの背中とおなかに当てた。

　何十分後だったかわからない。靴のこすれる音がして、ドアが開いた。陽は何も言わずうさぎのそばに来た。わたしはうさぎから目を離さなかった。陽はキッチンに行き、果物を小さく切って持ってきた。そしてそれをうさぎの口のまえに置いた。わたしは果物を指でつまんで、鼻の近くで揺らした。うさぎはたしかに息をしていたから。舐めることもできないなら、せめて息を吸うときに果物の匂いがしたらいいと思った。

　うさぎがいつ息をしなくなったのか、わたしたちはわからなかった。目は最後まで薄く開いていた。何分かまえ、はじめて聞く大きな声で、ぴー、ぴー、と鳴いた、その高い声が忘れられない。うさぎには声帯がない。でもあれが声でないというなら、なんだというのか。

　風が吹く。一月とは思えない、奇跡のような春の匂いを含んだ風だ。あの声は、風の音に似ていたかもしれない。自然の一部だというような、ひたすら澄んだ、忘れられない声だった。

　今朝の夢が、記憶の砂をわずかにかき分けたようだ。感情が遠く離れていっても、出来事は出来事としてずっと胸のなかにある。折り合いのつく出来事など、この世にはないんじゃないかと思う。うさぎに「ちゃん」をつけて呼ぶときの、自分の声の響きを思い返すと、胸がきゅっとする。心のなかの泉に波紋が広がるように。

「とおる」

　名前を呼ばれて、はっとする。ベランダから見下ろすと、こころさんと陽が手をあげていた。ふたりとも、昼ごはんらしいビニール袋を提げている。わたしは心の底から安心する。太陽の光はたしかにわたしたちを照らしている。その日は洗濯物がよく乾いた。

それから二週間あまり、こころさんは頭をからっぽにして好きなように過ごす、と宣言した。そのあいだにわたしは大学の授業が始まった。陽はというと一年間休学していることがあっけなくばれ（隠しもしなかった）、こころさんと大げんかをした。そのせいで、こころさんの頭をからっぽにする計画はあまり達成されなかったように思う。だけど、それはそれでリフレッシュしたようにも見えた。

陽がアルバイトへ行った夜、二階にあがるとこころさんが薄暗い部屋にしゃがんで座っていた。窓を開けて外の景色を眺めている。

「風邪ひきますよ」

暖房の生暖かい空気に外の冷気が混ざり、ときどき毛穴がちぢこまる。こころさんは上下ともこもこのパジャマだけれど、下がショートパンツで生足だった。

窓のへりにお酒の缶が一本と、白い煙がのぼっていくのが見える。一瞬、たばこを吸っているのかと考えがよぎる。煙はアロマディフューザーから細く出ていた。

「そろそろ出て行こうと思うよ。お世話になりました」

こころさんはそう言って頭を下げた。酔っ払っているのか、いつもより声がゆっくりに聞こえる。

「まだいたっていいと思いますよ。って、わたしじゃなくて陽の家だけど。でも、陽の家ってことは、広い意味ではこころさんの家でもあるわけで」

「だめよ。とおるとだったら、もうちょっと暮らしてもいいけどね」

冗談だよー、とあまりにも楽しそうににっこり笑うので、うまくかわせない恥ずかしさと、言葉自体への嬉しさにただただ照れることしかできない。本当に人たらしだな、とあっけなく、それでいてしっかりとこころさんが好きだ。

　ふと、オレンジの香りが鼻をかすめる。こころさんとばったり再会した日も同じ匂いがした。

「この匂い、好き？　スウィートオレンジの香りだよ。リラックスのアロマなの」

　こころさんはそう言って、アロマオイルの瓶を指でつまんだ。蓋を開けて、わたしに差し出す。

「スウィートオレンジってね、太陽の光をたくさん浴びて育つんだって。明るいエネルギーを蓄えているの。皮は硬いけど、なかにはやわらかくてみずみずしい実が隠されている。中身がやわらかいから、硬い皮で守っているのかも」

　だまって蓋をつまみ、わずかに付いたオイルの匂いをかぐ。

「わたしもそんな風に明るく生きていきたいの」

　オレンジを剥いた瞬間に湧きあがってくるような、甘酸っぱい香りが鼻を抜けて広がる。知らず知らずのうちにこわばった心も体もほどけるような香りだ。

　わたしたちは、弱くてもろい心を必死で守ろうとする。こころさんを見ていればわかる。胸の奥には、愛しい光の果実のような心を抱えている。なにが強さで、なにが弱さなのか。生きていれば心のかたちは変わっていく。だけど太陽の下で生きようと決心できたら、心の核は揺らがない。

　こころさんは動物のようにもぞもぞと布団に横たわり、自分で白い毛布を引き上げた。ベランダから見える夜の空は暗くてもフィルターをかけたようにやわらかく見えた。

　朝を迎えるために、夜はたくさん眠る。息を吸って吐いて、明日も生きようとする。

＃

前の日の言葉通り、こころさんは荷物をまとめて自分のアパートへ戻ると言った。陽はトーストにマーマレードを塗りながら、

「まだいたらいいのに」

とつぶやいた。わたしは陽が本心でそう考えているのだということがよくわかった。こころさんはこの二週間でたしかにとても元気になった。だけどいつ揺り戻しがくるかわからないし、アパートだって近い将来、家賃が払えなくなるかもしれない。

「本当に困ったら、今回みたいにここへ来るよ」

「そんなこと言って、たまたまとおるに出くわさなきゃ、うちにも近づけなかったんじゃあないの」

陽の言葉に、わたしは顔をあげる。こころさんはさっと顔を赤くしてうつむいた。気まずそうな横顔を見るかぎり、どうやら図星らしい。自分から訪ねることを思いとどまってしまう、彼女の迷いや繊細さが子どもみたいで愛らしい。

それならわたしが会えて本当によかった。

駅まで送っていこうと、三人で音大通りを並んで歩いた。さきを行く姉弟の背中が眩しく見えるのは、なつかしさと、少しの前向きな希望を見出せているからだ。

「あ」

間の抜けた声を出して、こころさんが工事中のアパートの足場を見上げる。

「くるみちゃん、おんりしてごらん」

「くろみちゃん、でしょ？」

思わずこころさんに問いかける。姿は見えないけれど、足場にかかった布の向こうから、たしかに生きものの鳴き声が聞こえる。

「ううん、くるみちゃん。くるみちゃんだよ」

呼ぶたびに、こころさんの声が弾んでいく。となりに立っている陽も、吸い寄せられるように足場の向こうを見据えていた。

風が吹く。いつから呼び名が変わったのだろう。だけど、こころさんがくるみちゃんだとい

うなら、そうなんだろう。

わたしは空を見上げて目を閉じた。まぶたに明るい光が集まってくる。そうして風のなかに愛しい音が混じるのを感じていた。

忘却の忘却

平野　大

ただ、そこにあったものは、巨大な眼の虹彩。
それらの虚しいみつめあい。

薄氷の炎

僕らは薄氷の炎に触れて
夕焼けのようなかなしみのなかで

無言の傷口を差し出した

僕の影は垂直に痺れ
きみの心臓へ落ちていた
霞のような鼓動だけが
灰色の草原に広がった

痛むことのできない明日は
風景のように遠く

ただ雪のように積もった

僕らの触れた薄氷の炎は
渇いた空気に翻り付き
忘却と共に燃えていた

きみは
混沌とした風を辿り
澄んだ草原を彷徨うだろう
昨日も明日も存在できない
灰の視界の傍らで

砕かれた胸の
ちいさな破片が
再び産声をあげる前に
僕は歩き始めなければならない
無人の喧騒が傷をつけた
きみの声が聴こえる場所まで

青い空

僕らの空は透き通るようで
またたきを凝固し澱んでいた
きみに届けるための言葉は
青い空には不在のままだ

あぁ　きみは真空のような砂浜で
白く輝く貝殻を集め
夏の陽射しが裏返す今日を
何も言わずに抱きしめていた
ただ静寂を抱きしめていた

きみがみつめたかつての海は
僕の虚しい手紙のようで
薄明かりと共 暮れていって
ついに明日を孕まなかった

さざなみのそばで…
きみが手招く
遠い記憶
神話のよう
夜が明けてしまうというのに
僕らは歩みだせなかった
神話のよう
遠い記憶
きみが手招く
さざなみのそばで…

朝焼けを迎える準備さえも
忘れたまま朝焼けを迎えて
僕ら 降り注ぐこのときさえも
どこか忘れて夕焼けを探した
何も分からないままで
静かな風だけが吹いていていた

僕らが朝焼けを迎えるためには
この永遠のようなまたたきを
僕らを 貫く太陽を
掬って飲み込まなければならない

そして
行く宛のない青い空へ
僕らは刻まなければならない
ささやくような澄んだ永遠を
行く宛のない青い空へ

冬の年から

冬の年 僕は川辺に佇んで
陽が落ちるのを待っていた
何も分からないまま
くらやみ映した対岸が
僕の信じるほんとうの世界だった

彗星のような僕のこころは
言葉を刻み
ただ失ってばかりだと
水面 反射した明星を眺め
その輪郭をなぞっていた

何も持たないというのなら
どうして失うことができるか
何も得ないというのなら
どうして削ることができるか
何も持たないというのなら
何も得ないというのなら

いたみ 歴史から吹いた風が
僕のこころを通り抜け
隙間風のようつめたいから
目覚めた僕は彼岸へ歩む
またたく明星は波紋に揺れて
あの世この世と広がってゆく
息できぬまま 歩を進め
やはり僕らは彗星のように
ほんとうだった水を掻き分け
決して泳がず ただ歩む
幻のなかの
彼岸を求めて‥

振り返ろうと波紋だけ
凪ではないと分かりながらも

あの世 この世は逆さまで
僕はただ行ったり来たり
僕らはただ行ったり来たり

陽は未だ 落ちないままに
ただ薄明かりのなかにいて
波紋揺れる 水面に
僕は僕の顔をみた

このままたきを
明日への先駆というのなら
彗星のような僕らでも
隙間風と共 彼岸へと
彼らが待つほんとうの彼岸へと
きっと歩いてゆけるだろう

そのとき僕は
うまれてはじめて
そらをみあげ

遠く 輝く明星に
うまれてはじめて
ふれる

そして僕は散り散りになって
それはとても自然な呼吸で
昨日へ歩みだせる
僕が僕に出会う日まで
彗星のような冬の年まで

きみと言葉を交わすために

いつでも僕ら
砂時計のなか
きみに出会わない為の手紙を
描いては折って　飛行機のように
ここじゃないどこか　ひかりの方位
ため息のよう　飛ばしている

透明な膜は僕を拒んで
さらさらとした手触りひとつ
あとは何も残らない

ここじゃないどこか　ひかりの方位
ほんとうの世界があったのなら
この透明な膜を今すぐ壊して
きっと　向かわなければならない

きみのもとへ

僕らが共に死ぬための明日は
あの明星の時のしるしだ
虚しい手紙を海へ飛ばそう
そうしたら僕ら果てもなく
生きていくためにかなしめるだろう

そうして　僕らが明日を赦して
薄れる過去を抱きしめてやれば
想いが言葉に回収されるように
かつての故郷へ還ってゆける

銀朱を羨む

小林きら璃

なんてしあわせなんだろう。それは彼女の口癖だった。

彼女に初めて出逢ったのは、紅い提灯の焔が落ちる妓楼の中だった。自分と同じ姿形の朱いものが数百、狭い空間をひしめき泳ぎ回っている。水面の向こう側から、見定めるようにぎょろぎょろと動く卑しい眼が幾つもこちらを覗いていて、私はただ底の方で恐怖に震えていた。

ふと、後に彼女の口癖なのだと知ることになる例の言葉が、恍惚とした声に乗って私の元に届いてきた。訝しんで声の方を見た途端、驚愕で震えが止まった。

彼女はひたすらに美しかった。金の斑点が微細に散りばめられた銀朱の鰭を涼やかにそよがせ、長い四つ尾を扇の如く雅に広げていた。目に痛いほどの水色の見世の中で、彼女の朱が際立っていた。私はただ黙り込む。彼女はそんな私に穏やかに微笑みかけ、そしてこう付け加えたのだ。

あなたもそうおもうでしょ？

先に掬われたのは彼女だった。それじゃ、という甘い吐息だけを残して、揺れる水面の向こう側に攫われていく。返事をする間も無かった。その波紋を見つめているうちに、怒りに似た激情がふつふつと沸き上がる。私たちが居るべき場所はここじゃないのに、どうしてそんなことが言えるの？

　突き動かされるがまま、尾鰭を唸らせて水を蹴り、もう一度差し込まれた薄葉紙に自ら飛び込んだ。プラスチックの檻の中で再会した時、彼女は偶然だねだなんて笑っていた。それは、一昨日のことだ。


　ぐらりと影が落ちる。見上げると、てらてらとした巨大な眼がふたつ、プラスチックの向こう側から覗き込んでいた。悲鳴をあげて底に向かって泳ぐが、こんな狭い空間じゃ逃げ場なんてない。せめてもの抵抗で腐敗臭の漂う水草の裏に潜り込む。擦れたところから腐敗が侵食してくる錯覚に囚われ目眩がする。

　水草の隙間から、嬌声をあげながら水面へ昇っていく彼女が見えた。彼女にとってはあの眼が間夫なのだ。愛想良く裾を靡かせる艶めかしい姿に嘔気が込み上げた。


　彼女に口癖の真意を尋ねたのは昨日だった。彼女曰く、うまれた理由を果たせるからだと言う。わたしたちはこのためだけにうまれてきたと。この銀朱の光彩も、このためだけにつくられたものなのだと。これがしあわせだと。しかし、私にはそうは思えなかった。なぜなら、私達が居るべき場所はここじゃないはずだからだ。本当は、見上げれば水縹色の絹布が雄大に揺蕩いているはずで。本当は、呑み込む水が凍てつくほどに冷たいはずで。私達が居るべき場所は、こんな狭苦しい、生温い檻の中じゃない。

私の血に遺された、遥か昔のいつかの記憶がそう叫んでいる。これは女衒に育てられていた時から私を苦しめ続ける呪いだった。しかし、何度訴えても彼女は不思議そうに小首を傾げるだけだった。私だけにかけられた呪いだった。

最初の数日は何度も眼が訪れた。その度に彼女は喜んで尾を振り乱して色を売る。しかし、時が経つにつれて眼の頻度は段々減っていった。それに伴って、身体に纏わりつく水の粘度が増していく。水草の腐敗臭は更に強まる。数百円ぽっちの揚げ代で買った物などに、情など湧きようがないのだ。当然の展開だった。

餌が与えられなくなってから七日目の夜だった。彼女がまたあの口癖を呟いたので、とうとう私は怒鳴った。幸せなんて知らないだろう！本来の形を捻じ曲げて無理やり作りだされた奇異な色の鰭を、碌に世話もしない奴に振り乱すことの何が幸せなのか？ 自由を奪われて汚水を呑まされ続けることの何が幸せなのか？

狂ったように叫ぶ私に、彼女はとても穏やかに言葉を返した。

わたしはしあわせだよ。

その声があまりに静かで、私はまた黙り込むしか無かった。彼女を見つめる。朧月の光に浮かぶ彼女は、なにか崇高な、聖なるものを感じさせた。

おしえてあげる。

しあわせになるためにひつようなことは、ふたつだけ。

彼女の口から、ぽこりと泡が吐き出されて目の前で弾けた。

ひとつ。うまれたりゆうをしっていること。

彼女の瞳の向こう側には、驚く程何も無かった。

ふたつ。それいがい、なにもしらないこと。

その瞬間、全身がびりびりと痺れた。知っていること、知らないこと、どちらが幸せだったのか。私の血に巡る祖先の怒号が轟く。彼等はこう叫んでいた。無知は哀れだと。太古の記憶が目の前で乱反射する。しかしもう私には、どちらが正しいのか分からなかった。どちらにせよ、もう終わるのは変わらない。

　言い切った彼女は一瞬だけ微笑むと、すぐに踵を返す。そして、彼女自身の汚れた鰭をうっとりと眺め、満足気に小さく呟いた。

わたしは、うまれてきて、よかった。

　ああ、彼女は、本当にしあわせなのだ。

　次の朝、プラスチック越しの煙たい日光に照らされた彼女は逆さまになっていた。予想はついていた。ひどく冷静に彼女を眺める。鈍色の眼球は零れ落ちそうなほどに飛び出て、朱く染まっていたはずの鱗には白黴が巣食っていた。擦り切れた尾はだらりと垂れ下がり、そのまま微動だにしなかった。全身から放たれた悪臭は一夜にして粘ついた空間に広がり切ったらしい、じっとりと鱗を逆撫でた。初めて逢った時の目を見張る美しさなど影も形も残っていなかった。それなのに、羨ましいと思った。

　あの時のように、尾鰭で水を蹴る。重い水面を破って、プラスチックの向こう側に飛び落ちる。そのまましたたかに全身が打ち付けられ、ばちゃりと生臭い音が響いた。鰓を刺す空気からは何も取り込めず、本能に命令されて口を激しく開閉させる。

　ああ、うまれかわったら、あの揺蕩いも冷たさも全部忘れてしまいたい。そして、私も彼女と同じくらい馬鹿になりたい。

　次第に全てが白くなっていく。最後に思い描いたのは、水縹の海ではなくて、彼女の銀朱の鰭だった。

　閉じる瞼なんてものは、無かった。

　祭囃子が、遠くから聴こえてきた。

詩篇

残火

中田凱也

灰の煌めきが
小さな両手を焼く
思い出せない踏切
冷たくなった夜の影に
鴉は閉ざされている

疲弊した声が
旭光に溶けてゆく
もう一度生きられたなら
星の骸の上で
同じ空を歌いたい

百合の輪郭が
視界に滲む
港の写真に
雨が落ちる音を
今も孤りの部屋で
待っているのか

枯れた花束

遠くの花火
息の響き
忘れぬように
そっと
残火に翳す

あの時
海の果てから
合図をくれたなら
君の広げた翼が
見えたかもしれない

美しい羽根の
無音が街を濡らす
残火が消えたら
約束を許しあう
旅に出よう

颪のなかに
知らない歌が聞こえる
くずれた桟橋
帰らぬ鴉
水滴

ああ
残火は消えたのか
ドアの向こうの泣き声が
波音となる
あの朝の静けさは
瞬きを待つ瞳のように
部屋を満たした

君を一人で
空へ帰してしまったこと
降り落ちた記憶の
汚れを払うことしか
私にはできない

永遠

田口愛理

二〇〇一年
沈殿していた永遠が
丸く輪廻のかたちになり
隙間をあけて括弧をつくった

凍りついた血から
作りだされる乳を含み
曲線をおびた肉体で
あなたと同じ空洞になった

投げかけた問いが
空っぽの硝子玉のような瞳に
はじかれて飛び散り
誤ってあなたの時間に穿たれて
片割れの命になった

贖いの雨が降らない
括弧が閉じてしまう前に
わたしは秤を傾けて
生活にねぐらを作り上げた

全てを見透かされて
たましいは沈黙のゆりかごで眠り
冷たく溶けない血液を
未だに飲み干せずにいる

ことばを紡ぐとは
最期の永遠にしようと誓って
再び約束を破ってでも
あなたを見出すということ

再び時が流れ出しているから
誰も知らなかった狂気を
閉じ込めて凍りついた吐息のかけらを
美しく尖らせてあなたにあげる

だから今度は
生涯をかけて逃げゆくあなたを
わたしが穿つために
戻らない命のかけらを
たしかに抱きしめてゆくよ

真空の食卓

島畑まこと

渦巻く無彩色の雲が
とめどなくひろがる
まだ見ぬ朝陽の錯覚が眼を灼いて
飛び去る小鳥の影が淡くにじんだ

真空の食卓には
とうに終わったすべてがならんで
どうしようもないわたしたちには
沈黙の小石を呑み下すことしかできなかった

どこかから
朽ちゆく死をつげるあなたの足音が聞こえる
そっと耳を澄ませば
腐蝕する無音の絶叫が
あたり一面を埋めつくしていることに気づく

蹲る足元に
名前も知らない鳥の
白い羽が降り積もり
見あげた遠い空には

灰と鏡

古川慧成

誰の晩餐を待っているのか
しかし　いつも食卓の終わりには　言葉が殺されなければならなかった。灰でいっぱいに満たされた盃を　振り返れば　土塊の貌から　鏡はそっと差し出した。

傾いた食卓に灰となった皿が並び　言葉がつたうのを待っていた。はるか天上の鏡に視線は交差し　微かに影を映している。裂けたままの僕らの部屋で　互いの位置を入れ換えて　そうして時は焦げついた。回廊が巡るばかりで　やがて部屋は　歪んだ鏡面にうち乱れ　半身を残したまま　霞に沈んでいった。

あなたの白い貌を切りわけて　食すことで　座標を確かめあい　生活が安堵のため息を吐く。塑像の貌に意味はいっそう降りつもり――それらを罪と言うのなら　灰のなかをまさぐって　薄衣を見つけても　言葉に焚べなければならなかった。

ああ　たやすく時間に結ばれる幸福が
俺のこころの真ん中に居座っている
纏われるために
裁たれた　午の背中だけが
私のこころの在り処を示している
食卓に侍く僕らは

熱海

舟橋令偉

藍染めの雪が降れば
海のかたちの病室がある
傍に置かれたパイプ椅子が
透明な雨に抱かれ
水饅頭にさしのべた手を
かつての幸福のように閉ざしていく
心という心に
水平線がこみあげて
さようならに名前があるのなら
故郷の海と呼んであげたい
差しかえられた神の手が
言の葉をそっとなでると
僕たちの美しい悲鳴は
真っ白な冬を嘔吐していた

通夜

宮澤なずな

兄さんは
私たちが染み込んだはずの
あの真っ赤な部屋を
白に染めると
家路を忘れた
白に染められた私は
瞼を下ろして
あの家に帰る

重ならない体の
隙間から上がった
産声を耳にする
綺麗な子供は死んでしまった
火葬できないまま
抱擁を待つ　艶めかしい死体を探して
葬式で流す詩を作りながら
通夜を続けている

自殺

猪又奈津美

朝焼け未だ差し込まぬ、
薄暗いバスルームに、ただ一人。
冷たい空気のベール一枚、纏い
立っている。

水が張った浴槽に、
目、鼻、口がなくなった
幼い私の死体、ただ一つ。

鏡に映る女の躰、
今になって回る毒、
捨てたはずのわたし、
ツギハギだらけの顔貌、
見ないふりして、
過ごす、毎日。

冷たいシャワーを浴びたところで、
わたしの血はこびりついて取れないし、
あなたの手垢もとれない。

汚れはなにも、
流れていかず。

排水溝にたまった髪の毛は、
私のものか、あなたのものか。

冷えたからだを震わせて、
足先から浴槽に。

沈められたわたしを抱きしめる。

開けっ放しの窓から入り込んできた、
小さな蛙。

浴槽のへりにただ座り、
私の目をじっと見つめ、
朝露で濡れたからだを輝かせている。

私にはそれが眩しくて、
静かに、目を、閉じた。

息苦しいなら、
もう、いっそ
呼吸なんてできなくていいと、
死体と一緒に沈んでいく。

水面が揺らめく気配を感じて
ああ、一人じゃないのだ、と。

今日も、私は人殺し。

ひとりあるくまち

熊本礼雄

暗がりを
ひとりで歩いている、
誰かに
口笛のように
軽薄な訣れを告げる
くるしい夜に
耳に届かなかったはずの
心地よくない音楽が
あなたの
寂しい内部を透過する

白い鳥になれなかった
ぼくは
誰かの
色に染まり変わって
永遠に
息をしている、
（夕暮れどきの
この街で

哀しみの底を見つけた
少年のような顔をして、

夜のなかを
ひとりで歩いている、
仄かに温む
あなたの
てのひらのなかでは
崩れ落ちた
この街の朝焼けが
ともりつづけている
（溢れてしまわないようにと、
ぼくは願う。）

それからぼくは
誰かに
だまって手を振っていた
あの日の朝焼けの
ほんとうの色を知らないまま

ひかりのなかにくらしがあると

中村寛人

くらしの中にひかりがあると
青い空に蓋をして
街のさみしさを抱きしめている
身体性というものはあまり怖くない

瞼に映る赤さのどこかに
きみには言えないひかりがみえる
ぼやけたままの天井のむこう
青さがあることを忘れられる、から
顔をなくした青年は、ひかりを忘れて
夢のなかで大人になる

それでも暮らしは続いてくのだ

気付けば
こころの隙間は錆び付いて
きみにうまく話せない
から
カーテンが映した光を

ほんとうのひかり
だと
きみに話してしまいそうで
くらしの中に光があると
囁くやさしい悪魔たちの瞳は
犬のように黒いままで
ぼくの躰を映している

ひかりのなかに正しさがあるのではなくて
正しさの中に光があるというならば
風の終着点へ、旅に出れば良い
音楽なんて、聴かなければ良い

そうでなければ、ぼくは夢想家でしかない

人間だもの。

山本りさ

窓の外を見ている小さな背中を追う
カラスか、飛行機か
ただ、動いている、それだけで
自分も同じだとそう思っているのか
あんなふうになりたかったと嘲笑っているのか
私は死ぬまで知る事はない

この世の邪を浄化し
ここにいるたった一人を救う緑陽のガラス玉は
哀れみと純粋無垢な光を閉じ込めている

人間は汚い

酸素を全部あげるから
お腹いっぱいにおやつをあげるから
トイレも隅々まで綺麗にするから

いつまでもそこで傍観していてよ

人間は汚いなぁって

逃避行

本多瑞希

生活に必要な全てを持っているのに種の色だけがわから
　ない
歩く
いつか川になるまで

恒星が見ている

鬱蒼と繁るどくだみの陰にからだを押しこむ
夜毎りんごの皮を螺旋状にむいている
絹の上を這う蟻たち
逃げるようにして隣の葉の下へうつる

私は
次から次へと葉をたどる
雨が上がる前に次の葉に潜らなくてはいけない
おどけた形の葉の上をおどけた音でしずくが跳ねる

卯の花腐し
りんごの皮が落ちる
より大きくうるさい葉を求めて渡りつづける
乾いていく鯉の背鰭が脳に焼きついている

水が溢れるまで

鷹林涼子

空気にあたると酸化してしまうからだを
無菌室で、あなたの二酸化炭素だけをあびて生きてゆけたら

わたしはもう
酸化してしまっているやわらかい素肌を撫でることしか
　できない
張りつめた空気の中にある水蒸気を探しては
もういないあなたを想う
それがどれほど愚かしくても、そうすることしかできな
　いわたしは
表面張力を保った笑顔で水が溢れるのを待つ

あなたがいないからもう、触られることのないこのつめ
　たい素肌もきっと意味のあるもので
そうでないとおそらく壊れてしまうものもあって
なにを語っているのかすらわからないこの口も、あなた
　が教えてくれたほんのぬくもりが
原動力になっている

わたし達のあいだになにがあったでしょう
陰も、灯りだって、ちっともなかったというのに

宵待草

土屋允

固く踏み固められたその野池は凪いでいる
あなたはそれに暖かい波紋を一筋刻んで見せるのだった

僕はその傷跡を夢中になって爪でたどる
それは一人夜を待つ花の歌だった

足や髪の毛を伝って土が草が何もがそれを歌っている
僕はその輪が千切れる瞬間まで小さな息継ぎを見つけて
　は
彼女になんとかそれを伝えようとするのみだった

端切れになれなかった夜

村山結彩

縫い合わせた皮膚はきみの一部で
とっかえひっかえに繋がるのは私の希望で
裁ち切られた先が見えないことに
安心をしていた

きみたちと同じになりたかった
深夜のコンクリートが死んだ湖みたいなこと
湿気の多い朝焼けが
まだ深い青を残したまま消えていくこと
350 ㎖の缶ビールがゆれて
時計がまっすぐ伸びていくこと

窓の外の景色

持て余した夜を使い果たしてから
逃げることのできなかった朝に
追いつくのは夢の中
きみは夜で、私は眠っていた

ノックがする
部屋の冷気が、すこしだけ薄れ始める

そして朝になる

潮屋伶

朝ごはんを食べないこと
課題を遅れて出すこと
ともだちに恋人ができること
ひとりで映画を見ること
日干しした布団に沈むこと
部屋の明かりを消すこと

息を吸って吐くように
鳥が頭上を飛ぶように
酔っ払いが道端で寝るように
降り注ぐ雨が冷たいように

『毎日』を噛み砕く
泥だらけですすむ
額縁を蹴り壊す

そして朝になる

胎

浅子陽菜

何かを求めて走り出す

影移し　影法師
影探し　影法師
影移し　影法師
影探し　影法師

そうして　やっと
空が青紫に染められたとき
全身がふわりと温かくなり
霧は空に吸い込まれていく

こうして　やっと
私はここに居られる

青空に
白いチョークで
落書きをした

影移し　影法師
いなくなってしまったのを
必死に探して　追いかける

追いかけるのに夢中になり
飛び散った粉はそのままに
空が藍色に染められたとき

それは光を纏って
天からこぼれ落ち
私の身体に衝突し

眩い光を受けた身体は
暗い霧の抱擁を受けて
体毛がぞわりと逆立ち

北へ

秋山実夢

一

静かな
空白
窓越しの
祝祭
漏れだす音は
光に似て
真白な部屋に
春のようにやさしく影を落とす

あなた
笑っている
舞台のように美しい季節の中で
手をとりあって踊る
あなたたち
ふたりだけで循環する
満ち満ちた祝福
永く
永く　踊りつづけてほしい
外を受けつけない
その永い完全さで

部屋を掻き集めた
あなたたちのためのひだまり
眺めるための
四角い窓枠
額縁にならない
心をゆるせた
こぼれ落ちる手触りの確かな光を
影のソファに座り撫でる

背後の扉の
鍵があいている
私では枯らしてしまうから
焦がれた冷気の純度の高い孤独へ
この心にも花々を手向けたい

二

早朝の湖面の空気のように冷えた心を抱擁し　温度を

失った鋭利にしきりに触れる　安堵する　蒼白な目覚めの息の白さ　あなたという確かな不在の密度の高い結晶石のようなそれはポケットに収まる心地よい重みとなって　朦朧とした光の中を歩ませる

遠く　微光のように静謐な景色の向こうから汽笛が骨に響き　湖面に伝うかすかな軌跡をつづかせる　北へ――あなたを方角に置くこの道の卑劣な幸福　手のひらに乗せたそれを飲み込む　しばし　あなたは欠落の形として永遠になる

何もない左手

梅元ゆうか

土手の一番高い所に並んで座る
あれが川　あれが橋　あれが鯨と
見下ろして呼ぶとき
いつか
これが静寂と
刻まれない言葉で記すようになるだろうと

傷だらけの右腕を掲げて
おそろいのあざだと笑うとき
わたしの傷のない左手は
何かを探して空をつかんだりした

探すのは　たとえば言葉
握った手を開いて　あったのは桜の花だった
血の気のない色
涙を落としても
あなたの涙にすらならない

たとえば亡骸

傷のない手で抱いたら穢れるという
夏休みが始まったら
見つけられるはずで
その前にわたしが大人になっていたら
また子どもにならなくちゃ

鯨はいるのに探し物が見つからなくて
鯨は死なないからとあなたは言った
でもひとつだけ　殺す方法があるって
それはわたしたちが消えること

何もない左手を
見せるかどうか迷い続ける
あなたの左手とつないだら
あなたが手にしていたものが変形する
かもしれない
と
左手を見つめ続けるよりも
あなたが何を見つめて何をつぶやいているのか

見ていたい

あなたが嫌いな鯨も

降り積もる桜の下にあるだろう亡骸も
静寂のページも
そう話すあなたも

暁

宮尾香凛

取り戻したかった
あの日の音を
わたしの耳に残るのは
琥珀の記憶でしかないから

（
　ほんとうの音を探すため
　わたしは旅に出た

あなたの胸に頬をつけ
あなたの呼吸に耳を澄ます

鼓動

あなたの中でたしかに響くその音をめがけ
針を刺す

　甘く
　　やわらかに

沈んでいく
　辺りは一面　さんご色
　あなたが笑うと
　かすかに揺れる海

あたたかな手のひらと足裏が合わさり
　生まれる歌
　まばたきするたび
　星はきらめく
　きらめいて
　みちびく

なごりが光になる

やがて熱を帯びる

糸が

光が

わたしを呼んでいる

）

見知らぬ天井
からの一輪挿し
カーテン越しの寝息

透明な糸に生かされていた
鼻の奥を刺す痛みは針のように苦く
瞳の端からしずくがこぼれる

山から吹き下ろす風が頬を撫ぜ
火照っていたことを知る
つたう涙は　花びらとなり
きなりの床に舞い落ちる

森はまだ眠っている

薄明の空に
鵯の声だけが響いた

扉

松川未悠

掴みそこねた腕の先に
田園の風景が
誰かがそれを祝福だとして
放り出された扉の向こうから
地鳴りが聞こえる

陶器の胸を高鳴らせ
あなたのゆりかごを
一息に掠めとると
からっぽだった
嵐のただなかに
海の真ん中に
罪から守る言葉があるはずと
足を引きずっていた

這いつくばる果てには
あなたのくれた金魚が映る
コップの中から透きとおる血の色を
わたしの顔に照らしていた

とめどない雨が金魚を逃がし
鏡の裏でゆりかごが埋まっていく
幕が開いた
誰かが息を呑む

ここが楽園だとして
自分の顔を探しながら
海の外の暗闇にとじこめられている
音のない斜陽のなかを
風景の籠が広がって
砂が吹き降りた
いじらしい白い花が
枯れ落ちて足元に
すべて夢であるようにと
ちぎった花弁が
坂を駆けあがった

眠るあなたと
下敷きになった大地
遠くにある青空も
悲しく濡れている
どれほど歩いても
似た廃園に立ち戻る

扉にもたれて
風がうつくしい花々を運ぶのを
鼓動のような地鳴りと
冷たいゆりかごと
そっと眺めていた

個人的な海

松崎太亮
海になりたいと少年はおもった

海を見ながらではない
そこに海があったなら
そうはおもわなかった

少年は海になりたがる

少年はただそこにありたい
淀むことも
荒れることもなく
たゆたっていたかった

少年がなりたい海とはほんものの海ではない

大人になることを少年は
薄くなることだとおもっていた
カワが硬くなって
くり抜かれてしまって
何かが死んだのだと知った
少年という個人的で狭い海はよくにごる

その海はいつも
色をさがしている
午前の光の反射と
午後の風がつくる襞を
色とかれは定義づける

海になりたいと少年は再度おもう

人ごみの中を
雲がよけるように
知らない誰かが駆けていく
（切り揃えられた髪の残像はため息の合図だ）

だからぼくは海にならねばいけない

海になりたい

鰯

堀綾乃

空を鰯が飛んだ日に、
遠く彼方で雨が泣いた。
水がなければ生きられないのに、
それでも飛んだ、彼を想って。

ビニール傘を差そう、
一昨日買って壊したそれを。
骨を伝う涙が私に垂れて、
赤い血潮が燃えたぎるように。

涙が枯れた黄昏に、
鰯はもう、居なかった。
溶けて崩れていく彼が傘に落ちて、
水溜まりを腐らせていく。

誰もが鰯を忘れた夜に、
次は鯨にでもなるのよと、
あなたはひとり、
泳ぎゆく。

誘導

竹田有美香

目を閉じて
真っ白な世界
気がつくと足元に螺旋階段があります
あなたはそれをゆっくりと降りていきます

　足を踏み出す
　一歩ずつ体の位置が下がっていく
　あたりは真っ白なので景色は変わらない

私が数を数えるごとに一段ずつ
ゆっくり
いち

　　まだ降りてはいけなかったことを知って
　　あわてて駆け戻る

に
さん

声があまりにゆっくりだから
はやく降りてしまいたくて勝手に足をはやめては
悪いことをしたような気分になって戻る
降りるごとに灰色がかってくる
薄汚れている？
ちがう、光が少ないだけ

よん
どんどん気持ちのいい場所に降りていきます
ご
ろく
さっきよりも白くて深い場所
　あわてて白くしようとしても
　光はすでに弱くなってしまっている
　言うとおりにできないと置いていかれてしまうの
　　だろうか

なな
はち
降りるごとに深い場所へ
もっと気持ちのいい場所へ
あと少し

きゅう
あと一段で到着します
　我慢できなくなって最後の段まで降りる
　底は白くて狭い部屋
　黒い革張りのひとり掛けのリクライニングソ
　　ファーと
　サイドテーブルと
　テーブルを照らすフロアライト
　床には本と布と紙と何かわからないものが散乱し
　　ていて
　部屋は荒れている
　すべての引き出しが半端に開いている
　足の踏み場がないから物を踏んでソファーにたど
　　りつく

じゅう
到着しました
ここはあなたのいちばん心地よい場所です
　いちばん心地よい場所
　それなら片付けないと
　本と布を両手に抱えて立ち尽くす

どこになにをしまっていいかがわからない
言うとおりにできなかったから
正しい場所まで連れてきてもらえなかった
でも私はこの場所をずっと大事に守ってきたような気がします

やさしい呪い

野口那穂

狭い部屋。空は見えない。でもこわくない。煌々と照らす蛍光灯があるから。そんな中に自分から飛び込んでいった虫たち。私を含め。光を求めて群がる蛾のようにどこか欲に忠実な貪欲さを隠し持っていた。と言うより何か答えや方法を探しに来ていた。あるいは何かを価値づけようとひどい色眼鏡をかけている。

狭い部屋。自然は何もない。でもこわくない。外へのドアは開かれているから。いつでも逃げられるようにできているのに、どいつも出る気配はなく静かに身を縮こませて座っている。自己を確立できていないのは私だけだった。

音が聞こえる。レコードだって。洒落てんね。何の意図があるんだろう。歌っている人が出ていた映画を一回借りて観たけれど、人に勧められただけだから三十分も持たなかった。

音が聞こえる。雑踏、雑談、雑音、邪魔だと踏みつぶしたくなるようなやかましさ。クシャリと潰されるのはハエである私。

音が聞こえる。かすかな声。男で女。人間で生物。多分宇宙。囁くように、独り言ちて、死んだように、喋って、話すように、聞かせて、叫ぶように、笑って、泣くように、伝えて、それが繰り返される。永遠の営み。これが人間の営み。宇宙の創造。なんだろうな。虫には分からない。理解しきれない。したいけど、したくない。誰も聞いていないのにこんなことをして。こんな状態でも何か満たされるのだろうか。でもそこから離れられないのは私。

そこは平地だった。
人がいた。
夢があった。
空虚がみえた。
愛がおちていた。

〝存在〟が存在していた。

狭い部屋。
音が聞こえる。
目の前には、いる。
ひどく手が震えている。落ち着けるかのように重ね合わせて力を込めた。忙しなく揺れていないと落ち着かない。どこか、どこか、そう、首を触っていないと呼吸を止めてしまいそうだ。足の指先で何かを掴んだり離したり。興奮しているようで、冷や水を浴びた時のように冷静。緊張しているようで、あたたかな陽を浴びた時のように穏やか。息を吸う音がいやに耳に残った。
切って、貼って、包んで捨てて。紡いで、解いて、壊して書いて。

とまらない。

なきたい。

とんでいきたい。

ねむっていたい。

わからない。

おわらない。

ここにきてしまったからには。
ただの虫けらでは済まされない。

私

中山歩笑

授業中、前に座った人のシャツの柄が、ぶつぶつしてい
　て気持ち悪くなった。
「そのシャツやめた方がいいですよ。」って、
言わなかった自分を讃えるべきか、言えなかった自分を
　罵るべきかはわからないけど、
「肉まんひとつ。」と言えなかった自分を、私は心底軽
　蔑している。
街中で中指を立てたり、奇声を上げなかった自分にも。

お腹がいっぱいになるのが好き。
体がいっぱいになって、もう何も入らないことが嬉しい。
階段を上がった時の段数と、下がった時の段数が一緒な
　ことに、ひどく安心する。
何も言えない自分が好きで、そんな自分が大嫌い。

「あなたと一緒に住むには、踏切が近すぎる。」
そんなこと言ったら、彼は私を特別だってなでたけど、
特別なんてありふれすぎているから、全然笑えなかった。
特別なんていらないから、僕と君は似ていると言って欲
　しかった。
キラキラネームだから、二十歳なのに名前が記号のまま
　で、
今までの全部これのせいだって、
あいさつができないのも、泳ぎが下手なのも、歯を出し
　て笑えないのも、
全部これのせいだって思ってる。
掴めなくて、崩れていく。飲み込めなくて、吐き出す。
名前で呼んで。安心させて。それは記号で、それは、私。

変な人

有川綾音

変な人　そこにいる

変な人　そこにいる
変な人が口を開いて
変なことを言う

変な人が変なことをする
何も変じゃない

変な人　普通のことをする
普通じゃない

変な人　変なことしなければならない
　変なこと言わなければならない

いやだ

変な人　普通のことをする
　普通のことを言う

それが変な人

西日におちた僕たちの空洞

小堀満帆

吸って、吐いて、アイシテル。

吸って、吐いて、アイシテル。

吸って、吐いて、アイシテル。


「あたしならジプシー・ローズになれる」と言った極彩色をしたあの子のはらわたを抉ってやりたい。

「キミに友達や恋人がいなくなってもあたしがキミを愛しているよ」と言ったからっぽの君に愛にもランキングがあることを知らしめてやりたい。


きっと君は世界が終わる時、ひとり空を見上げるより大好きな彼氏とコンビニおでんをハフハフと食べながら幸せな最期を迎えるだろう。

君が彼氏の家の犬を殺そうとしたように、私は君の彼氏を殺してやりたいけど「そんな彼氏別れちゃいなよ」って言うので精一杯で本当は君のこと大好きなのかもしれない。


かえりみち。西日におちた僕たちの空洞はモラトリアムって呼ぶらしい、ウケる。


道徳も倫理も法律も宗教も届かないところで僕を見つめてよ。

君の思うような子じゃなくても僕を愛せるか、試してみよう。そうでもしないとなにも信じられないんだ、ごめんね。

むきだしの果てが愛だなんてどうしても思えなくて、正直愛がなんだとか面倒だ。

愛も憎悪も結局は気分で、愛を信念にするなんていじっぱりだと、君をひとりぼっちにさせてやりたい。

本気で愛してるからなに？　なにをもって愛と証明するのか。泣いてる時に抱きしめてくれることが愛なのかな。

愛とかいう瞬間的で不確かで証明しようがないものを、言動や感性だけで安心できるほどバカになれない。


ごめんね、せめて君の悲しそうな顔を冷凍保存して毎日食べるよ。

でもねそれでも君との初夏、かえりみち、涙と鼻水でグチョグチョになった私の顔を舐めてくれた時、本当にうれしかったよ。


さよならをおしえてくれてありがとう。

崩れない抱擁

黒住葵

コンクリートください
じゃんじゃんくださいよ
汚れても構わないですから
ひさんじゃないですから

好きなんです
あなたが作ったんですから
この分厚いかべ、あなたが作ったんですから
それになりたいんです

今どう見えますか
と　いうか　ちゃんといるんですか　私
埋もれてるんですか
真っ白なコンクリート　あなたもいる
私　たち　溶けてるんです
か

出来ないです　これじゃ　い　きで　きない　で

４５３８２９６７１　２６５０６３２１０９０１０１
４２６０６４２
１０１０５７９８１１２５５５６

みっかは経　ちました　これ　やっぱ　り　コンクリ
——ト　じゃな　いです
聞こ　えますよね
同　じじゃな　いですか　同じじゃないで　すか
もっと　は　なしましょう　話しましょう

愛が呪いになる前に

高杉葵

与えられる愛を捨ててしまいたいと思う自分が許せない
愛を溢れるほど与えたがるあなたが許せない

愛が飽和している
愛し愛されることを望みながら、渇望もまた望んでいる
だから私たちはもてあますほどの愛を他人にばら撒く

配ろうと思っても、捨てようと思っても、
飢えてる人間は都合よくは転がっていない。
もてあますことを嘆いても、それは贅沢なこと
私を満たした愛はもうそんなに美しいものではないのに

愛が呪いになる前に死んでしまいたいと思った

あなたにもらったアクセサリー。
少し大きいからカタチを変えて大切に身につけた。
あんなにも美しく見えていたのに
今はもう、色褪せてしまった。

たくさんもらうほど、もっと別のが欲しくなって
そんな私の感情と混ざって
引き出しの奥に眠った宝物は酸化していく。

愛が呪いになる前に死んでしまいたいと思った
駅前でポケットティッシュをもらった。
質が悪くてたまに役立つ。
大量にあって、誰にでもあげれちゃう。
そんなものを二つももらった。

一つはあなたにあげようと思った。

肌寒い季節
あなたがいつも鼻をすすっていたから
この質の悪いポケットティッシュを
あなたにあげようと思った。

それでもポケットティッシュはなくならない。
いつまでも、いつまでも
つくられる。配られる。
満たされる。もてあます。

愛が呪いになる前に死んでしまいたいと思った

黒くなって、こびりついて、もう私の身体には小さすぎる。

きっとあなたは気づきもせずに綺麗でしょうって何かを
　くれる。
私はそれを拒絶できずに引き出しはサビで溢れる。

愛が呪いになる前に死んでしまいたいと思った

あなたにもらったこの美しいものが、もう美しくないと
　気づいてしまう
美しくないから捨てたいと思う
引き出しが溢れてしまうから、捨ててしまう

雑踏の中でボロボロになっていく大切だったものから目
　を背けると
あなたが愛を抱えて微笑むから
この愛が呪いになる前に死んでしまいたい
そう思った

愛が呪いになる前に死んでしまいたい

愛が呪いになる前に

あの、その、いまの、

齋藤碧

あなたにこれを言ってしまうのは、
少し忍びないけれど
あなたが持ってるそのラジカセ
もうあなたが思ってるラジカセじゃないよ

時間って止めどなく流れていくものだから
あなたにとっては
あの時、あの音楽、あの声を懸命に流してくれていた
あの愛しいラジカセなのかもしれないけど、
いまはもう違うから、
もうあのときのラジカセじゃないから

いまの、それを、みてあげてよ
あの時、あの音楽、あの声を流してくれた
あのラジカセじゃなくて、
いま、そこにある、
あなたが持っているそれを、愛してあげてよ

そりゃ、愛なんて全部嘘だけど、
言葉なんていつでも嘘にできるんだから、
いまのそれを、いまのを愛させてよ

純愛

中久喜葵衣

ルビーで装飾された宝石箱をあけた
中に入っていたのは、醜い家鴨の死骸だった

鼻を刺す刺激臭
どろりと溶け出す目玉
一度開いた宝箱は、もう閉じなかった

海に投げ捨てた死骸は
温い海に沈んでいったが
宝箱だけは捨てられなかった

抜け殻になった宝箱を
強く、強く、抱きしめた

セピア色の空から溢れる酸性雨
焼ける肌も
痛む頭も
溢れた涙も
知らないふりをして

抜け殻になった宝箱を
強く、強く、抱きしめた

常温収集

高木元

あたたかいものが好きなので、あつめています。
うんとあったかいのがほしいです。

わたしの手足をつくりだす、朝の光のあたたかさ。
さっきまで誰かが座っていた、名無しの椅子のあたたかさ。
シャーペンの芯でひっかいた、ノートの上のあたたかさ。
たくさんのものがつまってる、ごみ箱の中のあたたかさ。
わたしの髪も溶けていく、お風呂の中のあたたかさ。
どこかへ消える前の、毛布の中のあたたかさ。

みんなあたたかい。
わたしもあたたかい。

あたたかい。
あたたかいもの、あつめています。

生まれてきてから
ずっと常温で放置されているので

ほんとうは何もいらないのかもしれない。
冷たい虫がくる前に
その羽音を溶かしたくて
わたしがわたしの輪郭を
食べてみたとき
「それはちがう」と虫に言われた。

ください。
あたたかいもの、あつめています。

この世界は、あたたかいものであふれていて、
表側にも裏側にも、血はあって、
空はどくどくと脈打って、
やっぱり雨は、あたたかくて、
階段から落っこちる夢を見たり、
電車と頬ずりする夢を見たり、
雨粒が腐っていく夢を見たりするのは、
この世界が、あたたかいからかもしれない。

こうするしか、ないのです。
あたたかいもの、あつめています。

鳥に脳みそをついばまれながら、
明日の天気と温度を決めて、
ごみ箱の蓋から逃げまわりながら、
瞼の裏を通る虫のことを考えて、
それから、
それから、

あたたかいものが好きなので、あつめています。
うんとあったかいのがほしいです。
うんとあったかくて、うんとつまらないものが、ほしい
　です。

終わる日

櫻糀瑚子

わたしたちは少しだけ本当になった、
わたしたちは少しだけ本当になったが
もう消えてなくなって忘れる。

ビルだらけの風景を抜け、
帰りの電車の窓は一瞬
夕陽でいっぱいになった。
その弱い光になぜか車内のＬＥＤ電灯が負けて
乗客みんなに黄金色が
ふりそそぎ、
ふりそそいだ

スマホを見ていた人
明日を思ってうつむいた人
音楽を聴いていた人、
みんなが顔を上げて窓を見た
私も窓を見た。

弱いと思った光は直視してみれば
脳裏を焦がすほどまぶしい
美しさが　もたらす美しさで

万雷

わが子の首を吊るして捨てた
空にもくもく広がる樹々の
梢の雲に雷を引っかけ
そいつで首を吊るして捨てた
万雷　がらがらと降る　夏

わが子の首を吊るして捨てた
汗ばんで青い
小さな言葉のわくらばを捨てた
傷も襲も
真綿に包んで絞めて捨ててきた
稲妻を一目見るために

わが子の首を吊るして捨てた
人殺しだとか傷だとか
愛憎だとか
戦争だとか
飢えや恋　夢やつわりも
なに一つ知りはしないのに
そんなことばかりうたわせてごめんね

小路日向

そう思いながら吊るして捨てた

わが子の首を吊るして捨ててきた
あたしはほんとは日陰より
海の匂いがするアスファルトや
プラタナスが落とした木漏れ日や
通学路のひまわりの伸び方
どんな色にも合わせる空気
遠くの雲は透明なこと
夏の空は重くて青いこと
月より眩しい宵の明星に
空を見上げる瞳の美しいこと
そんなことばかり見つめてたいのに
万雷は嵐が連れてくるから
みんな嵐の詩だけを書く

一瞬の栄光に首を捧げた

わが子の首を吊るして捨てた
わが子、おまえが落とした雨を
口をあけて飲む人々が吐く
きたいがまたいつかおまえになるよう
ちゃあんと遠くへ行っておいでよ
遠く
あたしの知らないところまで

ハッピーエンド

佐藤晴香

路地裏に咲く花に　水を
深海に漂う魚に　空気を

ガラスの薔薇を綺麗だと言わないで
優しく頬をつたわないで

悪役に死を
勇者に栄光を
それが　はっぴーえんど　だから

雨上がりの深夜5時
僕は歩き出す
傘をさし
もうここにはいられない

湿った土の匂い
生温い風
滴る葉の落ちる先には
こんな跡もあったのだと
のみ込んで

走り去る車の排気ガス
迫りくる足音
どこかの誰かの声がする

静寂

全ては終わったのだと　悟る
僕はもうそこにはいない

カラ

亀井玲太

優しいニュースをつくります
傷付かないニュースをまとめます
そこから徐々にヒトが消えていくのを見ていた

その白は純潔の模倣で
祈る手の中に閉じ込められた
光の中の悦びに哭く
からだ
いずれ手放さなければならない

天地を返したが故の
廃都の雪

お前たち

島﨑希生

光明らしくあるな。

確かな地の上に二本の足で立つ、
お前たち。

自然を愛し温もりを重んじる、
お前たち。

好かれるために好きになることができる、
お前たち。

知らぬが故に知りたがる、
お前たち。

愚かなのはお前たち。

お前たちは、
力を合わせ、
誰かに憧れ、

未来を思う。
それは愚かに違いない。

お前たちは私に手を差し伸べるが、
まるで、何も、わかっていない。

光明らしくあるな。

私は誰にも許されない。
私が許す者だから。
私に許されたいならば、
お前たちは愚かであれ。

光明らしくあるな。

認めるな。
受け入れるな。

時代の波が、
いくら高く、
高くとも。

お前たちは私を、

傷つけ、
排除し、
笑い、
嘲笑い、
遠慮をせずに、
殴れ。

私を許すな。
私が、
愚か者みたいじゃないか。

腫れ物に触るように、
大切にするな。

光明らしくあるな。

許されたいのではない。
お前たちにも、
苦しんで欲しいだけだ。

健全な心

太田和孝

小さな土手に目を向けると
子供が泣きながら
坂を登り下りしていました
子供は
首輪のついた子犬の手綱を自らの首にかけ
坂を走っていました
登る時は子供が先頭で
下る時は子犬が先頭でした

私はその様子を
老犬と眺めていました
私は
老犬の首輪に繋がった手綱を
首に結んでみました
そしてそのまま
子供と子犬を眺めていました

子供と子犬は
既に自然と一つでした

水彩画のように
輪郭が滲んで
私の眼が捉えた景色以外が
存在しないような感覚に陥りました
子供と子犬は
似たような声を発していて
それらは小さな命の喧騒と
まろやかに混ざり
湿度となって
私の耳を擽りました
私と老犬は
取り残されていました
白紙に垂れた
一滴の水のように
溶けて
動けなくなっていました
動きたくないと
思っていました

途端
老犬が吠えました
子供と子犬に向かって
老犬が吠えました

その瞬間
私は泣きたくなりました
泣き声を出して
混ざりたいと思いました
老犬の咆哮に
臆する色もなく
走り続ける子供と子犬とともに
満ち満ちたメルヘンに
混ざりたいと思いました
そんなことは
私にはできなかったのですが

私は踵を返して
墓地に向かって歩き始めました
老犬は
私の首に結ばれた手綱に引かれて
ゆっくりと
私に着いてきてくれました

けもの

岩本里菜

ねむりにおちる瞬間の
あのしんとした　すてきな気持ち
濁りのない沼の底の底を
掻きまわして踊っているんだ

（あたしは待っている）

あたしはよわくてちっぽけ
大きくて　キバがあって　毛皮があればいいのにな
そしたらでっかい身体をまるめてねむるよ
鐘が鳴るように歌って
木の実をかじって生きるのに

朝だ　ひかりがやってくる
（それはあまりにもまばゆすぎて）
あたしの肌をすべり　毛穴に流れ込んで
あたしの体内(なか)をめぐってゆく
そして　はじけて・はじけて・はじけて……

いつも破裂だ

（あたしは定義されたい）

たたかうこと／まもること
毛皮のなかのじっとりした皮膚を抱きしめている
でっぷりとおおきなおなかの
けものになるまでは

（とっておきのたのしみなんだ）

ぜんぶだいすき

浦川大輝

『ものに罪はない』なんて言うけれど、やっぱりあると思うんだ。罪。

生きた時間と、すえたにおいと。何枚も何枚も重なり合ったその重みが、女神さまにダメと言わせるんだ。

あなたと誰かが笑った時間に、私はほかのだれかと笑っていて、永遠が永遠をむしばんで、どこまでも失わせるような現実の低体温が、私の背筋をゾクリとさせる。

ひとりぼっちのマグカップをこっそりコンクリートで叩き割るみたいな背徳感であふれたぐしゃぐしゃの脳漿が耳の穴から漏れ出して、ここぞとばかりに私たちがすすりあったドロドロのでろでろのなまたまご。

夜が明けたらそんな夢も見たっけ、と。

痛みはなれるというけれど、罪はなれるというけれど。
いやなことは嫌で、
好きなことがすき。
そんなシンプルじゃダメかなぁ…
明日の天気とか、選挙結果とか、家賃とか
今は全部全部食べちゃいたいくらいで。

ほんとは簡単な形で味なんかしないから。

触感も無機質で、つるりと機械的で。

だから噛んだらきっと歯がダメになっちゃうから、みんな解けるまで優しく優しくなめ続けてるんだね。

いちばんも二番もないから
私はどこまでも
だからなんもない
けどぜんぶもってる
誰のものも見えないから全部私のもので
だから全部みんなで仲良く
わたしもあなたも、あなたも。
。

おばけなんてないさ

市来陽

孤独なんてないさ
孤独なんて嘘さ
寝惚けた人が見間違えたのさ

なんにも寂しくないさ
空はつながっていて
出会い方が違えば八〇億人と恋人になれた

大丈夫、僕にもっと文章表現の力があれば
世界観をコントロールできれば
誰にも似てない作品が書ければ
歴史を勉強すれば
媒体と一体化すれば
研鑽、研鑽、研鑽すれば
芸術なんて興味ない君だって
僕じゃなくあの子が良かった君だって
僕を好きになるはずさ
そしたらとっておきの
僕がほしかった型番の

いちばん素敵な近道をあげるんだ
だけどちょっと　だけどちょっと
詩を書くとき、僕だって悲しいな

臆病のなかの太陽

岩﨑優奈

わたしのうつくしいこころは
いつしか、戦争という
不回避な恐怖によって
廃れていった　かわいそうになった

こんなふうに詩を書きながらも
あたたかい布団に包まれている自分が
きもちわるいとおもう
どう書けば良いかと思う
私の言葉は本当に言葉なのかと疑っている

こうして何かを現して
訴えている間にも
ひとはひとをころし、ひとはひとにころされている

でも止まらない、止まれない
とめたら、それこそ本当にこの世界の終わりなのだと
思う、そんな時も　わたしは山手線の駅のホーム

わたしがホームからさったあと
すぐにそこで、飛び降りがあった
わたしは帰るまでそれを知ることはなかった
死は
地球の一つの小さな
現象にしかならないのかと
虚しくてたまらない

わたしがしぬとき
何かを残せていたら良いと思う。
しぬまえにだれかを救えていたら
良いと思う

救うことは、こわいことだとおもう
一度救ってしまえば、その責任を全うして
そのひとがしぬまで
関わっていかないとだめだとおもうから
だからわたしは
一対一では救えない
こうやって私を言葉に染みさせることで
すくうこと
駅でいつもみる
看板をもっている
たすけて、といっているお兄さん
いつも救えなくてごめんなさい
あなたをずっと救っていける覚悟は
わたしにはないのです
いつか、わたしにも、そのバチが当たるのでしょうか

せめてものわたしにできることで
その文章をきちんと全て読んだ
でもそのひとにとったらわたしは
助けてくれないすれ違うだけの大衆なわけで
そういう、ものに
わたしは、すくなくとも
ずっと、ずーーっと
なっているだけなのか

でも、あきらめられない
絶対に世界を変えたい
そうおもって、そういうことをしてくれた人たちの後ろを
きちんとついていきたい。そしてついてきてもらいたい

この詩も、そのひとつなのです。

こたえはなくても、言葉はあるから。

その点の向こう側には

樫原りさ

芯から体が震えて
喉の奥が痛くなって
腹に力が入って
鼓動が体に響いて

線は太くなって
形を成していく
未知なるものへと変形していく
おおわれて　おおわれて　何も見えずに
私はミジンコになる。

視界がぼやけて先が見えない一点
その点の向こう側を見ようとしている。

視界がぼやけて先が見えない一点
その点の向こう側を見ようとしている。
頭が溶けていって
目の力が抜けて
からっぽになる。

瞳孔の中にあるちいさな小さな一点
その点の向こう側にそいつがいたら
大げさにすっころんで
ちらりと影を伺って
そいつが消えるまで倒れてる。

すべての景色の境の一点
その点の向こう側にあなたがいたら
点が増えて
点が更に増えて
千にもなって
線になってゆく

居場所

桑田日向子

温い電車の空席に座ったまま、はしっている。

はしる電車に乗ったまま、違和感のある温もりに身を委ねて、ゆられている。

生温かいぬくもりを与えられて、ただ座り続け、そんな揺蕩う安心感によって心の穴を埋めることしかできなかった。

与えられた居場所、この列車の温い席のようであった。

お尻が暖かい、足がやけに暑い。上半身にかけて冷たくなっていく。

頬はこわばって、時にぎゅうぎゅうの車両の温度で暖かい。


居場所、ここであると思っていたが、手がずっと冷たいままで、物足りなくて、時に緊急停止して、降りてしまいたくなる。

この生ぬるさが、半分溶けたチョコレートが、私をドロドロにしてくれない。


居場所、うたた寝しながら乗るには心地が良い。ズボンの中のチョコレートがドロドロに溶けたことだってある。

普段はズボンのポケットにチョコレートなんて入れないのだが、ズボンに入れてしまった日には、溶け切って一度ズボンも洗濯しなきゃならない。

一度洗ったズボンは、皺がなくなってピンとして、固くて、履いていると背筋がシャンとしてくる。


居場所、よく晴れた日に新しいズボンで、またぬるい空席に座る。一週間もしてくると、またしわがついてきて、今度は飴が溶けていたりする。

入れないようにしていたのに、またしまってしまった。

ドロドロに、溶けている。


繰り返す。わたしの居場所は繰り返す。生ぬるい空席を私に用意して、線路の上を走って、また目の前にやってきて、私は、また乗車する。

エピゴーネン

水戸まどか

ねえ、君に、帰る場所なんてないんだよ
君はふつうじゃないみたいだから
わたしの上で踊ってよ

またね、って言ったんだから
ちゃんとまた帰ってきてよね

ふつうに戻してあげたいな
なにか、気の利いた言葉をかけて、
ふつうに戻してあげたい。

卒業しちゃうね
卒業制作、どうしようね
集大成なんて大層なこと言って
ごみを集めて手垢まみれのおにぎり握るだけ
今時百円で美味しいおにぎりが買えるのに
何千、何万もかけて、どうしちゃったの

マイナンバーカード、コンビニでコピーした後三日もコ
　ピー機の中に忘れた
でも誰かが店員に届けてくれたんだって
新宿のコンビニなのにね
新宿にも新宿じゃないひとがいるんだ
財布だったらダメだったのかな、なんて、
わたしって誰？

郷愁

阿部優希

大人になってしまったあなたへ。

哀しいかな。あなたはもう、大人になってしまったのです。

篠突く雨。あの時のことを思い出しては、太陽よりも美しかった世界に心の拠り所を求めていることでしょう。

あなたの歴史は、たしかに美しかった。

あなたはたしかに、美しかった。

心が痛む夜さえあれど、それは月が見えなくなる頃には、朝焼けとともに消えてしまった。


あの時の私よ。

哀しいかな。私は私を嫌いになってしまった。

ですから、嫌いなまま生き抜いてください。

哀しいかな。私は私を許せないのです。

ですから、許せないまま生き抜いてください。

死が、私と私を分かつまで。

死が、私と私を分かつまで。


大人のあなたは、美しい記憶の幼子を大事に抱き抱えて、
何よりも、強く、抱いて、決して離さないでください。

あなたはまだ気づいていない。

あなたはまだ、酔いつぶれて居酒屋のトイレに貼ってある薄っぺらいポエムを笑っています。

傍らには幼い私が、それを興味深く覗き込んでいるのです。

ある少年

桑島花佳

ごみをだす黄色い帽子の
小さな手にまとめられた白い袋
私の全身がうずめられている
袋の中で腐った生物たちを
食す間
少年に守られて私は誰にも見つからなかった
少年のあたたかな手
白く濁る空に時折過ぎる影は
ある日袋を突き破り
私を暗闇へと誘った
少年についてのかすかな記憶は
名前しかすでになかった
名前を呼べばそこにいた
守るもの　守られるもの
きっと高く天に吸いとられていき
少年の家は遠く
遠くの海へ旅をする

ふたつ

山田教太

拳を握っていたら殴りたくなるのがこわくて、ピースサインにしてみたんだけど、そしたら目潰しをしたくなっちゃうからあんま意味なかった。ひとさし指の爪となか指の爪の色が違う。違う色に塗ってるから。爪を上向きに、指をキンと伸ばして、ゆっくりあなたの眼へ動かしていく。ふたつの色が動くのがきれいで僕もあなたも見とれてしまう。あなたは見ていただけで見とれていなかったのかもしれない。あなたの頭はやがて動きはじめる。ふたつの色から逃れるように動く。ふたつの色はあなたの眼に向かって動き続ける。

＊

私のことを知っている人に聞いてほしかった。
と言われた。
あなたしかいなかった。
と言われた。
僕はあなたのことをあまり知らなかった。

＊

壁があって、あなたの頭はやがてそこに辿り着く。ふたつの色があなたを追い詰める。

＊

何度も会えば何度も話せば知っていることが増えていくと思ったけど、知っているような気がするのに本当は知らないこと　がそれよりも増えていくからあんま意味なかった。

＊

ふたつの色であなたを追い詰めている。ひとつは私が選んで、もうひとつはあなたが選んだ。ふたつの色はあなたに辿り着く。あなたはふたつの色を見ている。私は見とれている。

出られなくなりました

村上空駿

目が開くと、四方八方に海が広がっていて
今まで見ていたものが嘘であることに気がつきました
想像力は自殺の海だと夢の中では信じていました。
そう信じられなくなった今では、ただ黒くうねる波の厳しさと、
浮かんでは沈んでいく木々の揺らぎだけがあります。
泳いでも、木や土のように形としてあり続けることはおろか、
そもそも海に入るのを拒まれているようにも思えてきます。
泣くことも誰かを求めることも、ばからしく思いました。
目の前にある、その現実がひたすらに流れていることだけが目に映りました。
寒さに耐えられないので、家をでっち上げる事にしました。
思った通りに頑丈で暖かな家ができました。

誰かが、何人か、その中にいて、いろいろ喋っているので、
私はその家の外に漏れてくる暖を取り、死にませんでした。

家の中の人間は何かを話して、時に笑い、時に神妙になり、
すごく気味の悪い物でした。
自分がでっち上げたものだから、このまま自分を押し潰すと思います。
でも何より、彼らが、彼ら自身であり続けることができないことが
すごく寂しいことだと思いました。

それは全て同じことでした。
今は遠くの島があることを祈って、水平線を見つめるばかりで、
ここから出られなくて、私の神はその程度かと落ち込んだりしています。

山と赤ん坊が黙って

山内琉大

赤ん坊の隣に居る赤ん坊が私の後ろの方を見てる。
赤ん坊の隣に居る赤ん坊が赤ん坊の真似をしている。
赤ん坊の隣に居る赤ん坊が赤ん坊の真似をしている。
赤ん坊の隣に居る赤ん坊が私の後ろの方を見てる。
木の枝から葉までがそれぞれに重ならないようにつつましくサイジーで生えている。
二人の母親は俺をすり抜けて、赤ん坊の口を開けてぶーんと振ってやれば、
赤ん坊らは満足そうに寝呆けてしまった。

無臭のよだれかけが風に答えるようにひらめく。
飛んでいった靴が足に帰ろうと歩いて来る。
瞑った瞼の裏できっと確かに自分を見ている。
空を飛ぶ若鷲の羽は大地に落ちれば蒼いまんまである。
黙ったまま全てを告白している。
赤ん坊の隣に居る赤ん坊がまた断りなく私の後ろの方を見てる。

オ？オ？やまびこが私の名前を呼ぶ。

オ?切って繋いだ指紋の一本を辿る
オ?オ?どの虫の叫びが輪唱になる。

オ?足跡をつけずに歩く人間の方法。

オ?二山越えた先の村に住む親を想い瞳の限界を越えようと山頂からその地を望み続けた彼女はとうとう大きな岩となりぎりぎり山と同化した。

オ?オ?オ?その岩が斜面を転がり砕けちまった物がつけもの石の始まりらしい。

オ?オ?オ?オ?今、私の祖母の家にもつけもの石は無い。無いなら無いでまた山に帰ればいい。オ?瞳の限界を越えた時に彼女は岩になった。

オ?帰る山もないこの地をまた選ぶなら、私がどうにか食してやりたい。

オ?赤子がつけもの石になる。赤子がつけもの石になる。

誰かが私の名前を呼ぶ。切って繋いだ指紋の一本を辿る。どの虫の叫びが輪唱になる。


オ?オ?オ?どの虫の叫びが輪唱になる。ガーベラの様子を真似した花が愛おしくガーベラの顔をしている。ガーベラの様子を真似できぬ花がもしも確かに咲いていたらどうする。

しーっ

柳生潤葉

うるさい

私の醜い味噌に話しかけている

どんな偉い人が、
どんなすごい研究者が、
どんな天才が、
美しいと言ったとしても

醜い。

うるさいから。

あなたには聞こえてないでしょう?

幸せな人の心は
静かなんだろう
真っ白なんだろう
水が滴る音すらしないんだろう

何も書いてない詩を書きたい

詩に何も
吐き出すものがなく、
書かなくても
報われるような、

静かな詩を、

しーっ

贖罪

藤吉直樹

最も美しい自殺を知ってる？
一九四七年に八十六階から飛び降りたエヴリン・マクヘイルの自殺だって
一度見て見なよ。あんな風に美しく自殺を約束されていたら皆飛び降りて死んじゃうね
けど自殺をしても醜いから、それできっといいんだ。
だってあんなに美しく死ねたらどんな人間だって芸術になれるんだから
芸術を高尚だと思ってるんじゃないよ。嘘、少しは思ってる。けど人間飛び降りる日は誰も芸術作品になること望んで飛ぶわけじゃないでしょ
入水もそう。毒もそう。電気も焼死も銃もナイフも、どれで死んだってみんなそう。別に全部汚くも醜くもないよ。腸こぼした死体があったらきっとソーセージみたいだって程にしか思えないもん
早く飛び降りたいのは汚い足跡をつけたくないからだし、血でこれまでの汚れ全部洗い落とすためだよ

無理だよ、そんなの。そんなの絶対に無理だ
償いの日はもうずっとずっと前に過ぎてるんだから、死で審判なんか覆せんよ、結局

証明写真の切れない非行少年

山﨑菜南

ナナ、君だけはここにいる

サリーとアンはチーズケーキを焼いたけど　わたしがそれを素足で踏みつけた
病的な青の証明写真が指と指の間から印刷されて　あなたは６４人に増えた
証明写真の切れない非行少年はもう居ない　わたしが８×８になった

ナナ、君だけはここにいる

「あなたはずっとここに居たら低温やけどしちゃうよ」
いつだって下りた踏切のその先へ行けたあなたはもう居ない
いつだって遮断機の前で目を瞑り、アクセルを踏めるような
ウインカーを出しながら目をつぶると流れ星が見えるんだよ
ファミリーカーの天井にマジックペンで描いた星空が
瞼の裏に明滅を促す　本当はここにあったんだ、天の川が

だけどナナ、君だけはここにいる

けろりと熱湯を飲み　前触れなく一度死んでみて
もう二度と産まないというエゴを　許してくれなくていいから
どうか返してよ　証明写真を斜めに切るあなたを
わたしを　漠然とした不安と苛立ちの隘路をゆくあなたに捧げるよ
いつかまたそれが輪郭を持てるまで　ありえなさに笑いすぎていてあげるよ

追伸　スピッツ『ナナへの気持ち』を聞いてください。

手中の恐竜

米山真由

手中に恐竜の歯がある
化石ではあるが　たしかに恐竜の歯だ
その恐竜の歯が　すっぽり私の手の中にある
このとき私は「恐竜と一緒にいる」と　思っていいのではないだろうか
優しく握りしめていると　次第に温度が高くなっていく
これは「恐竜の温度」だと　言っていいのではないだろうか

手中に恐竜の歯がある
両手でやっと納まる　暴力的な大きさをしている
この恐竜は　私よりもゾウよりも　クジラよりも大きかったのだろう
軽く叩くと　石をも穿つ強度を感じる
この鋭く重い歯で　動くもの全てを食べ尽くしたのだろう

中生代の景色を知っている　無知で歪なかわいい円錐
二本の逞しい脚で　地球のいたるところにスタンプを押したのだ
琥珀のように澄んだ瞳で　流れ出るマグマを見たのだ
手から溢れ出る透明な咆哮は　私にそう伝えている
間違いない　私は手中の恐竜の　その全てを知っている

ある朝のこと　私の恐竜の歯から　すらっと長い茎が一本生えてきた
その植物の名前を　私はどうにも知らなかった
植物が生えてくる歯のようなものについても　同様に知らなかった
手の中にあると思っていた　全て知っていると思っていた
知らないものを持っているのが怖くて　思わず地面に落としてしまった
鈍い音がして　欠片がそこらに飛び散る
温度が　生態が　思い出が　信頼が　その全てが幻想と散った
ようやく自分の　傲慢さを知った

病室

坂井悠姫

扉を開けると
力なく横たわった母は
眉を顰めて
私のことを忘れていた
宛てた手紙は
封を切られることもなく
ベッドの端にまとめられて
私は
あなたのことを忘れていた

カーテンが揺れて
雲が舐める夏の日差しが
床を白く反射させる
鼓膜を震う蝉の声は
止まっていて

ねえ
名前を教えて
くれませんか

アポロン

黒井花音

まちがえたのなかを生きている
ここにある窓も、窓枠も、そこに射す太陽のひかりのいろもかげも、たぶんおそらくそうではなくて、あなたのかおも、わらったかおも、「ああ」「なんかさ」「げんきだった？」本当はどんなつもりだった？

「こないださ」

「うん」

「おかあさん死んだんだんよ」

「うん」

「わたし」

「いままでまちがえたかな」

「まちがえてなかったら死んでなかった？」

「うん」


「げんきだった？」

「べつにうん」

「おかあさん泣いてたんよ」

「ずーと泣いてるんよ」

「おさらば！」

「おかあさんは情けないんよ」

窓のふちを指でなぞる
わたしの本当の窓
みどりの刺しゅう糸をつかむ
家が、ほどけていく
家がほどける

さようならは濁る
つなぎとめるようになん度も「じゃあね」をくりかえし
　たけど
やめてみることにした
「ほな！」

あっけらかんが光る
かわいた温度がさえずる
この太陽のかみさまのホール
ここではいつかのわらい声

どれあれそれこれ　そのどれも
ほんとうのところはちがうこと
それでもあるから今はまかせる
まちがうために生きてゆくこと

江古田文学

令和5年7月25日発行
vol.43 no.1 2023
113号

特集　連句入門

表紙画〈俳諧師図〉大山 海

「連句入門書」入門

「芭蕉連句入門書」入門
特別講座篇　佐藤勝明
座談会篇　佐藤勝明／浅沼　璞／高橋実里／日比谷虚俊
「蕪村連句入門書」入門　永田英理
「一茶連句入門書」入門　佛渕健悟
「現代連句入門書」入門　小池正博

「連句比較論」入門

浅沼璞　最終講義ポスター　伊志嶺勇人
最終講義レジュメ「全ての表現は型をもっている——連句＆ブルース」　浅沼　璞
ルポ最終講義「ぶんげい帝国」ライブ——最終回の再放送は無い　小神野真弘

「連句実作」入門

学生による「オン座六句」入門（文芸研究Ⅰ）エッセイ篇／作品篇
学生による「百韻」入門（文芸研究Ⅳ）エッセイ篇／作品篇
卒業生による「私の連句」入門　エッセイ篇／作品篇
日芸無心による「私の連句」入門　エッセイ篇／作品篇
俳人による「両吟」入門　オルガン連衆への質問状＆回答
座談会篇・座談会レジュメ・座談会／作品篇

「連句イラスト」入門　発句脇図　大山　海

「連句鑑賞・評釈」入門

鑑賞　連歌入門　上田　薫
虚栗集「詩あきんど」の巻　二上貴夫
毛むくじゃらの話——西鶴連載ブログ編集の弁　福田若之
ＷＥＢ西鶴ざんまい（抄）　浅沼　璞

江古田文学会
〒176-8525　東京都練馬区旭丘2-42-1　日本大学芸術学部文芸学科内
電話：03-5995-8255／FAX：03-5995-8257

［今号の執筆者紹介］（五十音順・敬称略）

青木敬士（あおき　けいし）
一九七〇年生。日本大学芸術学部文芸学科卒。仮想キャラクターの空間投影を価格破壊する「アミッドスクリーン」の考案と普及により、第一次ニコニコ学会βシンポジウムにてクウジット賞を受賞。ボーカロイド界隈では「アミッドP」の名で知られている。本業の文芸学科教授としてはSF小説などのエンタメ作品を指導。著作『SF小説論講義』（江古田文学）。

秋山実夢（あきやま　みう）
二〇〇二年生。日本大学芸術学部文芸学科三年生。

浅子陽菜（あさこ　はるな）
二〇〇二年生。日本大学芸術学部文芸学科三年生。

阿部優希（あべ　ゆうき）
二〇〇一年生。日本大学芸術学部音楽学科四年生。

有川綾音（ありかわ　あやね）
二〇〇三年生。日本大学芸術学部文芸学科三年生。

市来陽（いちき　みなみ）
一九九九年生。日本大学芸術学部文芸学科四年生。

猪又奈津美（いのまた　なつみ）
二〇〇三年生。日本大学芸術学部文芸学科二年生。

岩﨑優奈（いわさき　ゆうな）
二〇〇三年生。日本大学芸術学部演劇学科二年生。

岩本里菜（いわもと　りな）
二〇〇三年生。日本大学芸術学部文芸学科二年生。

上田薫（うえだ　かおる）
一九六四年生。日本大学芸術学部文芸学科教授。評論集『コギトへの思索―森有正論―』『布切れの思考―アラン哲学に倣いて―』（以上、江古田文学会）、『感性の哲学　アラン』（宝塚出版）、『虚空と私―『徒然草』を読んで―』『アランの思想』（以上、私家版）、『翻案朗読本　小栗判官と照手姫』『新版説経蜂子皇子物語』（以上、古説経・説経浄瑠璃研究会）、共著『一遍上人と遊行の旅』（松柏社）等。

梅元ゆうか（うめもと　ゆうか）
二〇〇二年生。日本大学芸術学部文芸学科三年生。

浦川大輝（うらかわ　だいき）
二〇〇二年生。日本大学芸術学部演劇学科三年生。

太田和孝（おおた　かずたか）
二〇〇一年生。日本大学芸術学部音楽学科四年生。

樫原りさ（かしはら　りさ）
二〇〇二年生。日本大学芸術学部文芸学科三年生。

亀井玲太（かめい　れいた）
一九九九年生。日本大学芸術学部演劇学科四年生。

熊本礼雄（くまもと　あきお）
二〇〇一年生。日本大学芸術学部文芸学科二年生。

黒井花音（くろい　かのん）
二〇〇三年生。日本大学芸術学部映画学科三年生。

黒住葵（くろずみ　あおい）
二〇〇二年生。日本大学芸術学部演劇学科三年生。

桑島花佳（くわじま　はるか）
一九九九年生。日本大学芸術学部文芸学科四年生。

桑田日向子（くわた　ひなこ）
二〇〇二年生。日本大学芸術学部写真学科二年生。

小林きら璃（こばやし　きらり）
二〇〇三年生。日本大学芸術学部文芸学科一年生。

小堀満帆（こぼり　みほ）
二〇〇二年生。日本大学芸術学部映画学科三年生。

齋藤碧（さいとう　あおい）
二〇〇三年生。日本大学芸術学部演劇学科二年生。

坂井悠姫（さかい　ゆうき）
二〇〇二年生。日本大学芸術学部文芸学科三年生。

櫻糀瑚子（さくらこうじ　ここ）
二〇〇二年生。日本大学芸術学部文芸学科三年生。

佐藤述人（さとう　じゅっと）
一九九五年生。「ツキヒツジの夜になる」で第二十四回三田文学新人賞を受賞。他作品に「墓と園と植物の動き」（『江古田文学』一〇五〜一〇九号）、「つくねの内訳」（『三田文学』一五一号）など。

佐藤晴香（さとう　はるか）
二〇〇三年生。日本大学芸術学部写真学科二年生。

潮屋伶（しおや　れい）
二〇〇二年生。日本大学芸術学部文芸学科三年生。

島﨑希生（しまさき　けい）
二〇〇二年生。日本大学芸術学部放送学科三年生。

島畑まこと（しまはた　まこと）
二〇〇一年生。日本大学芸術学部文芸学科四年生。

小路日向（しょうじ　ひなた）
二〇〇三年生。日本大学芸術学部文芸学科二年生。

ソコロワ山下聖美（そころわやましたきよみ）
一九七二年生。日本大学大学院芸術学研究科博士後期課程修了。日本大学芸術学部教授。著書に『宮沢賢治を読む』『検証・宮沢賢治論』（D文学研究会）、『ニチゲー力』（三修社）、『宮沢賢治のちから』（新潮新書）、『女脳文学特講』（三省堂）、『別冊ＮＨＫ　100分de名著　集中講義　宮沢賢治』（ＮＨＫ出版）などがある。

高木元（たかぎ　はじめ）
二〇〇三年生。日本大学芸術学部文芸学科二年生。

高杉葵（たかすぎ　あおい）
一九九九年生。日本大学芸術学部演劇学科四年生。

鷹林涼子（たかばやし　りょうこ）
二〇〇三年生。日本大学芸術学部文芸学科三年生。

多岐祐介（たき　ゆうすけ）
一九四九年生。早稲田大学第一文学部卒。文芸批評家。著書『批評果つる地平――現代作家論』『文学の旧街道――作家論』。

田口愛理（たぐち　あいり）
二〇〇一年生。日本大学芸術学部文芸学科四年生。

竹田有美香（たけだ　ゆみか）
一九九九年生。日本大学芸術学部文芸学科四年生。

谷村順一（たにむら　じゅんいち）
一九七三年、東京生。日本大学芸術学部文芸学科准教授。日本大学大学院芸術学研究科博士前期課程修了。二〇一四年より『季刊文科』で「同人雑誌季評」、『文藝年鑑二〇一七』『文藝年鑑二〇一八』『文藝年鑑二〇一九』の「概観　同人雑誌」の欄を担当。著書『『季刊文科』同人雑誌季評　２０１４冬～２０２１夏』（鳥影社）。

土屋允（つちや　まこと）
二〇〇一年生。日本大学芸術学部文芸学科三年生。

中久喜葵衣（なかくき　あおい）
二〇〇二年生。日本大学芸術学部文芸学科三年生。

中田凱也（なかだ　かいや）
一九九九年生。令和二年度日本大学芸術学部文芸学科卒業。現在、日本大学豊山高等学校・中学校非常勤講師。

中村寛人（なかむら　ひろと）
二〇〇三年生。日本大学芸術学部文芸学科二年生。

中山歩笑（なかやま　ぽえむ）
二〇〇三年生。日本大学芸術学部放送学科二年生。

野口那穂（のぐち　なお）
二〇〇三年生。日本大学芸術学部演劇学科二年生。

幅観月（はば　みづき）
一九九六年生。日本大学芸術学部文芸学科卒。日本大学芸術学部文芸学科助手。「黄色の瞳」で第三十六回日大文芸賞を受賞。

平野大（ひらの　だい）
二〇〇二年生。日本大学芸術学部文芸学科在学中。他に、評論「安川奈緒論　言葉の亡骸をこの手に抱えて」などがある。

藤吉直樹（ふじよし　なおき）
二〇〇一年生。日本大学芸術学部文芸学科四年生。

舟橋令偉（ふなはし　れい）
一九九八年生。日本大学大学院芸術学研究科博士前期課程文芸学専攻二年生。

古川慧成（ふるかわ　わんちゅく）
二〇〇一年生。日本大学芸術学部文芸学科三年生。

堀綾乃（ほり　あやの）
二〇〇四年生。日本大学芸術学部文芸学科二年生。

本多瑞希（ほんだ　みずき）
二〇〇二年生。日本大学芸術学部文芸学科三年生。

松川未悠（まつかわ　みゆう）
二〇〇一年生。日本大学芸術学部文芸学科四年生。

松崎太亮（まつざき　たいすけ）
二〇〇三年生。日本大学芸術学部映画学科二年生。

水戸まどか（みと　まどか）
二〇〇三年生。日本大学芸術学部デザイン学科三年生。

宮尾香凜（みやお　かりん）
二〇〇二年生。日本大学芸術学部文芸学科三年生。

宮澤なずな（みやざわ　なずな）
二〇〇三年生。日本大学芸術学部文芸学科二年生。

村上空駿（むらかみ　くうま）
二〇〇一年生。日本大学芸術学部映画学科四年生。

村山結彩（むらやま　ゆい）
二〇〇三年生。日本大学芸術学部文芸学科三年生。

八木夏美（やぎ　なつみ）
二〇〇一年生、日本大学芸術学部文芸学科在籍。

柳生潤葉（やぎゅう　ひろは）
二〇〇三年生。日本大学芸術学部放送学科三年生。

山内琉大（やまうち　りゅうた）
二〇〇三年生。日本大学芸術学部演劇学科二年生。

山﨑菜南（やまざき　なな）
二〇〇二年生。日本大学芸術学部文芸学科三年生。

山下洪文（やました　こうぶん）
一九八八年生。日本大学芸術学部文芸学科専任講師。詩集『僕が妊婦だったなら』（土曜美術社出版販売）、評論集『夢と戦争「ゼロ年代詩」批判序説』『よみがえる荒地　戦後詩・歴史の彼方・美の終局』、編著『血のいろの降る雪　木原孝一アンソロジー』、監修『実存文学』『実存文学Ⅱ』（以上、未知谷）。実存文学研究会会長。

山田教太（やまだ　きょうた）
一九九六年生。日本大学芸術学部文芸学科二年生。

山本りさ（やまもと　りさ）
二〇〇三年生。日本大学芸術学部文芸学科二年生。

楊逸（やん　いー）
一九六四年、中国ハルビン生。お茶の水女子大学文教育学部地理学科卒業。作家。『ワンちゃん』で文學界新人賞、『時が滲む朝』で芥川賞受賞。著書『金魚生活』『孔子さまへの進言』『逆転の魔女』（文藝春秋）『すき・やき』（新潮社）『陽だまり幻想曲』（講談社）『楊逸が読む聊斎志異』（明治書院）『獅子頭』（朝日新聞社出版）『あなたへの歌』（中央公論新社）他。日本文藝家協会会員。日本ペンクラブ会員。近作『蚕食鯨呑——世界はおいしい「さしすせそ」』（岩波書店）『エーゲ海に強がりな月が』（潮出版社）など。

米山真由（よねやま　まゆ）
二〇〇一年生。日本大学芸術学部文芸学科四年生。

第 55 号（2004・冬）演劇論・身体論
第 56 号（2004・夏）世代を横断する小説弾と今
第 57 号（2004・秋）第 3 回江古田文学賞発表／新潮新人賞・佐藤弘に訊く
第 58 号（2005・冬）インターネットと文学の現在進行形
第 59 号（2005・夏）萩原朔太郎
第 60 号（2005・秋）しりあがり寿／第 4 回江古田文学賞発表
第 61 号（2006・冬）いま、三島由紀夫を考える（在庫なし）
第 62 号（2006・春）チェーホフの現在
第 63 号（2006・秋）天才 左川ちか／第 5 回江古田文学賞発表（在庫なし）
第 64 号（2007・冬）記号論の現在とコギト
第 65 号（2007・春）谷崎潤一郎
第 66 号（2007・秋）団塊世代が読むドストエフスキー／第 6 回江古田文学賞発表
第 67 号（2008・冬）名無しの才能・ニコニコ動画に集うクリエイティブ
第 68 号（2008・春）夭折の天才詩人・長澤延子
第 69 号（2008・秋）太宰治・生誕百年／第 7 回江古田文学賞発表
第 70 号（2009・冬）俳句の正体を知っていますか
第 71 号（2009・夏）尾崎翠と林芙美子
第 72 号（2009・冬）「オレ様」の文学／第 8 回江古田文学賞発表
第 73 号（2010・冬）吉行理恵　詩の魅力とその生き方
第 74 号（2010・夏）若い世代が問う秀英「論文」集
第 75 号（2010・冬）同人誌の変遷・第 9 回江古田文学賞発表
第 76 号（2011・冬）信じることと、生きること／追悼　大野一雄―103歳の生涯と芸術―
第 77 号（2011・夏）林芙美子　没後60年
第 78 号（2011・秋）イギリスの魂を見る／第10回江古田文学賞発表
第 79 号（2012・冬）ポップ・ステップ・ジャンプ
第 80 号（2012・夏）若い世代が問う秀英「論文」集Ⅱ
第 81 号（2012・秋）林芙美子　生誕109年／第11回江古田文学賞発表
第 82 号（2012・冬）ドストエフスキー in 21世紀
第 83 号（2013・夏）インタビュー　富岡幸一郎／講演　よしもとばなな
第 84 号（2013・冬）「白秋期」の詩人たちの恋愛詩／第12回江古田文学賞発表
第 85 号（2014・春）創作　又吉栄喜　塩野米松　小檜山博
第 86 号（2014・夏）研究者からみた「現代文学は何処へいくのか」岩佐壯四郎　山内洋　紅野謙介　中島国彦
第 87 号（2014・冬）創作　藤沢周　蒲田あやめ　村上政彦　古屋健三／第13回江古田文学賞発表
第 88 号（2015・春）創作　青来有一　三田誠広 他　インタビュー　川村湊
第 89 号（2015・夏）処女作再掲　津島佑子　狐を孕む
第 90 号（2015・冬）「現代詩」を考える／第14回江古田文学賞発表
第 91 号（2016・春）講演 吉本ばなな　本当の癒しとは／処女作再掲 金井美恵子　愛の生活
第 92 号（2016・夏）処女作再掲　絲山秋子　イッツ・オンリー・トーク
第 93 号（2016・冬）第15回江古田文学賞発表
第 94 号（2017・春）講演　吉本ばなな／増田みず子
第 95 号（2017・夏）対談　西洋と日本近代文学（Ⅲ）岸間卓蔵・堀邦維
第 96 号（2017・冬）文字から声へ／第16回江古田文学賞発表
第 97 号（2018・春）動物と文学
第 98 号（2018・夏）この世界の終わりかた
第 99 号（2018-9・冬）創造のメソッド／第17回江古田文学賞発表
第100号（2019・冬春）江古田文学100号記念号
第101号（2019・夏）特集　九〇年代／平成三〇年度卒業論文・作品
第102号（2019・冬）特集　説経浄瑠璃 三代目若松若太夫／第18回江古田文学賞発表
第103号（2020・春）小特集　短歌の楽しみかた／令和元年度卒業論文・作品
第104号（2020・夏）小特集　スポーツ／令和元年度卒業論文・作品
第105号（2020・冬）第19回江古田文学賞発表
第106号（2021・春）令和二年度 卒業論文･作品から
第107号（2021・夏）特集・ドストエフスキー生誕二〇〇周年
第108号（2021・冬）特集・日藝100周年記念号／第二十回江古田文学賞発表／第一回江古田文学賞高校生部門発表
第109号（2022・春）特集・創作の「いま」を見つめる／宗田理　再録「雲の果て」＆インタビュー
第110号（2022・夏）特集・石ノ森章太郎
第111号（2022・冬）特集・小栗判官
第112号（2023・春）令和四年度 卒業論文･作品から／第二十一回江古田文学賞発表／第二回江古田文学賞高校生部門発表
第113号（2023・夏）特集・連句入門
第114号（2023・冬）特集・日本実存主義文学

江古田文学バックナンバーのご案内

通信販売のお問い合わせ先　日本大学芸術学部文芸学科内 江古田文学編集部
電話 03-5995-8255　FAX 03-5995-8257
〒176-8525 東京都練馬区旭丘2-42-1

復刊第１号（1981・冬）
第２号（1982・夏）中国における日本文学
第３号（1982・冬）
第４号（1983・夏）
第５号（1984・春）寺崎浩の自画像
第６号（1984・秋冬）中国から見た日本の文学
第７号（1985・春）
第８号（1985・秋）詩人・山本陽子
第９号（1986・冬）中国における日本文学の現在
第10号（1986・夏）追悼・土方巽
第11号（1987・冬）高知詩人
第12号（1987・春）鼎談・ドストエフスキーの現在
第13号（1987・秋）詩人大川宣純の世界
第14号（1988・春）詩人 山本陽子　第２弾
第15号（1989・春）清水義介＆今、小説を書くとは
第16号（1989・秋）
第17号（1990・冬）土方巽・舞踏
第18号（1990・夏）宮沢賢治の現在
第19号（1991・冬）連句の現在
第20号（1991・夏）ドストエフスキー
第21号（1991・秋）宮沢賢治
第22号（1992・夏）つげ義春（在庫なし）
第23号（1993・冬）宮沢賢治　第３弾
第24号（1993・夏）三島由紀夫＆舞踏
第25号（1994・春）寺山修司
第26号（1994・秋）『海辺の光景』＆宮沢賢治
第27号（1995・冬）つげ義春＆山本陽子
第28号（1995・秋）日大芸術学部文芸学科卒業制作
第29号（1996・春）落語
第30号（1996・夏）聖地
第31号（1996・秋）大野一雄VS日芸生
第32号（1996・冬）宮沢賢治 最後の生誕100年
第33号（1997・夏）
第34号（1998・冬）
第35号（1998・春）アンドレイ・タルコフスキー
第36号（1998・夏）
第37号（1998・秋）
第38号（1999・冬）余白論・埴谷雄高と「虚体」／『カラマーゾフの兄弟』を読む
第39号（1999・春）金子みすゞ没後70年
第40号（1999・夏）
第41号（1999・秋）紙へのフェティシズム、空間へのアプローチ
第42号（1999・冬）川端康成生誕百年
第43号（2000・春）金子みすゞと女性たち
第44号（2000・夏）吉田一穂
第45号（2000・秋）20世紀最後の宮沢賢治
第46号（2001・冬）辻まこと－没後四半世紀－
第47号（2001・夏）疾走感
第48号（2001・秋）夏目漱石
第49号（2002・春）森鴎外
第50号（2002・夏）永瀬清子
第51号（2002・秋）西鶴／第１回江古田文学賞発表
第52号（2002・冬）こゝろ
第53号（2003・夏）庄司薫
第54号（2003・秋）文体論／第２回江古田文学賞発表

編集後記

■今号も「詩歌論」の授業やゼミで発表された詩篇を纏めることができて、嬉しく思う。詩を語るとは、自己を語ることだ。だが自己ほど曖昧で、底知れないものはない。「私」という名の暗闇への旅が、終わることはない。そこには痛みと一瞬の光があって、それを人は「救い」と呼ぶのだろう。（山下）

■編集部の最後の先輩がついに卒業する。気がつくと、何人もの編集部のメンバーを見送ってきた。明日からは、先輩がいない職場となることに違和感を覚えるが、先輩方が愛した『江古田文学』を守り続けていきたいと思う。（伊藤）

■編集部を離れることとなりました。わたしが五年間、活動することができたのは、素敵な著者の方々、ひたむきな編集部の仲間、読者のみなさまの存在があったからです。江古田文学への愛がより大きくなりました。かけがえのない経験を、ありがとうございました。（幅）

■わたしが学生だったとき『江古田文学』がまぶしい存在だったように、いま創作に励んでいる学生ひとりひとりにとっても、生きていくうえでのなにかの支えになればいいなと思う。カラフルな声の響く雑誌でありたい。（高橋）

■江古田文学賞に注力していた十月、十一月、十二月。今号のことに注力していた一、二月。どちらも編集部の皆様の支えなくしては成し遂げることはできなかった。この編集後記で感謝を伝えるとともに、これからも邁進していく。（瀬戸）

■禍福は糾える縄の如し。そんな風に過ごしてきて、私はまもなく還暦となる。現実を直視することは実に難しいが、それはさておき、この号で幅観月さんが卒業。お疲れ様でした。心から感謝の気持ちを送りたい。（上田）

江古田文学 第115号
本体九〇九円＋税
令和六年三月二五日発行

編集人 上田 薫
発行人 青木 敬士
編集発行 江古田文学会
176-8525 東京都練馬区旭丘二-四二-一
日本大学芸術学部文芸学科内
電話（〇三）五九九五-八二五五
FAX（〇三）五九九五-八二五七
振替〇〇一七〇-五-二五八二八
発売 星雲社（共同出版社・流通責任出版社）
112-0005 東京都文京区水道一-三-三〇
電話（〇三）三八六八-三二七五
印刷所 株式会社 新生社
162-0053 東京都新宿区原町二-三-八

※投稿原稿について　当編集部では、「江古田文学賞」への応募作品以外、原稿をお受け致しません。作品は、「江古田文学賞」にご応募ください。（詳しくは、本誌募集要項をごらんください。）なお、送られた原稿の返却にはいっさい応じかねます。ご了承ください。

※入手した応募者の情報につきましては、選考及び付随する手続きのために利用し、その他の目的で利用いたしません。

Printed in Japan　ISBN978-4-434-33670-6　C0390